KB033033

막장 악역이 되다

크레도 퓨전 판타지 장편소설
WISHBOOKS FUSION FANTASY STORY

 11

크레도 퓨전 판타지 장편소설

초판 1쇄 찍은 날 | 2020년 9월 8일
초판 1쇄 펴낸 날 | 2020년 9월 15일

지은이 | 크레도
펴낸이 | 권태완 우천제

기획 | 위시북스
편집책임 | 한준만
편집 | 위시북스

펴낸곳 | ㈜케이더블유북스
등록번호 | 제25100-2015-43호
등록일자 | 2015. 5. 4
KFN | 제2-51호

주소 | 서울시 구로구 디지털로31길 38-9, 401호
전화 | 070-8892-7937 팩스 | 02-866-4627
E-mail | fantasy@kwbooks.co.kr

ISBN 979-11-293-6252-0 04810
979-11-293-4389-5 (set)

※ 이 도서의 국립중앙도서관 출판시도서목록(CIP)은 서지정보유통지원시스템 홈페이지(http://seoji.go.kr)와 국가자료공동목록시스템(http://www.nl.go.kr/kolisnet)에서 이용하실 수 있습니다.

Wish Books

막장 악역이 되다

크레도 퓨전 판타지 장편소설

WISHBOOKS FUSION FANTASY STORY

11

완결

막장 악역이 되다

◆ CONTENTS ◆

Chapter1 은밀한 침략자 7

Chapter2 악신이 힘을 숨김 39

Chapter3 이이제이 89

Chapter4 신나는 착각 125

Chapter5 불구경 153

Chapter6 악신교 237

Chapter7 최후의 결전 283

Chapter8 에필로그 325

◆ Chapter1 ◆
은밀한 침략자

올림포스 일을 마무리한 진우는 짧게 휴가를 가졌다. 그렇게 많이 쉴 수는 없었는데, 벌인 일들이 꽤 많아서였다.

일단 우주 개발과 심해 도시 건설 사업은 진우 없이는 돌아가지 않았다. 아무래도 뉴월드와 연관되었기에, 진우가 다소 신경을 써야 했다. G&P가 선보인 우주선은 뉴월드의 그것과 제법 흡사했다. 기존 과학기술보다 훨씬 앞서 있었지만, 대체적으로 수긍하고 받아들이는 분위기였다. 우주 세계를 미리 경험한 덕분에 그렇게까지 신기하게 다가오지는 않았기 때문이다. 일단 G&P에서 발명했다고 하면 모두 상식을 내려놓고 받아들였다.

'굳이 화성을 개발할 필요는 없지만…….'

우주 시대를 알리는 상징과도 같은 일이었다.

화성 유인기지 개발을 위해 사람을 모집했다. 엄청나게 높은 경쟁률을 뚫고 선발된 이들은 G&P 우주개발센터에서 훈련을 받고 있었다. 모두 능력자가 아닌 일반인으로 구성되어 있었다.

심해 개발은 우주 개발보다 훨씬 간단했다. 세연이 대충 그래픽으로 만든 걸 발표하고 진우가 트리아이나를 들고 바닷속에 들어갔다. 트리아이나을 휘두른 것만으로 바다가 자유롭게 움직이며 대지가 치솟았다. 바다가 칼날이 되어 돌을 깎고 도시를 만드는 모습은 장관이었다.

아틀란티스에서 가지고 온 결계석을 넣으니 순식간에 지상과 비슷한 환경이 생겼다. 트리아이나 덕분에 심해 개발의 핵심인 해저 도시 건설은 빠르게 진행되고 있었다. 모든 번개의 근원 중 하나인 아스트라페만큼이나 트리아이나는 유용했다. 달 전체에 바다나 강을 만들 수 있을 정도였다. 어디서 바다를 끌어오는 것이 아닌, 말 그대로 생성이었다.

이런 좋은 아이템을 가지고 그렇게밖에 쓰지 못한 포세이돈이 참으로 멍청하게 느껴졌다.

"좋군."

그윽한 커피 향이 실내에 감돌고 있었다. 창문으로 들어온 햇살과 잘 어울렸다. 올림포스의 강렬한 햇살보다는 이런 잔잔한 햇살이 훨씬 마음에 들었다. 진우는 G&P 본사로 이동해서 밀린 서류 결재를 처리하고 느긋한 오후를 맞이했다. 휴가도 좋지만 이런 것도 나름대로 괜찮았다. 하루를 충실하게 보냈다는 기분이 들었기 때문이다.

진우가 그렇게 여유를 즐기고 있을 때 유나가 무언가를 들고 들어왔다. 와인이였다.

"3기 교육생의 교육이 마무리되었다고 합니다."

"생각했던 것보다 빠른데? 그건?"

"디오니소스가 만든 와인입니다."

유나가 와인을 잔에 따라주었다. 마셔보았다. 와인을 좋아하는 편은 아니었지만, 굉장히 맛있었다. 역시 괜히 술의 신이 아니었다.

"이건 시험 성적표입니다."

총지배인이 실시한 시험 성적표를 보니 아프로디테가 1등이었고, 디오니소스가 2등이었다. 3등은 아르테미스였다. 지금까지 저지른 일에 대한 장문의 반성문도 동봉되어 있었다.

반성문을 읽어보니 진심이 느껴졌다. 아프로디테 같은 경우에는 진우에 대한 찬양문이었다. 무섭게 느껴질 정도였다.

"……이 정도면 신의 힘을 돌려줘도 괜찮을 것 같군."

역시 총지배인의 교육은 굉장했다. 이 정도 개념이 잡혔다면, 사고는 치지 않을 것 같았다.

"그 부분은 잠시 보류해 달라고 하더군요."

"그래?"

자격이 없다면서 쓸모가 있어질 때까지 기다려달라고 정중하게 부탁했다고 한다. 올림포스 신들은 신분증만 달랑 들고 무일푼으로 JW게이트에서 나왔는데, 현재 순조롭게 자리를 잡고 있었다. 페르세포네와 하데스에게 조금 도움을 받긴 한 모양이었다. 페르세포네와 하데스는 현재 잼식의 집에서 머물고 있었다.

'잼식은…….'

정말 미안했다. 그가 여신이 되어버리는 바람에 설정을 바꾸기 힘들어졌다. 보통 신이라면 차원 금화와 권능을 소모해 바꿀 수 있었지만 잼식은 무려 악신 신화(그리스로마 신화)에 나오는 굉장히 유명한 여신이었다. 아마 지구에 알려진 여신 중에서는 가장 유명하지 않을까? 포세이돈에게 납치당했지만, 끝끝내 저항하여 순결을 지키고 현명한 판단으로 트리아이나를 진우에게 바쳐 전황을 바꾸었다. 그것이 신화의 이야기였다.

지혜와 정의, 순결과 아름다움. '이재미'라는 이름이 그 모든 것을 뜻했다. 그러다 보니 이재미의 설정을 바꾸는 일은 차원에 알려진 악신 신화를 통째로 바꾸는 일이 되어버렸다. 그렇게 한다면 부작용이 어마어마할 것이다.

잼식은 절망했지만, 루나는 후배 여신이 생기자 무척이나 좋아했다. 진우는 이번 일에 대한 사과로 가능한 범위에서 잼식의 소원 하나를 들어주기로 했다.

유나는 진우에게 여러 사안들을 보고했다. 대부분 자잘한 일들이었다.

"리처드 쪽에서 연락이 있었습니다."

"리처드가?"

"네, 제법 중요한 일이라고 합니다."

리처드가 먼저 연락하는 일은 없었다. 그런 리처드가 먼저 연락했다고 하니, 무슨 일인지 굉장히 궁금해졌다.

마침 한가하기도 하니 그에게 가보도록 하자.

"갔다 올게."

"직접 가시는 겁니까?"

"미국 대통령이잖아. 아마 엄청 바쁘지 않을까?"

리처드도 성소에 속한 식구였다. 요즘 들어 잘 챙겨주지 못한 것 같아 조금 미안했다.

진우는 포탈을 열고 달 기지로 이동했다. 리처드 쪽으로 이동하는 건 간단했다. 진우에게는 트리아이나가 있었다. 트리아이나는 물이 있는 어느 곳이든 이동할 수 있었고, 포세이돈이 하데스를 찾은 것처럼 물 근처에 있는 대상을 찾을 수 있었다.

오랜만에 달 표면에서 지구를 바라보다가 트리아이나를 꺼내 들었다. 트리아이나가 진우의 권능과 마력에 반응하며 붉게 달아올랐다.

'리처드는…….'

백악관에 있었다. 마침 리처드는 집무실 안에 혼자 있었다. 백악관 구경도 할 겸 바로 이동하기로 했다.

조금 막 나가는 것 같기는 했지만 뭐 어떠한가. 지구 자체가 진우의 것이나 마찬가지였다.

트리아이나를 휘두르자 거대한 물이 뿜어져 나오며 진우의 앞에 포탈이 생겼다. 포탈 안으로 들어가자 멍한 표정으로 진우 쪽을 바라보고 있는 리처드가 보였다.

"오."

진우는 감탄하며 주변을 둘러보았다. 이곳은 영화에서나 봤던 대통령 집무실이었다. 리처드가 벌떡 일어나며 진우의 앞에 허겁지겁 무릎을 꿇었다.

"오, 오셨습니까?

"음, 방해했나?"

"아닙니다. 그…… 눈에 띄시면 곤란하니……."

리처드가 그렇게 말하자 진우는 고개를 끄덕였다. 그는 어디론가 연락을 해서 집무실 안으로 아무도 들어오지 말라고 말했다.

"그, 그게 트, 트리아이나입니까?"

"오, 알고 있네?"

"당연합니다! 이재미가 트리아이나를 바친 공로로 악신께 인정을 받아 여신이 되었지요! 그 쓰레기 같은 포세이돈에게 물벼락을 내리는 부분은 정말……."

"너도 읽어봤구나."

"네, 팬입니다!"

리처드는 성소에 속해 있기 때문에 원래 신화를 알고 있었다. 하지만 바뀐 신화를 더욱더 좋아했다. 거의 팬 수준이었다. 대통령 집무실에 악신 신화 컬렉션이 있을 지경이었다.

미국인들은 악신 신화를 굉장히 좋아한다고 한다. 여러 만화로 제작되어 있었는데, 최근에는 히어로 영화까지 만들어져

서 더더욱 그러했다.

리처드의 태도는 미묘하게 달라져 있었다. 전에는 두려움만 가득했다면, 지금은 두려움과 동경이 섞여 있었다.

긍정적인 변화이니 그냥 놔두기로 했다.

"그건 그렇고, 연락을 했다며?"

"아! 네, 자, 잠시만요."

리처드는 책상에 달린 버튼을 눌렀다. 지문 인식과 홍채 인식을 하자 책상 밑에 달린 비밀 금고가 열리며 서류 봉투가 나왔다. 서류 봉투에는 '특급 기밀'이라고 적힌 라벨이 붙어 있었다.

"실종자 때문입니다."

"실종자?"

리처드가 진우에게 서류 봉투를 조심히 건네고 설명을 해 주었다.

"네, 처, 처음에는 악신께서 데려가신 줄 알았습니다만…… 아! 죄, 죄송합니다. 그런 불경한 생각을 하다니……."

"아니, 괜찮아. 그럴 수도 있지."

"크흑, 감사합니다."

리처드가 감동에 빠졌다가 다시 말을 이었다.

"이번 년도 실종자가 5만 명이 넘어갑니다. 처음에는 주로 테러나 여러 대형 사고를 통해 실종되었습니다. 시체의 흔적을 찾을 수 없어…… 사망 처리를 하였습니다."

리처드가 대통령이 되기 몇 년 전까지만 해도 실종자 숫자가 적어 그냥 넘어갈 수 있을 정도였는데, 최근 들어서 큰 문제가 생길 정도로 많아진 상태였다. 처음에는 진우가 데려갔다고 생각해서 리처드가 직접 기밀 사항으로 만들었는데, 아무래도 이상해 진우의 부하들에게 물어보았다고 한다.

진우가 한 일이 아님을 알자마자 바로 연락한 것이었다.

서류를 살펴보았다.

"음……."

아예 하룻밤 만에 흔적도 없이 사라진 실종자들도 꽤 많았다. 무작위 실종은 아니었다. 모두 10대와 20대였고, 신체 조건이 좋거나 학업성과가 좋은 똑똑한 이들이었다. 일반적인 테러나 납치 같지는 않았다. 그러기에는 물리적으로 불가능한 부분이 존재했다.

"전임 대통령의 지시로 51구역에 연구소를 차리고 연구를 하고 있었습니다. 현장에서 발견한 증거물도 모두 그곳에 보관되어 있습니다."

이 정도 규모면 당연히 민간인들도 알 수밖에 없었다. UFO 납치설부터 해서 정부 인체실험설까지 다양한 음모론이 나왔다.

"볼 수 있을까?"

"네, 지금 당장 안내해 드릴 수 있습니다."

여러 절차가 필요했지만 리처드가 모두 해결할 수 있는 부분이었다.

'51구역이라…….'

정말 UFO가 있을까? 그렇게 생각하며 피식 웃었다.

진우는 리처드와 함께 51구역으로 이동했다. 진우의 신분은 리처드가 보증해 주었다. 미국을 움직이는 여러 유력 기업가들, 정치인들이 모두 리처드의 영향력 아래에 있으니 너무나 쉬운 일이었다.

51구역은 미국 네바다주에 있었다. 민간인들이 절대 들어올 수 없는 곳이었기에, 아주 많은 말들이 나왔다. UFO부터 초능력실험까지 다양했다.

진우는 리처드와 함께 51구역 아래에 있는 지하연구실로 들어갔다. 많은 연구원들이 분주하게 오가며 연구를 하고 있었다. 군인들도 살벌하게 주변을 지키고 있었는데, 리처드가 지나가자 경례를 했다.

연구소장이 헐레벌떡 다가왔다. 그도 리처드가 포섭한 인재 중 하나였다. 진우의 정체를 알고 있기에 진우를 보자마자 감격해서 눈물을 흘렸다. 그도 악신의 팬이었다.

"어서 안내해 드리게."

"아, 알겠습니다."

연구소장이 증거물이 있는 곳으로 안내해 주었다. 보안이 삼엄한 방 안으로 들어가자 현장에서 수집한 증거물들이 보였다.

"그리 많지는 않지만 현장에서 발견한 것들입니다. 지구에 존재하는 물질이 아닙니다. 분석할 수조차 없었습니다."

진우는 증거물 바라보았다. 하얀 깃털과 금속 조각이 있었다. 익숙한 기운이 느껴졌다. 신의 세계에서 느낀 기운이었다.

미약하지만 신의 힘도 담겨 있었다.

진우는 정보의 마안으로 깃털을 바라보았다.

[C]발키리의 깃털

발키리의 날개에서 떨어져 나온 깃털.

발키리는 오딘의 명령에 따라 죽은 전사들을 발할라로 인도한다고 알려져 있다.

'발키리?'

발키리의 깃털이었다. 깃털이 발견된 연도를 보니 6년 전이었다. 금속 조각 같은 경우에는 12년 전에 발견되었다고 한다. 또 다른 지구에서 벌어진 실종 사건은 신의 세계와 밀접한 연관이 있어 보였다.

지구는 진우의 것이었다. 12년 전에는 아니었지만 아무튼, 지금은 자신의 것이었다. 오로지 자신만이 마음대로 다룰 수 있었다. 지금까지 이런 일을 몰랐다는 사실에 상당한 불쾌함을 느꼈다.

진우는 리처드를 바라보았다.

"내가 가져가도 되나?"

"물론입니다."

진우는 깃털을 아공간에 넣었다.

진우는 리처드의 어깨를 두드려 주었다. 리처드가 아니었다면 쉽게 알아차리지 못했을 것이다.

"수고했어. 음, 51구역에 UFO 같은 건 없지?"

"네, 그렇습니다."

"그렇군."

리처드의 말에 고개를 끄덕인 진우는 아공간을 열었다. 수고한 리처드에게 선물을 주고 싶었다.

진우는 라이네스 왕국의 구형 우주선을 꺼내 바닥에 내려놓았다. 마력 엔진이 아닌, 구형 엔진을 단 우주선이었다.

리처드가 깜짝 놀랐다. 연구소장은 두 눈이 튀어나올 뻔했다.

"이, 이건……?"

"그래도 51구역인데 구색 좀 맞추라고 주는 거야."

그래도 51구역이니 UFO 하나쯤 있어야 하지 않을까?

리처드는 멍한 표정으로 고개를 끄덕였다.

연구소장은 바닥에 털썩 주저앉았다.

진우는 그들을 바라보다가 포탈을 열고 사라졌다.

어떻게 된 일인지 철저하게 알아볼 생각이었다.

진우는 일단 저승세계로 이동해서 페로를 만났다. 저승세계의 명단을 조사해 보니, 실종자들의 이름은 아예 명단에서 사라져 있었다. 그 말은 그들이 죽어도 진우가 지배하는 저승세계로 오지 못한다는 말이었다.

페로가 추적을 해보았는데, 북쪽에 있는 신의 세계로 소속이 옮겨진 것 같다고 한다. 그곳에서 죽으면 그들이 독자적으로 운영하고 있는 저승세계로 가게 될 것이다. 모든 차원의 저승이 진우의 것이었지만 신의 세계만큼은 아니었다.

'그쪽이라면 헬하임인가?'

분명 그런 이름이었다.

진우는 고개를 설레 내저었다. 이놈의 신들은 왜 이리 납치를 못 해 안달일까?

포세이돈이 잼식을 납치할 때와는 규모 자체가 달랐다. 미국에서만 5만 명이었다. 전 세계로 확대하면 아마도 더 많을 것이다. 능력자가 없는 지구이기 때문에 대응을 하기도 힘들었다. 일방적인 피해자였다.

석양이 질 무렵 진우는 다시 또 다른 지구로 이동했다. 아공간에서 발키리의 깃털을 꺼내 기운을 읽었다. 기운이 느껴지면 바로 이동할 수 있도록 트리아이나를 손에 들었다.

진우는 뉴욕의 빌딩 옥상에 서서 도시를 내려다보았다.

'왔군.'

진우의 고개가 옆으로 돌아갔다. 멀리서 발키리의 기운이 느껴졌다. 진우는 발키리의 기운이 느껴지는 곳 주변으로 이동했다.

화르르륵!

정면에 있는 헬스클럽 건물에서 불이 치솟고 있었다. 소방관들이 불길을 잡으려 노력했지만, 기이하게도 불길은 잡히지 않고 오히려 점점 더 거세졌다. 일반적인 불이 아니었다.

발키리가 불을 지른 것 같았다. 발키리의 기운이 섞인 불이라 물로는 끌 수 없었다. 진우는 트리아이나를 아공간에 넣고 건물 안으로 들어갔다. 워낙 빠른 속도라 소방관들은 진우의 움직임을 볼 수 없었다.

불길을 뚫고 들어가니 멀쩡한 실내 내부가 보였다. 불길은 외부만 태우고 있을 뿐이었다. 복도에 쓰러져 있는 사람들이 보였다. 탈의실이나 계단에도 쓰러진 사람들이 가득했다.

'특이한 향이로군.'

향을 맡고 정신을 잃은 것으로 보였다. 진우는 복도를 걸어 발키리의 기운이 느껴지는 곳으로 걸어갔다.

운동기구가 가득한 헬스장이 나왔다. 그곳에 하얀 날개를 가지고 있는 여인이 서 있었다. 갑옷과 검을 들고 있었는데, 거친 분위기가 흘러서인지 천사처럼 보이지는 않았다. 날개 달린 여전사로만 보였다. 발키리는 돋보기 같은 것을 들고 바닥에 쓰러진 사람들을 바라보았다.

"괜찮은 자질이군."

그렇게 중얼거렸다. 사람을 선별을 하고 있는 걸로 보였다.

뚜벅뚜벅!

진우가 다가가자 발키리가 흠칫하며 몸을 돌렸다.

"인간?"

발키리는 진우가 지닌 신의 힘을 간파하지 못했다. 랭크가 낮았고 반인반신이었기 때문이었다.

일단 대화를 해보도록 하자.

"대화를 하고 싶은데."

"깨어난 것인가? 운이 없는 인간이로군. 다시 잠들 거라!"

발키리가 진우를 바라보며 검을 들었다. 날개를 펼치며 빠르게 다가왔다. 잔상을 그릴 정도로 빨랐다.

휘익!

검을 크게 치켜들더니 진우 쪽으로 휘둘렀다. 죽일 생각은 없는지 검면으로 휘두른 점이 다행이었다. 발키리에게 다행이었다.

스윽!

진우가 가볍게 손을 들어 발키리의 검을 잡았다.

"무, 무슨?!"

진우가 손에 힘을 주자 발키리의 검이 허무하게 깨져 버렸다. 발키리가 경악한 순간이었다. 진우가 주먹을 들어 발키리의 얼굴을 살짝 쳤다.

콰앙!

발키리의 목이 꺾이며 뒤로 튕겨 나갔다. 콘크리트 벽을 여러 개 뚫고 나서야 바닥을 마구 구르며 멈춰 섰다.

진우는 천천히 걸어 다가갔다. 발키리의 날개가 마구 꺾여 있었고, 얼굴은 온통 코피 범벅이었다.

"으, 으, 으아아……."

발키리가 몸을 부들부들 떨었다. 그녀는 뒤로 물러나려 했지만 팔다리도 부러져 있어 움직일 수 없었다.

"아, 아……."

턱도 반쯤 부서진 걸로 보였다. 진우를 죽일 생각으로 검을 휘둘렀다면 더 심한 꼴을 당했을 것이다.

진우는 발키리의 앞에 멈춰 섰다.

"대화 좀 하고 싶은데, 혹시 싫은가?"

진우의 말에 발키리가 고개를 마구 저었다.

"내 질문에 제대로 대답하는 게 좋을 거야."

"아으, 아으……."

"머리를 여는 건 내 취향이 아니거든. 보기도 안 좋고."

진우가 발키리의 머리를 가리키며 말하자 발키리는 몸을 바들바들 떨었다. 지구에서 데려간 이들로 무슨 짓을 벌이고 있는지 너무나 궁금했다.

발키리는 진우의 질문에 대답하려 노력했다. 그러나 발음이 뭉개져서 잘 들리지 않았다. 진우는 망가진 발키리의 턱을 바라보다가 포션으로 고쳐주었다.

대답을 들은 진우는 고개를 끄덕였다. 지구의 인간들은 굉장한 재능을 가지고 있었다. 그건 진우도 알고 있는 부분이었다. 지구의 동물들만 해도 마력에 닿으면 진화를 해댈 정도였으니 말이다. 그것은 또 다른 지구도 마찬가지였다.

'신이라는 놈들이 하는 짓 하고는…….'

인간들을 강제로 이동시켜 재능을 각성시킨 후, 자신들의 전사로 만들고 있다고 한다. 20년 동안 꾸준히 해왔고, 10년 전부터는 완전히 체계화되었다. 신의 권능을 이용한 시스템까지 도입했다고 한다. 요즘 들어 납치 인원이 늘어난 것도 오딘의 지시였다.

'전사로 만들어서 무엇을 하려는 걸까?'

발키리는 그것까지는 모른다고 한다. 납치를 맡은 발키리는 발키리 중에서 말단에 속해 있었다. 최근에 발키리가 되고 나서 지구로 온 건 이번이 두 번째라고 한다.

추측을 해본다면 아마도 전쟁이 아닐까?

그렇다면 누구와 전쟁을 하는 걸까? 20년 동안 이어진 것을 보면 단순한 유희 같지는 않았다.

"어떤 걸로 사람들을 이동시켰지?"

"이, 이것입니다."

조금은 큰 동전을 꺼냈다. 금속이 아닌 특이한 재료로 만든 동전이었다. 오딘의 얼굴과 거대한 나무가 새겨져 있었다. 정보의 마안으로 보니 위그드라실의 껍질로 만든 동전이었다. 위그드라실의 힘이 깃들어 있어 차원 이동을 시킬 수 있었다. 위그드라실은 아홉 세계를 관통하는 나무였다.

판타지 세계관에 등장하는 세계수도 대부분 위그드라실을 따온 것이었다. 북유럽 신화의 방대한 세계관으로 볼 때 우주수라고 부르는 편이 더 어울렸다.

진우가 더 이상 질문을 하지 않자 발키리가 진우의 눈치를 살폈다.

"뭔가 할 말이라도 있나?"

"저, 저는 가도 될까요? 제, 제가 돌아가지 않으면 오, 오딘께서 이, 이상하게 생각하실 겁니다."

"생각해 보니 그것도 그렇네."

지금까지 만나본 신들은 대부분 정상이 아니었다. 올림포스 신만 해도 막장이었다. 신화 속의 내용을 살펴보면 오딘도 그런 부류일 가능성이 컸다. 자칫 잘못하면 지구에 큰 영향이 올 수 있었다.

진우가 고개를 끄덕이자 발키리의 표정이 밝아졌다. 하지만 진우는 발키리를 돌려보낼 생각이 전혀 없었다.

'도플로 일족에게 맡겨야겠군.'

도플로 일족은 진우조차 쉽게 알아차리지 못할 정도로 완벽한 변신을 했다. 다만, 철저하게 변신 대상에 대한 정보를 뽑아내야 했다. 그 과정은 조금 괴로울 것이다. 안타깝게도 발키리는 자기 무덤을 파고 말았다.

진우는 트리아이나를 꺼냈다. 가볍게 바닥을 찍자 헬스클럽 건물을 둘러싸고 있던 불길이 모조리 사라졌다.

강력한 권능이 느껴져서인지 발키리의 눈이 동그랗게 커졌다. 발키리는 단번에 트리아이나를 알아보았다.

"트, 트리아이나……. 서, 설마 아, 아, 악신……?"

"벌써 거기까지 소문났나?"

"패, 팬입니다."

진우는 잠시 발키리를 바라보았다. 발키리의 사지와 날개는 아직 부러진 채였다. 이런 상황에서 잘도 그런 말을 내뱉었다. 재미있는 점은 진심이 느껴진다는 것이었다.

'……죽이지는 말아야겠군.'

일단 팬이라니 마음이 조금 풀린 진우였다.

발키리를 마계로 보낸 진우는 부하를 소집했다. 세연이 바로 동전을 분석했다. 그렇게 복잡한 구조는 아닌지 분석에는 그렇게 많은 시간이 걸리지 않았다.

"좌푯값이 정해져 있네요. 아마 그쪽에서 좌푯값을 정한 후 쏘아 보내는 방식인 것 같아요. 저희가 예전에 쓰던 시스템과 비슷한데요?"

"무협 세계의 포탈을 열었던 방식이지?"

"네! 맞아요. 조금 더 구식이긴 하지만요. 이동 가능한 기간은 내일까지네요."

진우는 고개를 끄덕였다. 동전은 영구적이지 않았다. 기간이 끝나면 동전에 있던 위그드라실의 힘이 사라졌다.

위그드라실의 힘은 만능이 아니었다. 일정한 주기를 두고 이동이 가능한 것 같았다.

"대응을 할 수 있나?"

"네, 그건 간단해요. 동전에 깃든 힘은 특이한 편이니 쉽게 감지할 수 있어요. 아예 못 오게 막아버리거나 좌표를 비틀면 다른 곳으로 도착하게 만들 수도 있죠."

"훌륭하군."

진우가 칭찬을 해주자 세연이 환하게 웃었다.

"방어시스템을 구축해서 침입을 막을까요?"

"아니, 일단 막지는 말고……."

진우는 잠시 생각하다가 고개를 끄덕였다.

"마계로 보내자."

"마계요?"

"그래, 도플로 일족의 영지로 보내."

"아! 그렇군요. 정말 좋은 생각이십니다."

도플로 일족을 발키리로 변신시킨 후에 보낼 생각이었다. 발키리에게 얻어낸 정보에 따르면 지구로 오는 것은 오로지 발키리뿐이었다.

세연은 바로 방어시스템을 구축해서 모든 차원에 적용시켰다. 이제 위그드라실의 힘은 성소에 등록된 모든 차원에 닿을 수 없었다. 또 다른 지구도 마찬가지였다. 도플로 일족에게 도착하는 발키리를 철저하게 분석하라고 전달했다. 이제 실종 사건은 벌어지지 않을 것이다.

유나가 진우를 바라보았다.

그녀는 진우에 대해 너무나 잘 알고 있었다.

"그곳으로 가실 생각이시군요."

"가서 직접 봐야겠어. 왠지 이번에는 꽤 재미있을 것 같아."

어떤 일이 벌어지고 있는지 직접 봐야 했다.

그래야 북쪽 세계를 어떻게 할지 정할 수 있었다. 납치를 한 시점에서 이미 반쯤은 결과가 정해져 있었지만 말이다.

준비를 할 건 없었다. 이미 아공간에 모든 것이 다 들어 있기 때문이었다. 행성 하나가 통째로 들어 있다고 봐도 무방했다. 실제로 거대한 소행성이 들어 있기도 했다. 반짝이는 게 꽤 보기 좋아서 아공간에 넣어놓은 것이었다.

"갔다 올게."

"오실 때 여러 가지 샘플 좀 부탁드려요! 특히 위그드라실이 궁금해요."

세연의 말에 진우는 고개를 끄덕였다. 산책이라도 가는 분위기였다.

신화 속의 이야기에 따르면 위그드라실은 굉장히 크다고 하니 적당히 잘라오는 것도 괜찮을 것 같았다. 기왕 가는 김에 마신의 힘이 깃든 무구도 가져오도록 하자.

진우는 동전을 손에 쥐었다. 동전에서 위그드라실의 힘이 뿜어져 나오며 무지갯빛으로 일렁이는 포탈이 생겨났다. 포탈 안에는 빛나는 알갱이들이 소용돌이치고 있었는데, 마치 은하를 보는 것 같기도 했다.

진우는 포탈 안으로 들어갔다. 어째서 세연이 구식 시스템이라고 했는지 알 수 있었다. 포탈 안은 좁았고 불편했다. 시간도 꽤 오래 걸렸다. 차원 이동이 가능한 워프 드라이브 같은 느낌이었다. 진우가 이용하는 포탈이 쾌적한 전세기라면, 이건 비포장도로를 달리는 마을버스나 마찬가지였다.

'그래도 올림포스보다는 발전한 것 같군.'

올림포스와는 달리 이러한 시스템까지 갖춰진 걸 보면 그럭저럭 발달은 한 것 같았다. 오랫동안 포탈을 통과하자 드디어 출구가 나왔다. 출구 밖으로 나오자 거대한 나무들이 보였다. 도착한 곳은 숲 같았다. 나무가 워낙 거대하고 커서 이질적인 느낌이 들었다. 누구도 지구라고 생각할 수 없을 것이다.

진우는 주변을 둘러보았다. 바닥에 쓰러져 있는 많은 사람들이 보였다.

'대략 백 명 정도로군.'

대부분 20대였고 10대도 보였다. 30대가 가장 적은 숫자였다. 모두 평범한 사람들이었다. 정장을 입고 있는 사람도 있었고, 잠옷 차림인 사람도 있었다. 다양한 환경에서 납치를 당한 것으로 보였다. 공통점이 있다면 건강하다는 것 정도였다.

[북방지역(신의 세계)에 위치한 미드가르드에 도착하였습니다.]

이제 언제든지 이쪽으로 이동할 수 있게 되었다. 올림포스에서 북쪽으로 올라가게 되면 나오기는 하지만, 그곳은 미드가르드가 아닌 아스가르드라고 한다. 아스가르드는 올림포스와 마찬가지로 신들이 머무는 곳이었다.

"으, 으으……."

"아, 머리야……."

"여긴?"

조금 기다리자 사람들이 깨어나기 시작했다. 사람들은 패닉 상태에 빠졌다. 평범한 생활을 하고 있었는데, 깨어나 보니 거대한 나무들이 즐비한 숲이었다. 혼란스러운 건 당연했다.

"여, 여기가 어디야!"

"해, 핸드폰도 안 터져요."

"몰래카메라지? 그렇지? 스, 스케줄이 있단 말이야! 고소할 거야!"

여러 직업군이 있는 만큼 반응은 다양했다. 진우는 일단 저들과 섞여서 상황을 지켜보기로 했다.

"어? 마, 말이 통하네요? 저, 여, 영어 못하는데."

"마, 말도 안 돼."

한국과 미국을 포함한 여러 나라 사람들이 모여 있었다. 그런데 모두 말이 통했다. 진우에게는 신기한 게 아니었지만 이들은 달랐다. 이곳이 지구가 아닌 다른 어딘가임을 깨닫게 해 주었다.

"지, 진정하세요! 이, 일단 상황을 알아보도록 하죠."

젊은 남자 하나가 사람들을 진정시키며 상황을 알아내려 노력했다. 하지만 소득은 없었다. 그들이 아는 것이라고는 갑자기 정신을 잃고 이곳에 이동된 것이 전부였기 때문이다.

'슬슬 지루한데…….'

진우가 지루함을 느끼고 있을 때였다. 하늘에서 빛과 함께 누군가 내려왔다. 하얀 날개를 달고 있는 발키리였다.

"처, 천사?"

"서, 설마 우리가 죽은 건가?"

사람들이 모두 발키리를 바라보았다. 바닥에 착지한 발키리는 진한 미소를 그리며 사람들을 바라보았다.

그 미소는 사람들을 매료시킬 만큼 아름다웠다.

[반갑습니다. 예비 전사 여러분.]

발키리는 입을 떼지 않았다. 머릿속에 그녀의 말이 울렸다. 덕분에 모두에게 또렷하게 말이 전달되고 있었다.

'지구에 온 것보다는 강하군.'

정보의 마안으로 보니 상급 발키리였다. 그래 봤자 거기서 거기이기는 했다. 기사급보다 강한 정도였다.

[기뻐하십시오. 여러분들께서는 가장 위대한 신인 오딘의 전사가 될 자격을 얻으셨습니다. 지금부터…….]

"시, 시끄러워! 집으로 돌려보내 줘!"

가장 앞에 있던 사람이 발키리를 향해 외쳤다.

주변 사람들이 동조하기 시작했다. 아름다운 발키리의 모습에 경계심이 느슨해진 이유도 있었다. 발키리의 차가운 시선이 그에게 닿았다. 발키리는 빙긋 웃으면서 손을 들어 손가락으로 그를 가리켰다.

퍼석!

날개에서 깃털이 날아와서 그의 머리를 날려 버렸다. 깃털은 뒤에 있는 거대한 나무에 꽂혔다. 날카로운 칼날을 보는 것 같았다.

[어디서 벌레가 짖는군요.]

그렇게 말한 발키리는 여전히 웃고 있었다.

"꺄아아악!"

"주, 죽었어!"

"어, 엄마……."

사람들은 비명을 질러댔다. 진우는 어디선가 본 전형적인 전개라고 생각하고 있을 뿐이었다.

'역시 이곳 저승세계로 이동하는군.'

진우의 눈에 죽은 사람의 영혼이 아래로 떨어지는 게 보였다. 진우는 권능을 뻗어 그의 영혼을 잡았다. 그러자 다른 곳을 향해 이동했다. 진우의 저승세계였다.

[지금부터 여러분들께 선물을 드리겠습니다. 모두 손을 앞으로 뻗어보세요.]

사람들이 머뭇거리다가 손을 앞으로 뻗었다.

"이건?"

"뭐지?"

진우도 앞으로 뻗어보았다. 정보창이 앞에 떠올랐다. 정보창은 진우의 정보를 읽지 못해 제대로 표시되는 건 없었다. 정보창은 다른 사람의 것도 보이는 모양이었다.

진우는 다른 사람의 정보창을 바라보았다.

Lv.1

이름: 박한수

칭호: 없음

[능력치]

힘: -F / 민첩: -F / 정신력: -F

장비: 저가 정장

특수 능력: 사기

'꽤 괜찮은데?'

상당히 많은 권능이 들어간 정보창이었다. 정보의 마안으로 보는 것보다 조잡했지만, 그럭저럭 상태를 알아볼 수 있었다. 발키리가 말한 시스템이 바로 이것인 것 같았다.

[여러분은 자신의 능력치를 볼 수 있습니다. 열심히 살아남아 능력치를 올리도록 하세요. 신들께서는 여러분을 지켜보고 계십니다. 다음에 만날 때까지 성과가 있기를 바랍니다. 그렇지 않다면…….]

발키리의 날개에서 깃털이 뽑어져 나오며 주변을 난도질했다.

"꺄악!"

"큭!"

깃털에 베인 사람들이 바닥에 주저앉았다.

[모조리 살처분될 것입니다.]

다른 설명은 없었다. 발키리는 날개를 펼치며 하늘 위로 날아올랐다. 발키리는 사람들을 내려다보았다.

그녀의 눈에는 경멸이 가득했다. 무척이나 거만한 미소까지 짓고 있었다. 천사라기보다는 차라리 악마에 가까웠다.

[7일 후에 오겠습니다. 오딘의 영광스러운 전사가 되시길.]

사람들은 모두 겁에 질린 표정이었지만 진우의 옆에 있는 여인은 아니었다. 마치 숙적을 대하듯이 발키리를 바라보며 적의를 불태웠다. 발키리가 공중으로 날아올라 사라졌다. 긴장이 풀린 사람들이 바닥에 주저앉았다. 대부분 얼굴이 새파랗게 질려 있었다. 오줌을 지린 사람도 상당히 많았다.

"도, 도와주세요!"

"아, 아악!"

깃털에 의해 부상을 당한 사람들이 도움을 요청했다.

주변에 있던 사람들이 그들에게 다가가려는 순간이었다.

아우우우!

늑대 울음소리가 들려왔다. 어두운 숲 사이로 붉은 안광들이 등장했다.

그르르르!

늑대들이 이빨을 드러낸 채 침을 흘리고 있었다. 지구의 늑대보다 조금 더 큰 사이즈였다. 늑대가 다가오자 사람들이 도망치기 시작했다. 진우의 주변에는 몸이 굳어서 도망치지 못한 사람과 부상자들, 그리고 유난히 침착한 여인만이 남아 있을 뿐이었다.

늑대가 순식간에 주변을 둘러쌌다.

[배가 고프다.]

[배가 고파…….]

간단하지만 늑대는 말을 할 줄 알았다. 역시 신화 속 세계다웠다.

"으, 으, 으아아."

"괴, 괴물……!"

진우의 뒤에 있던 남자가 부상당한 사람들을 바라보다가 그들을 앞으로 밀었다.

"꺄악!"

늑대의 시선이 부상자들에게 몰린 순간, 부상자를 민 남자는 그대로 도망을 쳤다.

"줘, 줘버리죠!"

"어, 어차피 살기는 힘들 것 같은데……."

"우, 우리라도 살아야죠."

사람들이 부상자들을 보며 그렇게 말했다.

"사, 살려주세요."

다리에 깊은 상처를 입은 여학생이 눈물을 흘렸다. 늑대들이 다가왔지만 사람들은 나서지 않고 뒤로 천천히 물러났다. 늑대와 거리가 멀어지자 바로 도망을 쳤다.

'음, 조금 그렇긴 하군.'

상황이 상황이니만큼 이해가 되기는 했지만 역시 조금 그랬다. 유일하게 도망치지 않은 자는 진우와 여인뿐이었다.

여인이 진우를 힐끗 보다가 고개를 갸웃했다. 마치 여기에 왜 있는지 모르겠다는 표정이었다. 진우의 정체를 안 것 같지는 않았다.

그르르르!

늑대가 다가오자 그녀는 바닥에 떨어져 있는 발키리의 깃털을 들었다. 깃털의 깃촉 부분을 잡고 늑대를 바라보았다.

'제법인데?'

진우는 감탄했다. 발키리의 깃털은 굉장히 날카로웠다. 불편하기는 하지만 충분히 무기로 쓸 수 있었다. 늑대가 부상자에게 달려드는 순간 여인이 앞으로 점프하며 늑대를 잡았다.

푹!

깃털이 늑대의 목에 꽂혔다. 한두 번 해본 솜씨가 아니었다. 늑대의 가죽은 두꺼웠지만 발키리의 깃털을 막아낼 수는 없었다.

"됐어. 이 스킬이라면……."

여인은 그렇게 외쳤다. 기뻐하는 것 같기도 했다.

진우는 여인의 정보를 바라보았다.

Lv.3

이름: 김아영

칭호: 크로노스(새턴)의 회귀자

'회귀자?'

가짜 회귀자가 아닌 진짜 회귀자였다!

진우는 흥미가 가득한 눈으로 그녀를 바라보았다. 그녀가 침착한 것도, 발키리를 원수처럼 본 것도 이해가 되었다. 어째서인지는 모르겠지만 크로노스의 힘이 개입된 것 같았다.

우라노스에게 들은 이야기에 따르면 크로노스는 시간을 다스리는 낫을 가지고 있다고 한다. 그래서 우라노스의 중요부위는 회복되지 않았다. 시간 자체를 삭제해 버렸기 때문이다. 북쪽 세계에 있다더니 여러모로 재미있는 걸 꾸미고 있는 모양이었다.

아영이 스킬을 쓰자, 붉은 기운이 그녀의 몸을 휘감았다. 제법 잘 상대를 했지만 늑대의 숫자가 워낙 많았다.

"위, 위험해요!"

부상당한 여학생이 아영을 바라보며 외쳤다.

그녀의 등 뒤로 늑대가 입을 벌리며 달려들고 있었다.

진우가 살짝 기운을 풀자 늑대의 움직임이 멈추었다.

끼, 끼잉.

늑대들이 오줌을 지리면서 주춤거리다가 숲으로 사라졌다. 늑대가 죽은 자리에는 녹슨 철검이나 단검 같은 아이템들이 떨어져 있었다.

"허억, 허억…… 됐다. 첫 단계는…… 해냈어."

그녀는 주먹을 불끈 쥐었다. 굉장히 기뻐하고 있었다.

'일단…….'

진우는 지배의 권능을 퍼뜨렸다. 지배의 권능이 숲으로 뿜어져 나가며 사람들에게 닿았다. 이곳으로 소속이 옮겨졌던 사람들이 다시 진우 쪽으로 바뀌었다. 이 땅 주변에 커다란 결계가 쳐져 있어 당장 지구로 돌려보낼 수는 없었다.

진우야 문제가 되진 않겠지만, 평범한 육체로는 결계를 뚫을 때 생기는 반발력을 당해낼 수 없었다.

'죽으면 문제없지.'

영혼 상태가 되면 진우의 저승세계로 이동하게 되니 차라리 그편이 더 빠를 것이다. 죽더라도 깔끔하게 되살려서 지구로 보낼 수 있으니 말이다. 물론, 차원금화가 들기는 하지만 그건 이쪽 신들에게 청구할 생각이었다.

적당히 만 배 정도 불려서 말이다.

'그럼…….'

크로노스의 단서도 얻고 이쪽 세계의 정보도 얻을 겸, 그녀와 어울려보는 것도 나쁘지 않을 것 같았다.

무엇보다 흥미가 생겼다.

◆ Chapter2 ◆
악신이 힘을 숨김

급할 건 없었다. 북쪽 세계, 그러니까 북유럽 신화 속 신들은 진우가 지배하고 있는 차원에 피해를 줄 수 없었다. 방어 시스템 덕분이었다. 그들이 유일하게 침입할 수 있는 곳은 진우가 다스리고 있는 신의 세계뿐이었다. 아스가르드는 올림포스를 기준으로 북쪽에 위치하고 있었고, 거리상 꽤 인접하다고 볼 수 있었다.

알고 보니 올림포스 신들이 다스리던 땅은 신의 세계에서 가장 부유한 땅이라고 한다. 기운이 조화로워 치우침이 없었다. 덕분에 올림포스 신들은 가장 큰 영향력을 가지고 있었고 많은 권세를 누렸다.

'북쪽은 꽤 척박하다고 했지.'

그에 비해 북쪽은 상당히 척박했다. 날씨는 다양했지만 항상 음기가 감돌고 있어 조화롭지 못했다. 미드가르드만 보더라도 괴물로 변한 동식물들이 넘쳐났다. 서쪽은 북쪽과는 다르게 양기가 넘친다고 한다.

'아무튼…….'

이곳은 꽤 흥미로운 무대였다. 충분히 즐겨보도록 하자.

아영은 능숙하게 드랍된 아이템을 챙겼다. 부상자를 도와준 것이 스킬을 얻기 위한 목적도 있는 것 같았지만, 인성 자체는 괜찮아 보였다.

진우는 부상자들에게 다가갔다. 상처가 깊은 다른 부상자는 모두 숨을 거둔 상태였고, 다리를 다친 여학생만이 바들바들 떨고 있었다. 진우가 다가가자 아영이 그를 바라보며 녹슨 철검을 겨누었다.

그녀는 진우를 상당히 경계하고 있었다. 그녀는 회귀자이니 상황이 어떻게 흘러가는지 알고 있었다.

다른 점이 있다면 진우였다. 진우는 아영과 눈을 맞추었다. 아영의 눈빛은 차가웠다. 회귀하기 전에 꽤 많은 경험을 한 모양이었다. 진우는 일단 정체를 숨긴 신이라는 컨셉으로 가기로 했다.

'여유가 있다면 해보고 싶긴 했지.'

힘을 숨긴 찐따 주인공. 그래도 악신이니만큼 찐따는 아니었다. 진우는 두 손을 들고는 입을 뗐다.

"저는 의사입니다. 이분과 아는 사이입니까?"

"……의사?"

"네, 상처가 깊은 것 같은데, 당장 조치를 해야 합니다."

"정보창을 보여라."

"정보창이요?"

"손을 앞으로 뻗고 정보창을 떠올리면 된다."

아영은 그렇게 말하면서도 검을 거두지 않았다. 확실히 진우는 수상했다. 누구보다도 깔끔한 복장이었고, 흐트러짐이 하나도 없었다.

진우는 지배의 권능을 이용해 정보창을 지배했다. 완벽하게 지배를 했기에 이쪽 세계의 신이 오더라도 알아차리지 못할 것이다.

'적당히 바꾸자.'

정보창을 적당히 바꾸었다. 즉석에서 빠르게 정보를 꾸몄다. 아영은 검을 내리지 않고 진우의 정보창을 바라보았다.

"의사가…… 맞군요."

아영이 검을 내렸다. 진우는 부상자에게 다가갔다. 발키리의 깃털이 워낙 날카로워 상처 부위는 깔끔했다. 아영은 진우를 바라보며 잠시 생각에 빠졌다가 옆으로 다가왔다.

"스킬을 습득한 것 같은데…… 사용해 보세요. 정신을 집중하면 됩니다."

진우는 고개를 끄덕이고 스킬을 사용했다. 손에서 푸른빛이 뿜어져 나오며 상처에 깃들자, 상처가 서서히 회복되었다.

"가, 감사합니다."

여학생이 고개를 숙였다. 여학생의 이름은 곽미선이었다. 특이한 점이 없는 평범한 대학생이었다.

"이, 이제 어떡하죠?"

미선이 불안에 떨며 말했다. 아영은 미선과 진우를 바라보다가 등을 돌렸다. 미선이 다급하게 그녀를 붙잡았다.

"저, 저기! 어, 어디 가세요?"

"……저는 혼자가 편합니다."

"그, 그래도 그런 괴물이 다시 나오면……."

"그쪽은 짐이 되겠죠."

미선은 아영의 말에 입을 다물었다.

'고민하고 있군.'

요즘은 정이 없는 냉정한 회귀자가 대세였다. 그러나 아영은 그렇지 못한 것 같았다.

진우는 그녀에게서 갈등을 느낄 수 있었다. 회귀자라는 특성을 살리려면 혼자 움직이는 게 맞았다. 그래야 좋은 스킬, 좋은 아이템을 독점할 수 있었기 때문이다. 그럼에도 불구하고 갈등을 하는 건 좋은 사람이라는 증거였다.

소설 속 주인공이었다면 고구마를 마구 먹이는 성격이었다. 그러나, 진우의 입장에서는 많은 경험을 하고도 저럴 수 있다는 게 놀라웠다.

진우는 아영을 바라보았다.

"그래도 혼자보다 셋이 낫지 않겠습니까? 제가 이분께 무슨 짓을 할지도 모릅니다."

진우의 말에 미선이 흠칫했다. 등을 돌리며 몇 걸음 걸어가던 아영이 한숨을 내쉬며 다가왔다.

"방해가 되면 버릴 겁니다. 아무도 믿지 마세요. 자신조차도……."

진우와 아영, 그리고 미선은 같이 다녔다.

숲에는 괴물들이 상당히 많았는데, 밤이 되어야 사람들을 공격했다. 낮에는 괴물들의 습격이 없어 정비 시간을 가질 수 있었다.

아영은 낮에는 따로 움직였다. 무언가 숨겨놓은 단련법이 있는지, 시간이 지날수록 독보적으로 강해졌다. 그녀는 정보창을 절대 보여주지 않았지만, 진우는 모두 꿰뚫어 볼 수 있었다. 역시 회귀자 치트키는 굉장했다!

노을이 질 무렵 아영이 돌아왔다. 그녀는 토끼를 들고 있었다. 미선이 그녀가 든 토끼를 보고는 굉장히 좋아했다.

"와, 토끼네요? 맛있겠다."

아영은 진우 쪽을 바라보았다. 진우는 나뭇가지와 풀들을 이용해 그럴듯한 텐트를 만들었다. 이제 같이 지낸 지 삼일 정도 흘렀는데, 식량은 전적으로 진우가 맡고 있었다.

미선이는 전혀 쓸모가 없었다. 딱히 노력도 하지 않았다. 아영이 나름대로 생존 기술을 가르쳐 주려고 했지만.

"저, 저는 그런 거 잘 모르겠어요."

이런 소리를 하며 약한 척했다.

이런 발암 캐릭터, 정말 오랜만이었다. 평소라면 바로 처리했겠지만, 진우는 느긋하게 지켜보는 상태였다. 지금의 진우는 선량한 외과의사였으니까.

진우는 토끼를 손질하고 불을 피웠다. 아영이 그런 진우를 신기한 듯 바라보았다.

"익숙해 보이시네요. 의사는 그런 것도 배우나요?"

"제가 타이거 그릴스 팬이라서요. '자연과의 대결' 전 시리즈를 다 봤습니다. 설마 이렇게 도움이 될 줄은 몰랐네요."

진우는 토끼고기를 굽고 공평하게 나누었다. 남은 고기는 보존식으로 만드는 중이었다. 아영은 고기를 천천히 꼭꼭 씹어 넘겼는데, 미선은 허겁지겁 먹고 아영과 진우의 눈치를 봤다. 진우는 그녀를 보며 들고 있던 고기를 건넸다.

"드실래요?"

"괜찮아요?"

"네."

미선은 진우가 건넨 고기를 받더니 순식간에 먹어치웠다. 아영은 그런 진우를 답답한 듯 볼 뿐이었다.

"……남을 챙기기 전에 본인부터 챙기는 게 어떤가요?"

"하하, 저는 소식하는 스타일이라서요."

"오래 살 팔자는 아니군요."

"그런 소리 자주 듣습니다."

아영이 피식하고 웃었다. 처음 보는 웃음이었다. 미선이 그런 둘을 뚱한 표정으로 바라볼 때였다.

부스럭!

주변에서 인기척이 났다. 아영은 날카롭게 눈을 빛내며 조용히 검을 들었다.

"괴, 괴물이에요? 시, 싫어!"

"조용……!"

"읍!"

미선이 소리치자 아영이 그녀의 입을 막았다. 아직 밤이 되지 않아 괴물이 등장할 시간은 아니었다. 숲에서 등장한 것은 사람들이었다. 10명은 넘어 보였는데, 어설프지만 모두 장비를 갖추고 있었다. 괴물을 사냥하며 얻은 장비로 보였다.

"오, 여기 그럴듯한데?"

가장 좋은 검을 들고 있는 남자가 그렇게 말하며 씨익 웃었다. 겨우 삼 일이 지났지만 사람들은 제법 달라져 있었다. 레벨도 꽤 올랐고, 이곳에 익숙해진 상태였다. 벌써 무리를 형성하고 있었다.

아영은 남자를 노려보았다. 명백한 적의가 보였다. 아무래도 회귀 전에 무언가 일이 있었던 모양이었다.

"안녕하세요? 우리 쪽으로 합류하시는 게 어떻습니까? 서로 돕고 살아야지요."

"그럴 생각 없습니다."

아영이 그렇게 말하자 남자는 미소를 지었다. 남자는 미선 쪽을 바라보았다.

"그쪽은 어떻습니까? 저희와 있는 편이 안전할 겁니다."

"아, 그…… 그게……."

미선은 진우와 아영의 눈치를 살폈다. 아영이 미선을 바라보며 고개를 저었지만 미선은 아영을 외면했다. 남자의 말대로 더 안전해 보였기 때문이다. 미선이 남자를 바라보며 고개를 끄덕였다.

"좋은 선택입니다."

남자는 진우의 의사는 묻지도 않았다.

'재미있게 되었네.'

미선이 너무나도 가볍게 배신을 했다. 상황이 흥미진진해졌다.

"마지막으로 묻겠습니다. 저희 쪽으로 오시지요. 보호해 드리겠습니다."

남자가 그렇게 말하자 남자 주변에 있던 사람들이 앞으로 나오며 무기를 들었다. 아영의 전투력은 독보적이었지만, 아직 성장 단계였다. 저들의 숫자가 너무 많았다. 그리고 아영은 저 남자를 매우 경계하고 있었다.

진우는 남자의 정보를 바라보았다.

Lv.11

이름: 데이비드 리

칭호: 폭식 살인자, 스킬 흡수자

특수 기술:

[E+]육식약탈

인육을 먹어 스킬과 경험치를 약탈한다.

능력 획득 조건: 최초의 살인자, 범죄자

레벨이 낮기는 했지만 꽤 그럴듯하게 성장했다. 확실히 지구인들은 재능이 있었다. 암울한 세계관에 상당히 잘 적응하고 있었다. 이쪽 신들이 탐낼 만했다.

진우는 침착한 표정을 지으며 입을 뗐다.

"아영 씨, 물러나는 게 좋겠습니다."

"……얌전히 보내줄 것 같지는 않군요."

그들이 다가오자 진우와 아영이 뒤로 물러났다. 진우는 토끼 가죽으로 간단하게 만든 가방을 지니고 있었다. 눈치를 살피던 미선은 데이비드에게 잘 보일 생각인지 진우를 손가락으로 가리켰다.

"그…… 저, 저 사람이 시, 식량도 가지고 있어요."

"호오?"

데이비드의 시선이 진우의 가방으로 향했다.

"그건 이 여성 분의 것 같군요. 그렇죠?"

"마, 맞아요. 제 거예요."

미선이 데이비드의 말에 동조했다.

배신자! 아영은 이를 악물며 미선을 노려보았다. 미선은 그런 아영의 시선에 움찔하며 고개를 돌렸다.

'나는 아무것도 몰라요!'라는 몸짓이었다.

"줄 테니 우리를 놔주시죠."

진우는 천천히 가방을 바닥에 내려놓으며 그렇게 말했다.

이건 부탁이 아니었다. 그들에게 줄 수 있는 마지막 자비였다.

'음, 업보가 상당히 많이 쌓일 텐데.'

악신에게 잘못을 저지르는 것은 굉장히 무거운 죄였기 때문이다.

[저승세계 명부(박미선)에 10만 죄업 포인트가 추가되었습니다.]

저승세계에는 마계보다도 더 깊은 형벌을 내릴 수 있는 장소가 추가되었다. 바로 타르타로스였다. 죄업을 포인트화 시켜서 알아보기 쉽게 만들었다. 페로의 의견이었다.

1죄업 포인트는 타르타로스에서 1년을 지내야 없앨 수 있는 수치였다. 악신을 배신한 죄는 너무나도 컸다. 미선의 선택이니 존중해 주도록 하자.

데이비드는 아영을 탐욕스러운 눈으로 바라보았다. 아영이 매력적이긴 했다. 이런 상황에서도 저런 눈빛을 할 수 있는 게 참으로 대단했다. 역시 인간은 가능성의 동물이었다!

"이런, 절도까지 저지르다니…… 그냥 풀어주면 안 되겠네요. 저는 사람들을 지켜야 합니다. 당신들은 저희가 감시하겠습니다."

데이비드가 그렇게 말했다. 정중한 말투였지만 흥분이 섞여 있어 억양이 강했다. 진우와 아영을 놓아줄 생각은 애초부터 없었다.

"도망쳐요!"

아영이 그렇게 말하고 숲을 향해 달리기 시작했다. 진우도 그녀를 따라 뛰었다. 바로 데이비드와 그를 따르는 사람들이 추격해 왔다. 괴물보다는 사람들을 죽여서 성장해 온 것 같았다. 이 근방에 있는 늑대도 저들의 상대가 되지 못했다. 발키리를 충분히 만족시킬 만한 성장일 것이다.

'뭐, 어쨌든 죽이긴 해야겠지.'

이쪽 신들을 위한 전사가 되도록 놔두기는 싫었으니 죽여서 회수하기는 해야 했다.

"이쪽으로!"

아영은 숲을 잘 알았다. 혼자라면 빠르게 도망칠 수 있었지만 진우와 함께 도망치다 보니 늦어지고 있었다. 진우는 딱 정보창에 있는 만큼의 신체 능력만 발휘했다.

'생각보다 재미있는데?'

힘을 숨기는 컨셉. 굉장히 재미가 있었다. 이 맛에 주인공이 힘을 숨기는 모양이었다.

진우와 아영은 산비탈에 몸을 숨기며 잠시 호흡을 골랐다. 숲은 완전히 밤이 되어 어두웠다. 데이비드 쪽 사람들이 든 횃불만이 숲을 밝히고 있을 뿐이었다.

아영이 숲을 살피다가 다시 산비탈 쪽으로 몸을 파묻었다.

"아영 씨, 상황은 어때요?"

"……포위되었어요."

"그 늑대보다도 저 사람들이 더 괴물 같군요."

"……늘 그랬죠."

아영은 깊은숨을 내쉬었다. 기왕 이렇게 된 거 아영과 신뢰를 조금 쌓아보도록 하자. 크로노스에 대한 정보를 얻고 싶었으니 말이다. 벌어지지 않은 미래에 대한 일이라 정보의 마안으로도 자세히 알 수 없었다.

생각보다 크로노스의 랭크가 높은 것 같았다. 강제로 기억을 읽을 수도 있겠지만 그 방법은 부작용이 심각했다. 진우는 아영이 꽤 마음에 들었다.

"아영 씨는 이런 상황에 익숙하신 것 같네요."

"그건……."

"하하, 말해주실 필요는 없어요. 다들 비밀 한두 개쯤 갖고 있잖아요."

아영은 진우를 물끄러미 바라보다가 고개를 설레 내저었다.

"이곳을 빠져나가면…… 말해 드릴게요."

"그런 말을 하면 보통 죽던데요."

"불길한 소리 하지 말아요."

진우의 말에 아영이 인상을 썼다. 횃불들이 점점 다가오기 시작했다. 사방이 포위되었다. 아영은 검을 꽉 쥐었다. 숫자가 워낙 많아 살아남을 가능성은 그리 높지 않았다. 특히 데이비드는 강적이었다.

"저 앞에 동굴이 있어요. 그곳까지만 가면…… 며칠은 버틸 수 있을 거예요. 발키리가 올 때까지만 버티면……."

아영이 그렇게 말했다. 하지만 지금 당장 이곳에서 벗어나는 것도 어려워 보였다. 진우는 아영과 눈이 맞추었다.

"아영 씨, 먼저 가세요."

"네?"

"제가 유인할게요."

"무, 무슨……."

아영이 눈을 크게 뜨며 진우를 바라보았다.

"한 사람이라도 살아야죠. 아영 씨는 이런 곳에서 죽을 사람이 아닌 것 같아요. 해야 할 일이 있는 거죠?"

인기척이 점점 다가오는 게 느껴졌다. 진우는 갈등에 빠진 아영을 보며 만족했다. 그녀는 이렇게 선량한 사람은 본 적이 없을 것이다.

양심에 찔리거나 하지는 않았다. 진우는 아주 사악한 악신이었기 때문이다. 양심이 있을지도 의문이었다.

진우는 녹슨 단검을 들고 자리에서 일어났다. 아영이 그런 진우를 노려보았다.

"고마워하지 않을 거예요. 어차피 그런 식으로는 이곳에서 오래 버티지 못해요. 운이 좋아 살아남는다고 해도 죽을 거예요. 그러니까……."

아영은 애써 시선을 돌리며 그렇게 말했다.

"아영 씨, 괜찮아요. 가세요."

진우는 산비탈 위로 올라왔다.

'나 정말 착한데?'

일단 순순히 잡혀줄 생각이었다. 그편이 더 재미있으니까 말이다.

진우가 녹슨 단검을 들고 숲을 달리기 시작했다. 일부러 기척을 크게 냈다. 포위에 틈이 생기자 아영이 빠르게 빠져나갔다.

'과연…….'

어떤 선택을 할지 기대가 되었다. 그녀의 선택에 따라 도와줄지, 아니면 그냥 놔둘지가 결정될 것이다.

"찾았다!"

"잡아!"

사람들이 진우를 쫓아왔다. 며칠 전까지는 일반 사람들이었기에 전문적인 움직임은 아니었다. 그냥 모두 우르르 몰려왔다.

데이비드가 진우의 앞을 막았다.

"흠, 여자는 없군."

어설프게 단검을 들자 그는 진우를 비웃었다. 뒤로 다가온 사람이 몽둥이로 그의 뒤통수를 가격했다. 맞은 것 같은 느낌이 들지 않았지만 기절한 척했다.

"여자는?"

"놓친 것 같아요."

"이놈이 알고 있을지도 모르겠군. 남자 고기는 좀 그렇지만…… 어쩔 수 없지."

데이비드가 진우를 가리키자 사람들이 진우를 들었다.

데이비드 무리가 진우를 텐트가 있는 쪽으로 데리고 왔다. 데이비드가 진우의 뺨을 툭툭 치며 그를 깨웠다.

[저승세계 명부(데이비드 리)에 1,000만 죄업 포인트가 추가되

었습니다.]

[저승세계 명부(장량)에 10만 죄업 포인트가 추가……]

그들은 착실하게 업보가 쌓이고 있었다.

데이비드가 비열한 웃음을 지으며 진우를 내려다보았다.

미선은 그의 옆에서 겁에 질려 있을 뿐이었다.

"여자는 어디 있지? 말하면 편하게 죽여주지."

"집착이 심한데?"

진우가 웃으면서 말하자 데이비드의 인상이 찡그려졌다.

데이비드는 녹슨 철검을 미선에게 건넸다.

"팔을 잘라 버려."

"네?"

"충성심을 증명해 봐."

미선이 바들바들 떨며 철검을 들었다.

"미, 미안해요. 어, 어쩔 수 없었어요."

"이해합니다."

진우가 그렇게 말하자 사람들이 진우를 비웃었다.

"병신, 폼 존나 잡네."

"팔 잘리고도 그런 말 할 수 있을까?"

"저번에 그놈처럼 질질 짤걸?"

데이비드와 그를 따르는 모든 사람들이 이곳에 있었다.

사람들이 진우의 팔을 붙잡았다.

미선이 눈을 꼭 감고 검을 진우의 팔을 향해 내려쳤다.

[저승세계 명부(박미선)에 1,000만 죄업 포인트가 추가되었습니다.]

팅!

당연히 진우의 팔은 잘리지 않았다. 검이 가볍게 박살 나며 파편이 미선에게 박혔다.

"꺄악!"

진우는 천천히 고개를 들었다.

"음, 이해는 되지만 벌은 받아야지."

진우의 미소가 점점 진해지자 주변에 있던 사람들이 주춤 물러났다. 불길함을 느낀 데이비드가 검을 들었다.

"주, 죽여!"

데이비드와 사람들이 진우를 향해 검을 찔러넣었다.

그러나 진우에게 닿기도 전에 검이 가루가 되어 사라졌다.

"으, 으악! 내, 내 팔이……!?"

데이비드의 양팔이 바닥에 떨어졌다. 사람들은 비명을 지르며 도망치려 했다. 그러나 그럴 수 없었다. 바닥을 뚫고 치솟은 검은 촉수가 그들을 꿰뚫었기 때문이다. 검은 촉수는 시체를 휘감더니 그대로 바닥 안으로 사라졌다.

주변이 순식간에 깔끔해졌다. 진우의 주변에는 데이비드와 미선만 남게 되었다. 그들의 죄업은 굉장히 무거웠다.

진우는 권능을 일으켰다. 악신이 되면서 모든 군주의 권능을 자유자재로 사용할 수 있었다. 주변 공간을 변형시키거나 환각을 보여주는 것 따위는 일도 아니었다.

진우는 그들이 겪어야 할 형벌을 딱 1년 정도 체험하게 해주었다. 마계 행이 아닌 타르타로스 행이었다. 그곳에서 아무것도 듣지도, 보지도, 느끼지도 못한 채 정신만 멀쩡히 지내야 했다. 데이비드와 미선의 눈빛이 몽롱해지더니 환각에 빠졌다.

잠시 후, 그들이 격한 기침을 하며 정신을 되찾았다.

"으, 으아아악! 자, 잘못했습니다. 크흑."

"꺄아악! 시, 싫어! 제, 제발! 그만……! 하악!"

타르타로스와 똑같은 환경 속에서 1년 동안 갇혀 있었다. 괴물들이 잔뜩 있는 이 끔찍한 곳이 차라리 천국처럼 느껴졌을 것이다. 감각이 돌아오자 그들은 기쁨의 눈물을 흘렸다.

데이비드와 박미선은 눈물 콧물을 흘리며 빌었다.

"1년 동안 좀 편했지?"

진우의 말에 둘은 고개를 마구 저었다. 일 년이 아니라 백 년처럼 느껴졌다.

"안타까운 소식이 있어."

마음이 아팠지만 안타까운 소식을 전해줘야 했다.

진우의 말에 둘은 흠칫 몸을 떨었다.

"지금 죽게 되면 이천만 년 정도 그곳에 들어가 있게 될 거야."

"이, 이, 이천만 년……? 커헉!"

"꺄악! 시, 싫어."

아우우우!

숲에서 늑대의 울음소리가 들려왔다. 죽음보다도 끔찍한 고통이 다가옴을 알려주는 소리였다. 데이비드는 양팔이 없었고, 박미선은 온몸에 검의 파편이 박혀 있었다. 진우는 데이비드의 입에 녹슨 단검을 물려주었고, 미선에게 하루 치 식량을 던져 주었다.

"달려."

진우는 가볍게 손짓하며 말하자, 데이비드와 미선이 필사적으로 도망치기 시작했다.

크르르르!

늑대가 그들의 뒤를 쫓았다. 그들은 그 어느 때보다도 필사적이었다.

주변이 조용해졌다.

'왔군.'

멀리서 작은 기척이 느껴졌다.

아영이 동굴로 가지 않고 진우를 구하기 위해 다가오고 있었다.

곧 아영이 근처까지 다가왔다. 자신을 구하러 올 것이라고 예상은 했지만 이 정도로 빨리 결단을 내릴 줄은 몰랐다.

역시 그녀는 손해를 보는 타입이었다.

'그럼…….'

진우의 주변에는 아무도 없었다. 아영이 이상하게 생각할 게 틀림없었다. 그러나 문제 될 건 없었다. 아영을 속이는 것쯤은 너무나도 쉬운 일이었다.

진우는 주인공이 힘을 숨긴다는 컨셉을 깰 생각이 전혀 없었다. 지금까지 들인 정성이 아까웠기 때문이다.

물론, 데이비드와 십여 명의 사람들이 보기는 했지만, 모두 저승으로 갔으니 목격자는 없었다. 진우가 권능을 일으키자 주변의 풍경이 변하기 시작했다. 데이비드와 미선, 그리고 다른 사람들이 나타났다. 데이비드와 미선에게 보여준 환각보다 훨씬 쉬웠다.

아영의 신뢰를 완벽히 얻을 기회였다.

그녀가 감동할 만한 광경을 보여주도록 하자.

아영은 작게 한숨을 내쉬었다. 그녀는 동굴 앞까지 도착했었는데, 결국 들어갈 수 없었다. 진우의 모습이 자꾸 떠올랐기 때문이다. 사흘 동안 같이 지냈다고 하나 그전까지는 전혀 모르던 사람이었다. 회귀자인 그녀는 아예 그의 존재를 알지도 못했다. 그녀는 그를 구하러 갈 이유를 열심히 떠올려 보았다.

'그는 처음 7일을 버티지 못했을 거야.'

그 사람은 초반에 죽었을 확률이 컸다. 성격을 보건대 분명 그러했을 것이다. 이곳은 지옥이었다. 누구도 믿어서는 안 된다. 살기 위해 사람을 잡아먹고, 배신하는 곳이었다.

오로지 자신의 안전만 최우선으로 생각하고, 계획했던 것처럼 레전드 스킬과 아이템을 얻어야 했다.

그녀에게는 목적이 있었다.

그러나 그녀는 무기를 꺼냈다. 늑대를 혼자서 백 마리 잡으면 얻을 수 있는 유니크 검이었다. 그에게도 비밀로 하여 보여주지 않았다. 사실 그녀는 그 무리들과 싸울 만한 힘이 있었다. 평범한 무기라면 불가능했지만 이 유니크 검을 사용한다면 가능했다.

도주를 택한 건 위험을 감수하기 싫어서였다. 아직까지 그를 완전히 신용하지 않고 있기도 했다. 이곳에서는 신용이나 우정, 의리 따위는 아무런 가치가 없었다. 다른 사람을 위해 목숨을 버리는 건, 정말 바보 같은 짓이었다.

'데이비드에게 잡혔다면 아마도…….'

그는 잡아먹힐 것이다.

스킬 폭식자 데이비드 리. 그는 사람을 먹어 스킬과 경험치를 빼앗는 능력을 지니고 있었다. 지금 그를 따르고 있는 동료들도 발키리가 오기 전에 모조리 살해당해 그에게 먹힐 예정이었다. 그런 식으로 그는 최강에 가까워졌다.

로키의 휘하로 들어간 이후에는 더욱더 잔인해져서 사람을 산 채로 먹는 걸 즐기기까지 했다.

'데이비드가 그의 회복스킬까지 가져간다면, 더 답이 없어질 거야.'

그래! 그를 구하러 가는 것이 아닌, 미래를 위해서 가는 것이다. 그녀는 그렇게 스스로를 이해시키며 신중하게 움직였다. 그들은 보란 듯이 그와 자신이 머물렀던 텐트 쪽에 있었다.

그녀는 자세를 낮추며 천천히 접근했다. 데이비드가 비열한 웃음을 지으며 진우를 바라보고 있었다. 그의 손에는 모닥불에 달군 철검이 들려 있었다.

아영의 눈이 크게 떠지는 순간.

치이이익!

데이비드는 붉게 달아오른 검을 잔우의 가슴에 가져다 대었다.

"크아악!"

진우가 고통에 비명을 질렀다.

"다시 한번 묻지."

"허억…… 크윽."

"그 여자는 어디 있지?"

"큭, 그냥 도망쳤는데…… 크윽, 내가 어, 어떻게 알아?"

데이비드는 옆에 있는 미선을 바라보았다. 미선은 눈치를 살피다가 입을 뗐다.

"느, 늘 하, 합류 장소를 정하고 우, 움직였잖아요! 이, 이번에도 그랬을걸요? 그, 그 여자는 숲을 자, 잘 알고 있어요! 분명히 말했을 거예요."

데이비드는 미선에게 검을 건넸다.

"한 시간을 주지. 알아내라. 그렇지 않으면 요리되는 건 네년이다."

"아, 아아……."

데이비드의 뒤에는 고깃덩어리들이 있었다.

아영은 검 손잡이를 꽉 쥐었다. 저것이 무슨 고기인지 알고 있었기 때문이다.

"마, 말해! 말하란 말이야!"

"크윽!"

"그 여자! 위치 알고 있잖아!"

"커헉!"

푹! 치이이익!

미선이 미친 듯이 고문을 하기 시작했다. 데이비드와 사람들은 그걸 보면서 웃고 즐겼다. 아영의 안색이 안 좋아졌다. 진우는 처참한 꼴이 되었다. 저러다 금방이라도 죽을 것만 같았다.

'……그냥 말해. 말하라고.'

아영은 속으로 그렇게 생각했다. 동굴 안에서라면 저들 모두를 상대할 수 있었다. 그러나 진우는 비명을 지르면서도 말하지 않았다. 미선의 고문은 더욱 악독해졌다.

'도대체 왜…… 이렇게까지…….'

아영의 눈빛이 흔들렸다. 미선은 열이 받는지 진우를 향해 주먹을 휘두르고 검을 찔러넣었다.

"말하란 말이야!"

"……도망쳐."

진우가 피를 토하며 그렇게 말했다.

정말 멍청한 남자였다. 그렇게 당하면서도 미선을 걱정해 주고 있었다. 아영은 열이 받아 이성이 완전히 날아가 버렸다. 그녀는 숲에서 튀어나와 그들을 향해 달려들었다.

순식간에 여럿을 베었다.

"컥!"

"크악!"

데이비드가 놀란 표정으로 일어나려는 순간 그녀는 위험을 감수하며 그에게 뛰어들었다.

푹!

"컥! 네, 네년……!"

아영은 단번에 그의 심장 깊숙한 곳에 검을 찔러넣었다. 유니크 검이었기 때문에 조잡한 갑옷으로는 막을 수 없었다.

진우를 붙잡고 있던 사람들이 기겁하며 무기를 들었지만 그녀의 움직임이 훨씬 빨랐다.

"하아…… 하아……."

아영은 거친 숨을 몰아쉬었다. 무리한 움직임 때문에 온몸의 근육이 끊길 듯 아파 왔다. 데이비드와 사람들이 순식간에 당하니 사람들은 도망치기 시작했다.

"어, 언니?"

미선은 피 묻은 검을 들고 멍하니 아영을 바라보았다.

그녀는 화들짝 놀라며 검을 바닥에 떨어뜨렸다.

"미, 미안해요. 나, 나는 그, 그냥……."

아영이 미선을 향해 검을 들었다.

검을 내려치려는 순간이었다.

덥썩!

진우가 그녀의 손을 잡았다. 아영은 깜짝 놀란 표정으로 진우를 바라보았다. 그는 서 있는 것조차 고작이었는데, 자신을 말리고 있었다.

"……이렇게까지 바보일 줄은 몰랐네요."

"하, 하하……. 구하러 오다니…… 감동이네요."

"닥쳐요."

털썩!

미선이 덜덜 떨며 바닥에 주저앉았다.

아영은 그런 미선을 바라보았다.

아우우우!

피 냄새에 이끌려 온 늑대들이 숲에 가득했다. 하지만 아영은 늑대를 걱정하지 않았다. 늑대는 그녀가 지닌 유니크 검을 두려워해서 접근하지 않았기 때문이다.

아영은 진우를 부축하며 빠져나갔다. 늑대들이 아영이 사라지자 미선에게 달려들었다.

콰득!

살이 씹히고 뼈가 부서지는 소리가 들렸지만 아영은 통쾌한 기분을 느낄 수 없었다.

"정신 차려요!"

"그냥…… 절 놔두고……."

"그럴 거면 여기에 오지도 않았아요."

아영은 진우가 의식을 잃어가고 있는 것을 느꼈다.

이대로 의식을 잃으면 영원히 깨어나지 않을 것 같았다.

"그냥…… 그냥 말하면 될 걸 왜 그렇게 미련하게……!"

"……."

"조금만 더 가면 돼요!"

아영은 진우를 부축하며 동굴로 향했다. 동굴에는 약초가 있었다. 효능이 좋은 약초였다. 그녀만 알고 있는 사실이기도 했다. 그때 도망치지 않고 맞서 싸웠으면 상황이 더 괜찮았을 것이다. 자신이 망설이고 외면한 결과였다.

그 데이비드와 자신이 다른 게 뭘까? 아영은 후회되었다.

"정신 차려요! 제발……!"

아영은 그 어느 때보다도 필사적이었다.

진우는 아영의 뒷모습을 보며 고개를 끄덕였다.

아영이 데리고 가고 있는 것은 진우가 아니었다. 요즘 천계와 마계에서 선풍적인 유행을 끌고 있는 베개였다. 진우와 똑같은 크기였는데, 그의 사진이 붙어 있었다. 살짝 환각을 거니 그녀는 아주 훌륭하게 속아 넘어갔다. 환각이라고 하기에는 너무 사실적이라 누구라도 속을 것이다.

[저승세계 명부(김아영)에 500만 선행 포인트가 추가되었습니다.]

악신을 도운 대가는 상당했다. 아영은 무려 500만 선행 포인트를 얻게 되었다. 선행 포인트는 선량한 영혼을 위해 만든 포인트였다. 천계에 올라 천족이 되거나, 다른 차원에 환생을 할 때 사용되었다. 보통 이렇게 선행 포인트가 많을 경우에는 저승사자가 붙어 컨설팅을 해주었다.

주로 중간계 환생을 추천했다. 10만 포인트 정도면 황족으로 태어날 수 있었고, 20만 포인트면 원하는 능력을 가질 수 있었다. 300만 포인트를 투자하면 기억을 가진 채 환생할 수 있었다. 착하게 살면 복이 오게 마련이다.

진우는 필사적으로 약초를 채집하고 있는 아영을 바라보았다.

'두 번 정도 심장이 멈추고, 아슬아슬하게 살아나는 게 괜찮겠지.'

그렇게 고비를 넘기며 겨우 살아나는 것이다. 그런 극적인 연출을 하는 편이 신뢰를 얻는 데도 좋을 것 같았다. 아영이 베개를 살리려고 그렇게 노력할 때 진우는 주변을 돌아다녔다.

'위에서 봐야겠어.'

진우는 공중으로 날아올랐다. 높은 상공에 이르자 미드가르드 전체를 볼 수 있었다.

미드가르드는 북유럽 신화의 아홉 세계 중 하나였다. 바다가 커다란 대륙을 둘러싸고 있었고, 요르문간드라 불리는 거대한 뱀이 몸으로 바다를 감싸고 있었다. 요르문간드는 미드가르드 전체를 감싸고 자신의 꼬리를 입에 물 수 있을 만큼 컸다. 사람들이 살고 있기는 했지만 그리 많은 숫자는 아니었다.

미드가르드는 하나의 거대한 훈련소였다. 이 숲과도 같은 곳들이 제법 많았다. 미드가르드의 상공 끝에 다다르자 검은 공간을 가로지르고 있는 커다란 무지개 다리가 보였다.

'비프로스트로군.'

아스가르드로 향하는 무지개 다리였다. 발키리들이 비프로스트 주변을 날아다니며 미드가르드를 감시하고 있었다.

대략적으로 미드가르드의 구조를 파악한 진우는 다시 숲으로 내려왔다. 진우는 잠시 과자를 먹으며 한가롭게 시간을 보냈다. 날이 밝아올 무렵이 되어서야 동굴 안으로 들어갔다.

아영이 진우의 옆을 지키며 꾸벅꾸벅 졸고 있었다.

진우는 환각을 없애고 베개를 아공간에 넣은 뒤 그 자리에 누웠다. 피 묻은 옷을 구현하는 건 그리 어려운 일이 아니었다.

"으, 음……."

진우가 신음을 흘리자 아영이 화들짝 놀라며 깨어났다. 나뭇잎으로 만든 그릇으로 물을 떠 오더니 진우에게 먹여주었다.

"여기는……?"

"동굴이에요. 몸은 괜찮나요?"

"으윽, 아프지만…… 움직일 만하네요. 어떻게 된 건가요? 저는 분명……."

"약초를 썼어요."

아영의 손은 엉망이었다. 여기저기 갈라져 있었고, 녹색 즙이 잔뜩 묻어 있었다.

"감사합니다."

"……착각하지 마세요. 그냥 찝찝해서 데려온 거니까."

"하하…… 그렇군요."

잠시 침묵이 깔렸다.

"데이비드 리, 그 사람의 이름이에요."

"그 사람이라면……?"

"당신을 고문한 남자에요. 그는 사람을 먹어 스킬과 경험치를 빼앗을 수 있죠. 두 달이 지날 시점에는 보유 스킬이 200개가 넘어가게 돼요."

"두 달이 지났을 때요? 마치…… 아영 씨가 미래를 알고 있다는 것처럼 들리는데요?"

"네, 맞아요."

진우는 모르겠다는 표정을 지었다.

"믿기지 않겠지만 저는 회귀자에요."

"회귀자……?"

극적인 연출이 도움이 된 모양이었다. 아영은 진우를 완전히 신뢰하고 있었다. 자신이 회귀자인 것을 말하자 조금 후련한 모양인지 입가에 살짝 미소가 걸렸다.

진우는 그녀와 이야기를 나누기 시작했다. 천천히 그녀에게서 원하는 정보를 얻어냈다.

"이곳이 전부 전사를 키워내기 위한 장소라고요?"

"네, 맞아요. 처음 7일은 튜토리얼에 불과해요. 발키리들은 점점 더 가혹한 상황으로 사람들을 몰아넣을 거예요. 그렇게 해서 살아남은 전사들은 이곳의 신에게 바쳐지게 돼요."

"이곳의 신이라면?"

"오딘, 토르, 로키 같은 북유럽 신화에 나오는 신들이에요."

진우는 믿을 수 없다는 표정을 지었지만, 그녀를 바라보며 고개를 끄덕였다. '믿을 수는 없지만 나는 너를 믿어!'라는 신뢰가 담긴 제스처였다.

"신들은 왜 전사들을 모으는 거죠?"

"전쟁……."

이곳의 신들은 전쟁을 벌이고 있었다.

"전쟁? 누구와의……?"

"서쪽의 군대, 사막의 전사들…… 오딘은 승리를 조건으로 지구로의 귀환을 약속했어요. 우리들은 필사적으로 싸웠죠. 하지만…… 결국 우린 소모품일 뿐이었어요. 쓰임이 다하자 그 사막에서 모두 죽임을 당했죠."

아영은 꽉 쥔 주먹을 파르르 떨었다.

지구인들은 전투와 전투를 거듭하며 일반적인 신에 필적할 정도로 강해졌다고 한다. 오딘이나 토르 같은 신들이 지구인들의 성장을 빠르게 만들기 위해 축복과 권능을 내려줬는데, 인간의 몸에 완전히 녹아들어 거둬들일 수 없었다. 신들이 생각하지 못한 일이었다. 그만큼 지구인들의 재능은 뛰어났다. 개개인의 무력으로는 신들의 상대가 될 수는 없었지만 지구인들이 뭉치면 곤란했다.

사막 정벌이 끝나자 오딘은 서로를 이간질해서 지구인들이 서로를 죽이게 만들었다. 로키의 하수인이 된 데이비드 리가 가장 큰 활약을 했다고 한다.

"제가 죽기 직전…… 새턴이라는 신이 찾아왔어요."

새턴은 크로노스를 말하는 것이었다.

그녀가 죽기 직전 새턴이 찾아왔다고 한다. 아영은 영혼을 팔아 그와 계약을 했다. 과거로 보내주는 대신, 신들을 물리치고 오딘의 왕관을 바치겠다는 계약이었다. 그녀는 그만큼 독보적으로 강했다고 한다.

'군주급 정도는 되었겠지.'

아영은 재능이 있었다. 지구에서 정규 훈련을 받았다면 훌륭한 기사가 되었을 것이다.

아무튼, 이번 발키리의 시련을 겪고 살아남은 지구인들은 모두 아스가르드 소속이 되어 바로 전장에 보내진다고 한다.

미드가르드를 관리하는 발키리는 총 20명으로, 그중에서 가장 강한 발키리가 처음 이곳에 와서 보았던 그 발키리였다.

'괘씸한데?'

진우의 눈빛이 차갑게 가라앉았다. 마음에 들지 않았다. 지구인들을 납치해서 소모품으로 쓰고 있었다. 게다가 지구로 돌려보내 준다는 약속을 무시하고 토사구팽시켜 버리기까지 했다.

아영은 고개를 설레 저었다.

"차라리…… 이곳이 북유럽 신화가 아닌 악신 신화 속 세계였다면 좋았을 것 같네요."

아영이 그런 말을 했다. 진우는 흥미로운 눈빛으로 그녀를 바라보았다. 그녀의 입에서 악신이라는 단어가 나올 줄은 몰랐기 때문이다.

"악신 신화요?"

"악신은 인간을 위해 저승세계를 다시 만들고…… 나쁜 신들을 몰아냈죠."

"음, 아영 씨 말대로라면 이곳에 토르나 오딘 같은 신도 있으니 악신도 있지 않을까요?"

"그건…… 생각해 보지 않았네요. 정말 그랬으면 좋겠어요."

아영의 표정이 편안해졌다. 그녀는 악신을 꽤 좋아하는 모양이었다.

잠시 침묵이 내려앉았다.

"아영 씨, 기도라도 해봐요. 혹시 악신이 들을 수도 있지 않겠어요?"

"그럼, 오딘의 뒤통수를 갈겨달라고 기도해야겠네요."

진우의 말에 아영은 피식 웃으며 그렇게 말했다.

진우도 그녀를 따라 웃었다.

"음, 그거 좋은 생각이네요."

악신은 기도를 잘 들어주기로 소문난 신이었다.

'정말 좋은 생각인걸?'

마음에 드는 아이디어였다.

진우는 아영에게 환각을 걸고 마계로 이동했다. 마황성으로 가니 갈로드가 헐레벌떡 뛰어왔다. 그는 진우가 마계에 온 이유를 짐작하고 있었다.

"다섯 마리 정도 왔습니다. 도플로 일족이 철저하게 조사하는 중입니다."

"그렇군."

지구로 차원 이동을 한 발키리들은 방어시스템에 의해 모두 마계로 이동되었다. 지구에서 사람을 납치하는 임무를 맡은 발키리들이었다.

진우는 갈로드와 함께 마황성 깊숙한 곳에 있는 지하감옥으로 갔다. 지하감옥에 도착하니 고문기술자와 도플로 일족들이 보였다. 갇혀 있는 발키리들은 겁에 잔뜩 질려 있었다.

진우가 나타나자 마족들이 모두 고개를 조아렸다.

"조사는 다 했나?"

"네, 머리카락 숫자까지 전부 똑같이 복사할 수 있습니다."

"좋군."

도플로 일족은 역시 든든했다. 발키리들은 1년 주기로 20만 명 정도 되는 인간을 미드가르드로 보낸다고 한다. 현재 미드가르드에 약 만 명 정도만 도착한 상황이었다.

갈로드가 고개를 숙이며 입을 뗐다.

"천계에 연락해 보니 아바타 20만 개를 바로 준비할 수 있다고 합니다. 사람과 전혀 구분이 안 될 정도로 정밀한 아바타입니다. 인간이 지닌 잠재력이나 특성도 완전하게 똑같습니다. 세연 님의 말로는 아로롱, 그리고 다키를 통해 모두 통제가 가능하다고 합니다. 아마 예전 T시리즈보다도 괜찮을 겁니다."

천족들은 아바타 생산에 도가 텄다. 아예 인간의 육체를 창조하는 지경에 이르게 되었다. 역시 뭐든지 하다 보면 늘게 마련이다. 평범한 인간 육체의 아바타를 만드는 건 굉장히 쉬운 일이었다.

진우가 고개를 끄덕이자 발키리로 변한 도플로 일족들이 진우에게 다가왔다.

"감쪽같군."

도플로 일족은 완벽했다. 진우가 악신이 되면서 그들의 능력도 상승하였다. 진우조차 정보의 마안이 없으면 알아차리지 못할 정도였다.

"원한다면 줘야겠지."

진우는 20만 명의 사람을 공급해 줄 생각이었다. 오딘은 최강의 군대를 얻게 될 것이다.

"가짜이긴 하지만."

그의 입가에 미소가 걸렸다. 통수를 통수로 돌려주는 통쾌한 작전. 이른바 '쓰리통 작전'이였다.

작전이 시작되었다. 마계에 대기하고 있던 가짜 발키리들이 미드가르드로 복귀했다. 가짜 발키리들이 돌아오자 기다리고 있던 선배 발키리들이 날아왔다.

그들 중에는 오딘의 명을 받고 전사 양성을 책임지고 있는 상급 발키리도 있었다. 그녀의 이름은 하르였다. 오딘의 단검이라 불리며 오딘의 총애를 받는 발키리였다.

하르가 다가오자 가짜 발키리들이 정중하게 인사를 했다. 하르는 그녀들이 가짜인 것을 전혀 알아차리지 못했다.

"늦어서 죄송합니다."

"괜찮다. 조금 늦기는 하였으나 기한을 넘어서지는 않았으니, 오딘께서도 이해해 주실 것이다."

오히려 그들을 걱정해 주었다. 하르는 잔혹한 성격이었지만 그것은 적과 무가치한 이들에 한해서였다. 동료와 부하들에게만큼은 한없이 다정했다. 하르와 그녀의 휘하에 있는 발키리들이 움직이기 시작했다. 가짜 발키리들이 데려온 20만 명의 인간들을 미드가르드 각 지역에 배치했다.

총 21만 명의 인간들이 미드가르드로 납치되었다. 먼저 온 1만 명의 숫자는 3천 명으로 줄어들어 있어, 현재 미드가르드에 있는 인간들의 숫자는 20만 3천 명이었다.

하르가 오딘에게 보낼 보고서를 작성하고 있을 무렵, 가짜 발키리들이 움직이기 시작했다. 바쁘게 움직이는 중급 발키리들에게 다가갔다.

"무슨 일이지? 피곤할 텐데 아스가르드로 어서 복귀해라."

"그게……. 인간들 사이에서 이상 현상이 발견되어서요."

"이상 현상? 아, 그건가. 차원을 넘다 보면 종종 생기는 일이다. 내가 직접 보도록 하지."

중급 발키리가 가짜 발키리들을 따라 이동했다. 다른 발키리들의 눈에 띄지 않은 외지였다.

"여기입니다."

중급 발키리가 가짜 발키리들이 안내한 곳으로 다가갔다. 중급 발키리는 주변을 살펴보다가 고개를 갸웃했다. 이상 현상은 존재하지 않았고, 그저 인간들이 죽은 듯이 누워 있을 뿐이었다.

"별문제가 없는 것 같은데."

중급 발키리가 그렇게 말하며 뒤로 고개를 돌리는 순간이었다.

퍼억!

뒤통수에서 강렬한 충격이 느껴졌다. 중급 발키리의 몸이 휘청거리며 쓰러졌다. 중급 발키리는 간신히 고개를 들어 가짜 발키리들을 바라보았다. 가짜 발키리 하나가 피가 묻은 둔기를 들고 있었다.

"무, 무슨 짓……."

"역시 중급이라 그런지 단단하네."

"아, 안 돼! 그, 그만……."

"그러게 그냥 기절하면 좋았잖아. 왜 일을 두 번 하게 만들어?"

퍼억!

가짜 발키리가 다시 한번 둔기를 휘둘러 그녀를 완전히 기절시켰다. 중급 발키리의 몸이 바르르 떨리다가 축 처졌다.

스륵!

바닥에 누워 있던 천천히 인간이 자리에서 일어났다. 그의 몸이 녹더니 액체가 되더니 중급 발키리와 똑같은 모습이 되었다. 중급 발키리가 된 도플로 일족이 빙긋 웃으며 가짜 발키리들을 바라보았다.

"수고했어요."

"네, 이제 19마리 남았네요. 아바타는 어떤가요?"

"음, 아로롱과의 링크가 불안정한 상태에요. 움직이는 데는 문제가 없을 테지만 어색할 수가 있어요."

"그건 예상외의 변수네요. 빨리 움직이죠."

변수가 생겼지만, 빠르게 움직인다면 커버할 수 있을 것 같았다. 가짜 발키리들은 기절해 있는 중급 발키리의 장비를 벗긴 다음, 동굴로 이동시켰다. 릴리스에게 받은 촉수 식물이 그곳에서 자라고 있었다. 온몸을 묶어 기운을 빼앗는 사악한 식물이었다.

도플로 일족은 이리저리 몸을 움직여 보았다. 중급 발키리로 변한 건 이번이 처음이라 조금 어색하기는 했다. 친하게 지냈던 동료라면 이질감을 느낄 수도 있을 것이다.

그러나 크게 상관없는 일이었다. 어차피 모두 사라질 테니까.

가짜 발키리들이 싱긋 웃고는 아무 일도 없던 것처럼 날아올랐다. 그것을 시작으로 발키리들이 차례대로 사라졌다. 처음에는 눈치를 살피며 일을 진행했지만, 동료가 많아질수록 더 과감해지고 빨라졌다. 금세 도플로 일족들이 그들의 자리를 모두 차지하게 되었다.

이제 상급 발키리인 하르만 남아 있을 뿐이었다.

깨어난 인간들에게 날아와 튜토리얼을 진행했다. 늘 그렇듯, 반항하는 놈을 잔혹하게 죽이고 시작하려 했는데, 분위기가 이상했다. 평소와 너무나 달랐다.

[기뻐하십시오. 여러분들께서는 가장 위대한 신인 오딘의 전사가 될 자격을 얻으셨습니다. 지금부터 그 자격을 얻기 위해 살아남으셔야 합니다. 살인, 강간, 약탈, 모든 것이 허용됩니다. 강한 자가 곧 법입니다.]

이 얼마나 잔혹한 이야기란 말인가! 보통 이쯤 되면 질질 짜거나, 반항하는 자들이 나와야 했다. 그녀는 그런 자를 본보기로 죽여서 현실을 인지하게 했다.

그러나 지금은 모두가 그녀를 가만히 바라보고 있었다. 표정 변화가 거의 없었다. 상급 발키리인 하르가 섬뜩함을 느낄 정도였다.

음침한 침묵이 깔렸다. 하르는 자신이 섬뜩함을 느낀 걸 이해할 수 없었다. 저들은 하찮은 인간들이었다. 비명을 지르며 자비를 구걸해야 했다.

하르는 가장 정면에 있는 남자에게 깃털을 쏘아 보냈다.

퍼석!

피가 튀기며 남자가 쓰러졌다. 장기들이 바닥에 뿌려졌다. 하르는 일부러 잔혹하게 남자를 죽였다.

"꺄. 악. 사람이 죽. 었. 다."

"살. 려. 줘."

"으. 악. 으. 악."

"흐. 흐. 흐. 흑."

반응은 있었다. 그러나 마치 책을 읽는 것처럼 느껴질 뿐이었다.

"으, 으, 으어?"

"어, 어, 어, 죽, 죽, 죽, 죽……."

흔들! 흔들! 파르르르르!

인간들의 몸이 갑자기 마구 흔들리기 시작했다. 마치 일정한 시간 속에 갇힌 것처럼 보였다. 같은 행동을 반복했기 때문이다.

'뭐, 뭔가 이상해.'

하르는 소름이 끼쳤다. 그녀가 뒤로 한 발짝 물러난 순간, 인간들의 움직임이 일제히 멈추었다.

휙!

모두의 고개가 일제히 돌아가며 그녀를 바라보았다. 섬뜩함이 공포로 바뀌게 되었다. 그녀는 튜토리얼을 진행할 생각을 하지 못했다.

"살려줘. 살려줘. 살려줘."

"도망쳐. 도망쳐. 도망쳐."

[도, 도대체……. 무슨…….]

"무슨, 무슨. 무슨."

"도대체, 도대체. 도대체."

인간들이 말을 따라 하며 고개를 끄덕이기 시작했다.

달그닥! 달그닥!

그 움직임은 점점 격해졌다.

우드득!

목이 꺾이는 인간들도 보였다. 목뼈가 부러지며 머리가 마구 돌아가는 자들도 있었다.

하르는 허겁지겁 날아올랐다. 빨리 보고를 해야 할 것 같았다. 부하 발키리들이 보이자 몸을 휘감고 있는 섬뜩한 공포가 간신히 사라졌다. 그녀는 안도의 한숨을 내쉬며 부하 발키리들에게 다가갔다.

발키리들은 등을 돌리고 있었다. 하르가 가장 신임하고 아끼는 발키리의 모습도 보였다.

"이번에 데려온 인간들이 이상하다. 빨리 오딘께 보고해야 해!"

하르의 말에도 그들은 반응이 없었다. 여전히 등을 돌린 채로 가만히 공중에 떠 있었다.

"마르……?"

하르는 그녀가 가장 아끼는 부하인, 마르의 이름을 불러보았다. 여전히 반응이 없었다.

하르는 천천히 마르의 뒤로 다가갔다. 순백색의 날개, 아름답게 휘날리는 금발 머리, 향긋한 냄새. 마르가 맞았다.

장난을 치고 있는 게 확실했다.

그녀는 덮쳐오는 불안감을 간신히 억누르며 마르의 등을 향해 손을 뻗었다. 마르가 천천히 고개를 돌려 그녀를 바라보았다.

"무슨 일인가요?"

"이, 인간들이……. 아니, 그건 인간이 아니야. 그건……."

"무슨 말을 하시는지 모르겠네요. 피곤하신 것 같은데 쉬는 게 어떤가요?"

마르는 뒤로 물러났다. 하르의 말투와 목소리, 표정은 똑같았다. 그러나 자신을 대하는 태도가 이질적으로 느껴졌다.

"너, 너는 마르가 아니다!"

마르의 미소가 사라졌다. 순식간에 무표정이 되었다.

후르륵!

마르의 얼굴이 반쯤 흘러내렸다. 뼈가 보일 정도로 흘러내렸다가 다시 재생되었다. 얼굴이 여러 동료 발키리들의 얼굴로 바뀌었다가 다시 본래 모습으로 돌아왔다.

"아, 아아……. 괴물!"

하르는 뒤로 물러났다. 그와 동시에 주변에 있던 동료 발키리들도 천천히 몸을 돌리며 그녀를 바라보았다. 모두 얼굴이 없었다. 눈, 코, 입이 존재하지 않았다.

"꺄악!"

발키리들이 손을 뻗자 촉수가 뿜어져 나오며 하르를 옭아매었다. 그녀는 간신히 검을 휘둘러 촉수를 끊어냈다. 몸에 힘이 점점 빠지기 시작했다.

하르는 도망쳤다. 빠르게 그 자리에서 벗어났다. 아스가르드로 향해 날아갔지만, 비프로스트 근처에는 여러 발키리들이 떠 있었다. 하르가 다가오자 그들은 하던 이야기를 멈추고 그녀를 바라보았다.

하르는 다가갈 수 없었다. 그녀들의 얼굴이 녹아내리는 게 보였기 때문이다. 광대뼈 위까지 입이 찢어졌다.

'저, 저들도……?'

공포가 그녀의 머릿속을 잠식해 버렸다.

자신이 비정상인 걸까? 혹시 꿈은 아닐까?

정상적인 판단이 되지 않았다. 하르는 무작정 도망쳤다. 누군가 다급하게 도망치고 있는 게 보였다. 하급 발키리였다.

"하르 님?"

"너는……?"

"다, 다 이상해요. 모, 모두 뭔가……."

눈앞에 있는 하급 발키리도 겁에 질려 있었다.

"이, 일단 도망쳐요! 이곳에서 벗어나야 해요!"

하르는 하급 발키리를 따라갔다. 자신과 같은 처지에 있는 부하가 나타나자 조금은 안도가 되었다. 하급 발키리와 함께 도망친 곳은 어느 동굴이었다. 동굴 안으로 들어온 하루는 겨우 안심할 수 있었다.

보통 일이 아니었다. 빨리 아스가르드에 알려야 했다.

하급 발키리가 몸을 덜덜 떨었다.

"저, 저들은 너무나 똑같아요. 선배 발키리들도 모두 다, 당해 버렸어요. 저는 너무 무서워서……."

"아스가르드에 알려야 해."

"하, 하지만 우리를 믿어줄까요? 모두 그렇게 되어버렸는데……. 구분할 수 없을 정도로 똑같아요."

하급 발키리가 불안에 떨며 말하자 하르는 그녀를 안아주었다.

"위대하신 오딘께서는 모든 걸 꿰뚫어 보는 눈을 지니고 계셔. 그분을 속일 수는 없을 거야."

"그렇군요."

하르는 하급 발키리의 등을 토닥여주었다. 그녀의 품에 안겨 있던 하급 발키리가 천천히 고개를 들었다. 불안에 떨고 있던 표정은 사라지고 없었다.

"좋은 정보 감사해요."

"무슨……?"

하급 발키리가 하르의 품에서 떨어졌다. 하급 발키리는 차갑게 느껴지는 미소를 지으며 그녀를 바라보다가 천천히 무릎을 꿇었다. 그녀에게 꿇은 건 아니었다.

동굴 안에 있는 누군가를 향해 꿇은 것이었다. 하르는 침을 꿀꺽 삼키며 동굴 안을 바라보았다. 화려한 의자에 누군가 앉아 있었다. 그의 뒤에는 모든 발키리들이 묶여 있었다. 모두 그녀가 알고 있는 발키리들이었다. 가짜가 아닌 진짜 발키리였다.

진짜가 확실했지만 그들의 상태는 이상했다. 의자에 앉아 있는 남자를 황홀한 눈으로 바라보며 몸을 파르르 떨고 있었다. 하르는 무슨 일이 있었는지 짐작조차 되지 않았다.

"오딘의 눈이라……."

의자에 앉아 있는 건 인간이었다. 그녀는 그의 얼굴을 알고 있었다. 처음 튜토리얼을 진행할 때, 죽인 사람의 옆에 서 있던 남자였다. 바로 진우였다.

"이, 인간……. 어, 어떻게……. 도대체……."

하르는 진우의 옆을 바라보았다. 진우의 옆에는 발키리들이 주목하고 있는 인재가 앉아 있었다.

김아영. 현재 레벨이 가장 높은 이번 기수 에이스였다. 하르가 눈여겨보고 있는 여인이기도 했다.

그런 아영이 베개에 약초를 바르며 말을 걸고 있었다.

"상처는 거의 다 나았어요. 엄살 부리지 말아요."

"……."

"발키리는 무서운 존재예요. 성격이 개차반이죠."

"……."

"그녀들을 거슬러서는 안 돼요. 특히 상급 발키리인 하르는 오딘의 단검이라 불릴 정도로 강한……. 신적인 존재예요."

"……."

"제가 정보를 감추는 스킬을 익히기는 했지만……. 오래 마주치고 있으면 들킬지도 몰라요."

아영이 베개를 마치 사람처럼 대하고 있었다. 역시 이해하기 힘든 광경이었다.

흠칫!

그녀의 뒤로 가짜 발키리들이 다가왔다. 하르의 의식은 거기서 끊겼다.

"이걸로 마지막인가? 조금 아슬아슬했군."

약간의 시행착오가 있었지만, 결과는 좋았다. 실패한다고 해도 상관은 없었다. 오히려 이번 작전에 성공하는 편이 이곳의 신들에게 더 좋을 것이다. 이쪽 신들이 알아차리거나 한다면 아스가르드를 쓸어버리는 수밖에 없었다.

'오딘.'

궁니르를 지닌 북유럽 신화의 최고 신이었다. 신화 속의 오딘은 힘을 얻기 위해 수단과 방법을 가리지 않는 면모를 지니고 있었다.

오딘은 애꾸눈이었다. 지혜의 샘을 마시기 위해서 한쪽 눈을 스스로 바쳤기 때문이다. 그는 깊은 지혜와 많은 지식을 얻었고, 더 멀리 내다볼 수 있게 되었다. 발키리는 오딘이 모든 걸 꿰뚫어 볼 수 있다고 말했다.

'흥미롭군.'

과연 오딘은 자신의 권능으로 보호를 받고 있는 아바타를 꿰뚫어 볼 수 있을까? 진우는 오딘이 어디까지 꿰뚫어 볼 수 있을지 궁금했다.

'그 정도로 뛰어난 눈이라면…….'

수집할 가치가 충분했다.

발할라. 그것은 아스가르드에 있는 오딘의 궁전을 뜻했다. 위대한 전사들이 항상 연회를 벌이고, 최고의 대접을 받는 곳이었다. 지금은 미드가르드에서 추려진 지구인들을 받아들이는 장소로 바뀌어 있었다.

오딘은 황금빛으로 일렁이는 왕좌에 앉아 모두를 내려다보았다. 그가 아끼는 발키리인 하르가 정중히 무릎을 꿇고 황금 양피지를 그에게 내밀었다. 지구인들에 대한 보고서였다.

오딘은 양피지를 펼쳐 읽어보았다. 그의 눈이 날카롭게 빛났다. 빛을 발하는 한쪽 눈은 아스가르드의 모든 신을 무릎 꿇게 만드는 권능이 담겨 있었다. 장난의 신인 로키조차 오딘의 눈을 제대로 바라볼 수 없었다.

로키는 많은 사고를 쳤다. 그가 저지른 가장 큰 사고 중 하나는 지구에서 몰래 가져온 독사를 미드가르드에 숨겨놓고 키운 일이었다. 결국, 그 독사는 미드가르드 전체를 감쌀 정도로 거대해졌다.

"준비가 잘 되고 있군. 하르여, 수고가 많았다."

오딘이 흡족한 미소를 지으며 말하자, 하르가 더욱 깊게 고개를 숙였다.

"김아영, 이 여인에 대한 언급은 없군."

"뛰어나기는 하나 그 정도로 가치가 있는 전사인 줄은 몰랐습니다. 죄송합니다."

"네 잘못이 아니다. 누구도 그녀를 제대로 꿰뚫어 보지 못할 것이다."

오딘은 고개를 저으며 그렇게 말했다.

"새턴과 계약한 전사 김아영, 그녀는 미래를 거슬러 왔다."

"그게 가능합니까?"

로키가 놀란 표정으로 물었다.

"새턴, 그는 중앙 세계의 최고신이었다. 시간을 관장하는 권능으로 태초의 신인 우라노스를 물러가게 했지. 그런 그가 선택한 전사다. 그녀는 토르만큼이나 강해질 것이다."

새턴은 서쪽 세계와 미드가르드를 오가며 음모를 꾸미고 있었다. 은밀하게 일을 진행했지만, 오딘의 눈을 피할 수 없었다.

오딘은 새턴이 다스리는 시간마저 꿰뚫어 볼 수 있었다. 그런 오딘조차 제우스가 그런 처참한 결말을 맞게 될 줄은 예상하지 못했다.

'악신…….'

너무나 어두워 아무것도 보이지 않았다. 미래는커녕 과거조차 엿볼 수 없었다. 심지어 현재까지도 흐릿했다. 호루스의 눈을 얻게 될 때까지 그와 대적하지 말아야 한다.

'친서를 보내야겠어.'

그의 마음을 사로잡을 만한 것이 있었다. 중앙 세계에서 도망쳐온 헤라였다. 헤라는 현재 아스가르드에 있는 감옥에 갇혀 있었다. 새턴이 극심하게 아끼는 그의 딸이기도 했다.

헤라의 신병을 넘겨준다면 악신도 자신에게 악감정을 갖지는 않을 것이다. 오딘은 그렇게 생각했다.

그는 다시 양피지를 바라보았다. 양피지에는 주목할 만한 전사들의 이름이 적혀 있었다.

'직접 살펴봐야겠군.'

오딘은 왕좌에서 일어났다. 그의 손에 들린 창인 궁니르가 번쩍이자 그의 앞에 미드가르드의 풍경이 나타났다. 궁니르는 번개의 근원을 담고 있는 창이었고, 빛이 있는 모든 곳을 볼 수 있는 권능이 담겨 있었다. 그의 눈과 함께 사용하면 만물을 꿰뚫어 볼 수 있었다.

오딘은 미드가르드에 있는 인간들을 살펴보았다.

그들의 정보가 천천히 떠오르는 순간이었다.

"억?!"

마치 칼로 눈을 찌르는 것 같은 통증이 느껴졌다. 오딘은 정보를 바라보는 것을 멈추고 눈을 감싸 쥐었다. 통증이 조금 가시자 그는 반짝이는 궁니르의 표면에 눈을 비춰보았다.

눈이 붉게 충혈되어 있었다. 로키는 그런 오딘의 눈을 보고 깜짝 놀랐다.

"눈병……?"

로키가 멍한 표정으로 그렇게 말했다.

그렇다. 오딘이 눈병이 걸려 버렸다!

"로키, 네 이놈!"

"네?"

"감히 이런 장난을 쳐!"

오딘의 눈에 깃든 권능은 항시 발동되는 게 아니었다. 꽤 많은 집중을 해야 했다. 로키는 오딘의 눈을 피해 많은 장난을 친 전적이 있었다.

"아, 아니, 이번에는 제가 한 짓이 아닙니다."

"시끄럽다!"

로키는 억울해 미칠 지경이었다.

오딘은 주변에 있는 발키리를 바라보았다.

"토르, 토르는 어디 갔느냐!"

"미드가르드로 낚시하러 갔습니다. 로키 님이 바다에 고양이가 산다고 거짓말을 해서……."

발키리가 말해주었다.

"로키, 네 이놈!"

"아니, 토르에게 그렇게 말한 건 제가 맞는데……. 이번 건 아니라니까요."

"방에 들어가 근신해!"

로키는 항변하려 했지만 그럴 수 없었다. 발키리들이 다가와 그의 입을 막고 방으로 끌고 갔기 때문이다. 모든 걸 볼 수 있는 눈을 지녔음에도 자식새끼들은 말썽에는 속수무책이었다.

"후우……."

오딘은 한숨을 내쉬며 아파지는 눈을 감싸 쥐었다.

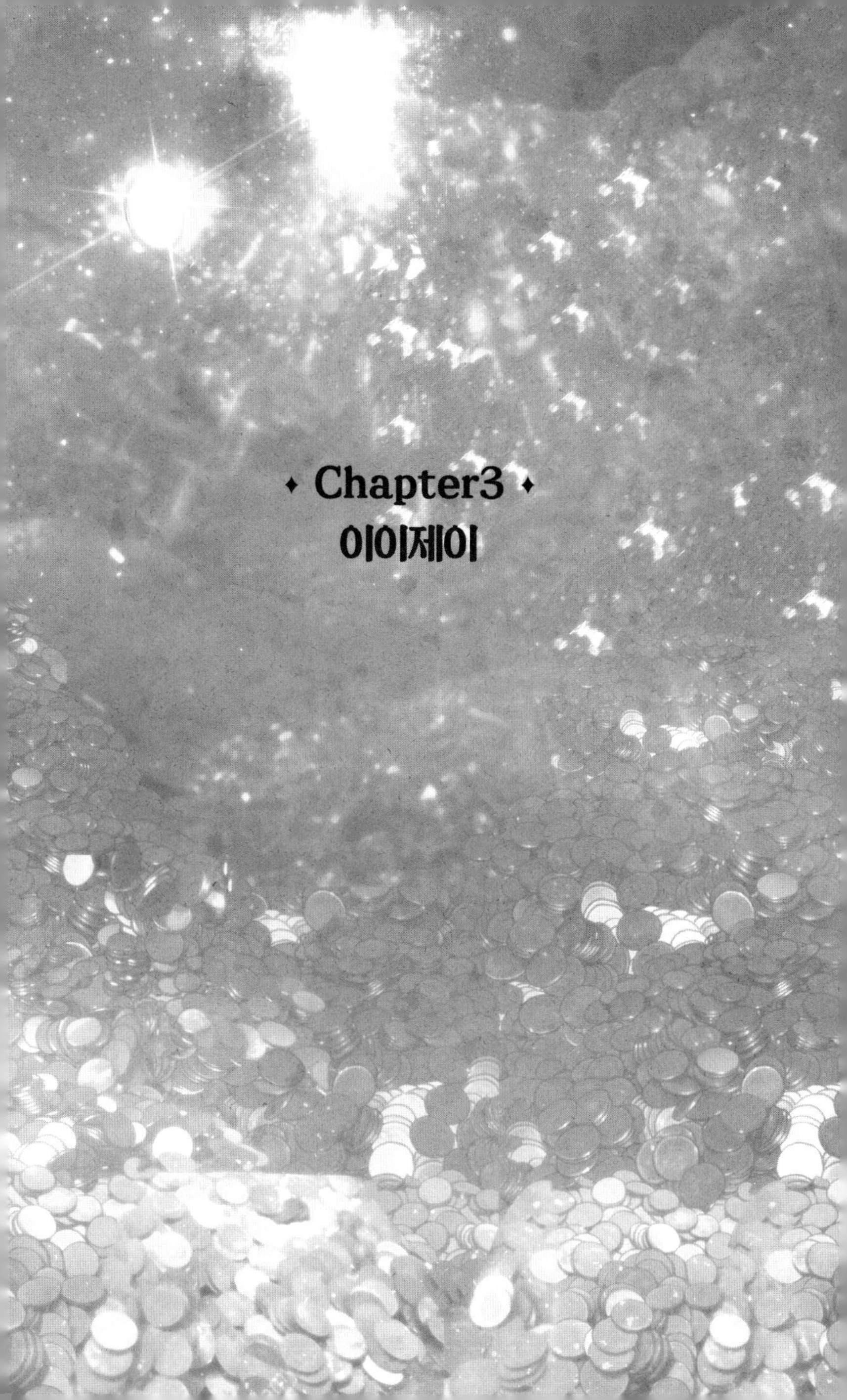

✦ Chapter3 ✦
이이제이

진우는 가짜 발키리들로부터 아스가르드에 대한 정보를 얻었다. 확실히 오딘의 눈은 뛰어났다. 너무 뛰어난 것이 문제였다. 아바타의 정보뿐만 아니라, 그것과 연결되어 있는 진우의 권능까지 보고 말았다.

보통의 신이라면 그걸 보는 것만으로도 심각한 타격을 입거나 미쳐 버려야 했지만 오딘은 눈이 아픈 것에 그쳤다. 그가 대단한 신이라는 증거였다.

보고에 따르면 심한 눈병 수준이라고 한다. 덕분에 눈의 능력이 제법 하락한 상태였다. 기본적인 능력은 여전하니 크게 불편한 점은 없었지만, 진우의 보호를 뚫고 아바타를 온전히 꿰뚫어 볼 수 없었다. 꿰뚫어 본다고 해도 미래는 보이지 않을 것이다. 너무 어두워 한 치 앞도 보이지 않을 테니까.

진우는 오딘이 그래도 아바타에서 무언가 이상한 점을 발견

하리라 생각했는데, 그런 기색은 전혀 없었다. 오딘은 자신의 눈을 너무 믿고 있었다. 과거와 현재를 꿰뚫어 볼 수 있고, 미래까지 예지할 수 있는 눈이니 의지하는 건 당연했다.

'예정대로 진행되는군. 변수가 있었다면 더 재미있었을 텐데…….'

조금 밋밋한 느낌이 들어 아쉽기는 했다. 진우와 아영이 있는 지역은 아영이 아는 역사대로 흘러갔지만 다른 쪽은 아니었다. 20만 명이 모두 아바타였기 때문이다. 아바타들은 적당히 인간을 연기하면서 성장하고 있었다. 튜토리얼을 통과하고, 적당히 꾸며낸 발키리의 시련까지 통과하니 본격적인 훈련이 이루어졌다. 오딘과 같은 아사 신족과 과거 미드가르드의 용맹한 전사들이자, 오딘에 의해 반신반인이 된 이들이 직접 지구인들을 훈련을 시켰다.

훈련을 받을 동안에는 죽음에 대한 걱정은 없었지만, 세뇌 교육이 이루어졌다. 지구인들이 단번에 현혹될 만큼 달콤한 이야기가 가득했다.

"너희들은 영원한 행복을 누릴 수 있는 발할라로 가게 될 것이다!"

"현세에서 누리지 못한 모든 쾌락을 느낄 수 있을 것이다!"

"오딘께서 너희의 모든 소원을 들어주신다!"

"죽는 것이 아니다! 영원한 쾌락으로 가는 길이다!"

신들과 전사들은 지구인들에게 용맹하게 싸우다가 죽으면 발할라로 갈 수 있고, 지구로의 귀환도 가능하다고 말했다. 훈련을 받을 동안에는 그럭저럭 괜찮은 환경과 보상까지 해주고 있었다. 살아남은 지구인들은 대부분 만족하는 상태였다. 물론, 새빨간 거짓말이었다.

아영은 훈련장에 온 이후에도 경계를 늦추지 않았다.

"아시다시피 믿어선 안 돼요. 사막 정벌 이후 버려질 거예요. 몇몇 전사들만 선택되어서…… 다음 지구인들을 훈련시키겠죠."

"그렇군요."

"훈련 성과에 따라 신들이 축복을 내려줄 거예요. 신의 이름이 높다고 꼭 좋은 축복인 것은 아니에요. 효능이 좋은 것들 위주로 받아야 해요."

아영은 유용한 축복을 모두 알고 있었다. 회귀 전, 축복을 받은 이후로 크게 두각을 나타내던 지구인들이 많았다.

"토르의 축복을 받는 게 가장 좋기는 해요. 모든 능력치가 3배 오르고, 모든 공격에 뇌속성이 부여되니까요."

"얻는 방법은요?"

"고양이를 바쳐야 해요."

"고양이?"

고양이는 신의 세계에서 유일하게 서쪽 세계에만 존재했는데, 서쪽 세계에서는 신적인 존재로 취급받았다. 서쪽 세계의 고양이는 모든 뱀을 죽일 수 있는 힘을 지니고 있었다.

"토르가 고양이를 원하는 이유가 있나요?"

"무녀의 예언 때문이에요. 그는 신화에 나온 것처럼 요르문간드의 독에 의해 최후를 맞이한다고 해요. 오딘은 토르의 최후를 보지 못했다고 하지만…… 그는 불안해하고 있지요."

"최후라…… 신들도 죽나요?"

"영혼이 저승으로 간다고 해요. 부활시킬 수 있는 수단이 있기는 한 것 같아요."

아영은 진우의 질문에 대답을 해주었다.

올림포스 신들은 죽지 않았다. 그러나 아스가르드 신들의 불멸 특성은 올림포스 신들에 비해 약했다. 저승세계에서 돌아올 수단이 있으니 불멸에 가깝기는 했지만, 완벽한 불멸이라고는 말할 수 없었다.

'요르문간드를 없애기 위해서 고양이를 원하는 거로군.'

확실히 요르문간드는 거대했고 강했다. 그런 요르문간드조차 서쪽 세계의 고양이를 당해낼 수는 없는 모양이었다. 토르는 전투능력만 보면 오딘과 비견될 정도로 강하고 한다. 그런 그가 고양이를 찾아다니고 있으니 조금 우습기는 했다.

"이건 제가 고른 축복이에요. 이걸 받으면 진우 씨도 강해질 수 있을 거예요."

"아…… 저는 전투는 별로……."

"하아, 제발 답답한 소리 하지 말아요."

"노력은 해볼게요."

아영은 진우가 걱정돼 죽겠다는 표정이었다. 진우는 선량한 의사 컨셉을 지키면서 아영의 정신력을 단련시켰다. 아영은 진우 때문에 스트레스를 엄청 받았지만, 끝끝내 진우를 버리지 않았다.

진우의 전적은 화려했다. 자신을 죽이러 온 지구인을 치료해 주었다가 인질로 잡힌 적도 있었고, 적을 살려줘서 아영을 위험해 처하게 한 적도 있었다. 아영이 어디까지 버틸 수 있나 시험을 해보기도 했다.

그 결과 아영은 1억 8천만 선행 포인트와 칭호를 얻었다.

[A]해탈자

악신의 시련을 이겨내어 해탈하게 되었다.

굳건한 멘탈을 지니게 되어, A랭크 이하의 정신 공격은 통하지 않는다.

그녀는 아주 편안한 내세가 보장되어 있었다. 진우와 아영이 있는 곳 외에 훈련소가 더 있었다. 그곳에는 아바타들이 모여 있었는데, 신들의 축복을 쭉쭉 뽑아먹는 중이었다.

[아바타A-11,332호가 발두르의 축복(금강불괴)를 획득하였습니다.]

[아바타B-23,322호가 티르의 축복(좌검술)을…….]

[아바타B-32,442호가 헤임달의 축복(훔쳐보기)을…….]

아바타는 기계나 마찬가지였다. 축복을 받는 즉시 빠르게 능력을 키웠다. 축복을 부여한 신들이 놀랄 정도로 빠른 성장이었다. 진우에게도 아주 많은 도움이 되었다.

아바타는 달콤한 열매이기도 했다. 아바타가 흡수한 능력이 진우에게 전해졌기 때문이다. 지배의 권능을 응용한 것이었다.

'이쪽 신들은 재주가 많군.'

올림포스 신들과는 달리 이쪽 신들은 불멸에 한계가 있기 때문에 자신의 능력을 깊이 단련했다. 그래서 재주가 많은 편이었다. 진우가 일단 능력을 흡수하게 되면 파격적으로 업그레이드가 되었다. 헤임달의 능력인 훔쳐보기 같은 경우에는 더욱 굉장해졌다.

[S+]헤임달의 훔쳐보기

헤임달의 눈은 아홉 세계의 모든 곳에 닿는다고 알려져 있다. 그러나 그것은 과장된 이야기였다.

인기가 없던 헤임달은 발키리를 종종 훔쳐보곤 했다.

헤임달은 그 능력을 끊임없이 단련하여, 집중한다면 미드가르드 전역을 볼 수 있게 되었다.

악신이 능력을 흡수하여 투시 능력까지 더해졌다.

비프로스트의 문지기인 헤임달도 정상이 아니긴 했다. 아무튼, 아바타 군단의 성장은 순조롭게 이루어지고 있었다.

'음?'

올림포스 쪽에서 연락이 왔다. 현재 올림포스는 우라노스와 팀 라그나로크, 티탄족이 머무르고 있었다. 루나와 여신이 된 잼식도 가끔씩 들렀다. 잼식은 인지도가 엄청나서인지 신성력이 넘쳐 흘렀는데, 주기적으로 소비를 해줘야 정상적인 생활이 가능했다.

'가봐야겠군.'

진우는 환각을 건 후, 자신의 모양을 본뜬 아바타를 불러냈다. 포탈을 열고 올림포스로 돌아왔다.

올림포스는 많이 달라져 있었다. 신전도 새로 짓고, 전체적으로 확장을 했다. 우라노스와 티폰의 크기가 워낙 커서 기존의 올림포스로는 수용이 되지 않았기 때문이다.

올림포스로 오니, 유나가 기다리고 있었다.

"아스가르드의 오딘이 사신을 보내왔습니다."

"사신?"

"네, 친서를 전달하고 싶다고 하더군요. 현재 세계의 경계선에서 대기 중입니다. 아사 신족이 직접 왔습니다. 이름 높은 신들은 아니나, 오딘의 신뢰를 받고 있는 이들이라고 합니다."

북쪽 세계에는 신이 꽤 많았다. 아사 신족이라 불리는 이들이었다. 그런 아사 신족들의 나라가 바로 아스가르드였다.

그들을 만나보기로 했다.

진우는 올림포스 신전 안에 있는 거대한 왕좌에 앉았다.

고개를 들어 신전을 바라보았다. 기존의 올림포스 신전도 신의 세계에서 가장 화려하고 웅장했지만 지금은 스케일부터 달랐다. 우주세계에서 가장 희귀한 금속으로 만든 거대한 조각상들이 서 있었다. 플레이어들이 만든 것을 산 것이었는데, 마장기에서 뿜어져 나오는 고출력의 빔소드로 만들었다고 한다. 제우스와 포세이돈을 쓸어버리는 장면을 박진감 있게 연출해 냈다. 실제보다도 훨씬 멋있었다.

'음…….'

왕좌에 앉아 조각상을 바라보던 진우는 잠시 생각하다가 마력을 개방했다. 그래도 조각상보다는 실제 모습이 더 멋있기는 해야 했다. 공식적인 첫 만남이니만큼 위엄있는 모습을 보여주도록 하자.

검은 기류가 뿜어져 나오더니 진우를 휘감았다. 올림포스 산 전체가 흔들릴 정도로 강대한 마력이었다. 진우는 검은 기류가 알아서 모습을 형성할 수 있게 놔두었다. 그의 영혼과 가장 닮은 모습이 형상화되기 시작했다.

'괜찮은 기분인데? 조금 더 해볼까?'

진우는 마력과 영혼의 힘을 더욱더 개방했다. 막대한 권능이 치솟으며 신전 전체를 휘감았다.

[악신이 영혼을 개방하여 형상화합니다.]

[모든 악의 근원이자 끝없는 어둠이 모습을 드러냅니다.]

검은 기류들이 거대해지더니 우라노스만큼이나 커졌다. 말로 표현할 수 없는 사악한 형상으로 변하기 시작했다. 묘사를 하는 것은 의미가 없었다. 그 누구도 제대로 표현할 수 없었다. 바라보는 것만으로도 절망하며 광기에 물들고 타락할 것이다. 진우는 영혼과 권능 그리고 마력이 일체화되자 기분이 고양되는 것을 느꼈다.

휘이이익!

주변 공간이 마구 일그러지기 시작했다. 신의 세계가 일반 차원이었다면 차원 자체가 뭉개질 수도 있었다.

아무튼, 가끔 기분전환 할 때 좋을 것 같았다.

'음…… 손이 뭔가 허전한데?'

진우는 손을 뻗어 아스트라페와 트리아이나를 꺼냈다. 두 무구도 검은 기류에 감싸이더니 거대해졌다. 번개가 휘몰아쳤고 검은 폭풍이 몰아쳤다. 진우는 유나를 바라보았다.

"이 정도면 어때? 괜찮나?"

"조금 징그럽기는 하네요."

"뭐, 그래도 명색이 악신인데 이 정도 비주얼은 되어야 하지 않겠어?"

"……제 취향은 아닙니다."

유나가 그렇게 말했다. 그녀는 성소에 속해 있기에 아무런 영향도 받지 않았다. 진우는 대수롭지 않게 생각했다.

'왔군.'

마침, 북쪽 세계의 사신들이 신전 안으로 들어왔다. 신전 입구에는 우라노스와 티폰이 서 있었는데, 사신들은 초월적인 두 괴물에 압도당해 몸을 떨었다. 신전 안은 발할라보다 훨씬 웅장했다. 사신들은 본연의 임무를 망각하고 아름다운 조각상을 넋을 놓고 바라보았다. 그러나 그 시간은 오래가지 않았다.

"허억!"

"커억!"

신전의 끝에 앉아 있는 악신을 보았기 때문이다. 그들은 아사 신족으로서 오딘의 밑에서 아스가르드 통치에 관여하는 이들이었다. 늘 영광스럽고, 찬양을 받았다.

"으, 으아악!"

"어어억!"

그러나 지금은 아니었다. 두 눈을 감싸 쥐며 비명을 질렀고, 머리를 바닥에 박으며 절망에 물들었다.

쿵! 쿵! 쿵!

그들이 머리를 바닥에 박기 시작했다. 머리를 뚫고 기어오는 것 같은 끔찍한 속삭임을 견디기 힘들었다. 살갗을 파고들고 뼈를 부수며 뇌를 먹어치우는 것 같은 느낌이었다.

고통보다 더한 공포, 그리고 절망. 이름있는 신이 아니고서는 악신을 바라볼 수조차 없었다.

'음?'

진우는 살짝 당황했다. 갑자기 자신을 보자마자 비명을 지르더니 바닥에 머리를 피가 흐르도록 처박고 있었다.

아사 신족이 흘린 피로 바닥은 흥건했다. 그래도 신은 신인지 피를 꽤 많이 흘렸는데도 계속 머리를 박았다. 진우는 그들의 머리가 완전히 박살 나기 전에 트리아이나를 뻗었다. 물줄기가 그들을 휘감으며 신전 밖으로 날려 버렸다.

아사 신족들은 바로 기절해 버렸다.

"……음."

진우는 유나와 눈이 마주쳤다. 유나도 영문을 모르겠다는 표정이었다.

진우는 시무룩해졌다. 육체에서 벗어나, 영혼을 그대로 형상화한 것이었다. 어쩌면 본래 모습이라고 봐도 무방했다. 그런데 저런 반응을 보여주니 꽤 충격이었다.

"……그 정도야?"

"그, 그래도 조금 귀여운 것 같기도 하, 합니다."

유나는 말을 얼버무렸다. 그래도 계속 보다 보면 조금 귀엽기도 했다. 아무튼, 친서를 전달하러 온 사신들에게 위엄을 보여주려다가 미치게 만들고 말았다. 그래도 빨리 내보냈으니 시간이 지나면 정상으로 돌아올 것이다. 다소 후유증이 남기는 하겠지만 말이다.

'한 명이 남아 있군.'

유일하게 남아 있는 아사 신족이 보였다. 고개를 숙이며 두 눈을 질끈 감고 어떻게든 버텨내고 있었다.

'이름 없는 신은 아닌 것 같은데.'

진우는 정보의 마안으로 아사 신족을 바라보았다.

[SS+]로키

장난의 신이자 변장의 달인. 본래 거인족이었지만 오딘의 눈에

띄어 입양되었다. 번개의 신 토르와는 의형제이지만, 아스가르드에서 그다지 대접을 받지는 못하고 있다. 그에 대한 반발심으로 더욱 장난이 심해졌다.

거인족답지 않게 전투 능력은 뛰어나지 않지만, 대신 머리가 상당히 좋다. 변장의 달인으로 그의 변장은 오딘조차 쉽게 간파하지 못할 정도이다. 오딘의 눈병 사태 때문에 누명을 써 근신하고 있는 상태이다. 중앙 세계에 사신이 파견된다는 정보를 듣자, 사신으로 변장해 합류하였다. 악신에 대한 정보를 얻고, 이용하기 위함이다.

[SS+]변장 : 단순한 변장이 아니라 완전히 육체를 바꾸고 영혼마저 위장할 수 있다.

[SS+]장난과 사기 : 누구보다 장난과 사기를 잘 친다.

그의 정체는 로키였다. 로키 정도 되는 신이니 진우의 영혼을 보고도 어느 정도 버틸 수 있었다. 물론 오랫동안 견디는 것은 불가능했다. 지금도 진우에게서 뿜어져 나오는 악에 물들고 있었다.

진우는 로키를 바라보았다.

"너는 로키로군."

"허, 허억……."

로키가 화들짝 놀라며 주춤거렸다. 단번에 자신의 정체를 파악할 줄은 몰랐기 때문이다.

진우가 아스트라페를 휘두르자 번개가 뿜어져 나가며 그에게 꽂혔다. 그러자 로키가 본래의 모습으로 돌아왔다.

"나를 능멸하러 온 것인가?"

"아, 아, 아닙니다!"

로키는 바들바들 떨었다. 생전 처음 느껴보는 공포였다. 공포가 마음을 잠식했고 진우에게서 흘러나온 악이 그를 휘감았다.

'잘됐네.'

외교적인 무례는 확실했기에, 아사 신족들을 그렇게 만든 건 그냥 넘어갈 수 있을 것 같았다. 진우는 조금 더 겁을 줘보기로 했다.

아스트라페를 앞으로 뻗자 타르타로스의 입구가 열렸다. 로키는 타르타로스를 알고 있었다. 헬하임과는 비교도 할 수 없을 정도로 끔찍한 지옥이었다. 타르타로스의 심연 속에 제우스와 포세이돈이 묶여 있는 게 보였다.

진우의 몸에서 뿜어져 나간 검은 기류가 로키의 몸을 휘감았다.

"커, 커, 커헉!"

로키는 숨조차 제대로 쉬지 못했다.

점점 타르타로스로 끌려가기 시작했다.

"자, 자, 잠시만 기다려 주, 주십시오!"

"내가 왜 그래야 하지?"

"제, 제 말을 자, 잠시만 들어주십시오!"

"흐음……."

진우가 고민하는 척하다가 포박을 풀어주었다. 로키는 목을 매만지면서 거친 숨을 내쉬었다. 로키는 마지막 기회라고 생각해서 필사적이었다. 머리를 전력으로 굴렸다.

"저, 저는 오딘의 자식이 아닙니다. 거, 거인족 출신으로 그에게 입양되어 온갖 수모를 당했습니다. 오, 오늘 제가 악신께 무례를 무릅쓰고 찾아온 이유는 도움을 구하고자 해서입니다."

로키는 거짓말을 하며 오히려 제안을 했다. 진우가 가만히 바라보고 있자 로키는 식은땀을 흘렸다.

"제안?"

"그, 그렇습니다. 아사 신족은 너무나 오만합니다! 부, 북쪽 세계를 황폐하게 만들었을 뿐만 아니라, 악신의 허락조차 구하지 않고 서쪽 세계를 침략하는 중이지요. 오딘이 서쪽 세계를 정복한다면 거대한 힘을 얻게 될 것입니다."

호루스의 눈, 그리고 서쪽 세계의 양기.

그것을 이용하면 오딘은 거대한 힘을 얻을 수 있었다.

진우가 관심을 보이자 로키는 재빨리 무릎을 꿇었다.

"저 장난의 신, 그리고 불과 바람인 로키가 악신께 충성을 맹세합니다. 오딘과 대적할 힘을 주시면 서쪽 세계와 북쪽 세계를 악신께 바치겠습니다."

"네가 얻고 싶은 것은?"

"북쪽 세계의 왕위만 주시면 됩니다."

상황이 재미있게 돌아가고 있었다.

로키가 오딘을 당해낼 수 있을 것 같지는 않았다. 머리가 똑똑하고 변장을 잘하기는 했다. 그리고 불과 바람을 자유자재로 다룰 수 있었다. 하지만 진우가 보기에는 간단한 마법 정도였다. 그는 그저 조금 뛰어난 신일 뿐이었다.

"좋다."

진우는 그의 제안을 받아들였다. 그편이 재미있을 것 같았기 때문이다. 이런 변수가 있는 편이 훨씬 더 흥미진진했다.

로키가 바로 고개를 조아렸다.

"힘을 주도록 하지."

"가, 감사합니다."

진우는 아공간에서 신발을 꺼냈다. 헤르메스의 신발이었다. 로키는 헤르메스의 신발이 자신의 앞에 나타나자 깜짝 놀랐다. 지고의 보물이었기 때문이다.

착용하게 되면 공중을 날 수 있고 거의 순간이동에 가까운 속도를 낼 수 있었다.

진우는 로키에게 막강한 기동력을 선물해 주었다.

"너에게 팀 라그나로크를 붙여주도록 하지."

"라, 라그나로크…… 괴, 굉장한 단어이군요."

진우가 호출하자 우라노스와 티폰이 로키의 뒤에 나타났다. 메두사와 헤라클레스, 스핑크스와 여러 괴물들, 그리고 김대진 박사 역시 모습을 드러냈다. 남자는한손검을 포함한 저승 정복단도 팀 라그나로크에 합류한 상태였기에 그들도 나타났다. 티탄족도 있었다.

로키는 천천히 고개를 들어 뒤를 바라보았다.

"아, 아아……."

로키는 몸을 부르르 떨었다. 그가 감동할 만한 광경이었다. 무적의 군대가 눈앞에 있었다.

"이걸로 저들을 지휘하라."

진우는 마지막으로 빔 커터가 달린 지팡이를 꺼냈다. 미궁과 우주세계를 거쳐 만들어진 빔 무기였는데, 헤파이스토스가 개조하여 권능을 불어넣은 작품이었다.

저승정복단을 위해 만들었지만, 저승정복단은 무기가 필요하지 않아 진우가 보관하던 중이었다. 악신과 팀 라그나로크를 상징하는 문양이 새겨져 있었다.

로키는 두 손으로 지팡이를 받았다. 기운을 불어넣자 검붉은 빔 커터가 치솟았다. 그에게는 그 지팡이가 팀 라그나로크를 조종할 수 있는 지팡이로 보였다.

"모든 신들이 악신께 고개를 조아릴 것입니다."

로키는 고개를 조아리며 조심스럽게 웃었다.

진우는 로키를 바라보며 고개를 설레 저었다.

'이건 또 새로운 통수로구만.'

앞으로 어떤 일이 일어날지 정말 궁금했다.

오딘은 북쪽 세계의 지배자였다. 그러나 그런 그라도 북쪽

세계 전부를 온전하게 모두 지배하고 있는 것은 아니었다.

북쪽 세계는 아홉 개의 차원으로 이루어져 있었다.

그중 가장 큰 차원이자 가장 많은 자원이 있는 곳이 바로 아사신족의 나라 아스가르드였다. 북쪽 세계의 중심이며, 모든 에너지가 집중되는 차원이었다.

바나 신족의 세계 바나헤임. 빛의 엘프들이 사는 알프헤임. 과거에 인간들이 번성했지만 지금은 그저 거대한 훈련장으로 쓰이는 미드가르드. 학살당한 거인족의 땅 요툰헤임. 죽은 자들의 세계 헬하임, 그리고 가장 차가운 곳 니플헤임까지. 위의 차원은 오딘이 완벽하게 지배하는 곳이었다.

오딘의 손이 닿지 않는 두 차원이 있었다. 태초의 불꽃인 수르트가 잠들어 있는 무스펠하임. 그리고 다크 엘프들의 나라 스바르트알파헤임이었다.

무스펠하임은 북쪽 세계에 속해 있기보다는 서쪽 세계와 가까웠다. 북쪽 세계에 흐르는 음기가 차원을 점점 멀어지게 했고, 서쪽 세계의 양기에 끌려 그쪽으로 흡수되고 있는 상황이었다. 오딘이 서쪽 세계와 전쟁을 벌이게 된 명분 중 하나이기도 했다.

서쪽 세계의 양기와 호루스의 눈, 그리고 수르트의 힘만 있다면 신의 세계에서 두려울 존재는 없었다. 스바르트알파헤임은 오딘에게 제일 거슬리는 차원이었다. 다크 엘프들이 다스리는 나라로, 모든 차원을 통틀어 가장 부유한 곳이었다.

다크 엘프들은 난쟁이들을 노예로 부렸고, 오딘과 북쪽 세계의 신들을 매일 같이 씹어댔다. 오딘이 스바르트알파헤임을 놔두는 이유는 다크 엘프가 소유하고 있는 황금 반지 때문이었다.

'세상 최고의 보물…… 너무나 매혹적인 반지이지.'

태초의 불꽃에서, 최초의 황금으로 만든 반지. 모든 보석의 근원이자, 영광과 부의 상징이었다. 황금 반지는 다크 엘프의 왕 이외에는 사용할 수 없었다. 다크 엘프의 왕 이외에 황금 반지를 소유하거나 끼게 된다면 신이라 할지라도 소멸을 피할 수 없었다.

황금 반지를 가진 자의 나라를 침략할 경우도 마찬가지였다. 침략자의 주인은 반드시 저주가 걸려 소멸했다. 불멸의 신이라도 그 저주는 피할 수 없었다. 그리고 침략자의 땅에도 거대한 저주가 내려 아무것도 살 수 없는 곳으로 변하게 된다. 남쪽 세계가 멸망한 이유였다. 게다가 황금 반지는 어디에 있든 간에 반드시 소유자에게로 돌아갔다.

그런 황금 반지를 지니고 있으니 스바르트알파헤임은 그 누구도 침략할 수 없었다.

다크 엘프들의 왕은 오만했다. 그 강대한 권능을 지니고 있던 제우스를 무시했고, 도망쳐 온 새턴을 문전박대했다. 황금 반지에서 무한하게 생성되는 보석으로 막대한 부를 누렸다.

'악신은 확실히 모르고 있어.'

로키는 미소를 지었다. 악신의 태생은 외신이었고, 그는 황금 반지의 존재에 대해 알지 못했다.

'스바르트알파헤임을 지배하고 악신을 없앨 기회다.'

그리고 악신의 세계마저 지배할 것이다.

로키는 지팡이를 바라보았다. 팀 라그나로크를 소환할 수 있는 지팡이였다. 그 강대한 우라노스와 티폰을 따르게 하는 권능이 깃들어 있었다. 악신에게 최종권한이 있지만 그를 없앤다면 팀 라그나로크는 온전히 자신의 것이 될 것이다. 오딘도 자신을 인정할 것이다. 아스가르드의 모두가 자신을 우러러볼 것이다! 신의 세계를 다스리는 새로운 주인이 될 테니까!

로키는 스바르트알파헤임에 도착했다. 황금으로 쌓아 올린 거대한 성이 보였다. 왕이 막대한 부를 이용하여 고용한 용병들이 성을 지키고 있었다. 대부분 서쪽 세계에서 왔는데, 길게 솟아 있는 늑대 귀를 가지고 있었다. 모두 여성들로 이루어져 있었고, 노출이 제법 심했다.

용병들은 보수로 차원 금화를 받았다. 차원 금화는 서쪽 세계에 전달되어 북쪽 세계의 침공을 막아주는 힘이 되어주었다. 차원 금화는 모든 보물의 기준이자, 권능을 발휘하게 만들어주는 화폐였다.

'스바르트알파헤임은 차원 금화의 발행지이기도 하지.'

궁전 옆에는 거대한 산을 보는 것 같은 공장이 있었다. 난쟁이들이 그곳에서 황금을 녹여 차원 금화를 만들고 있었다. 그냥 만든다고 해서 차원 금화가 되는 것은 아니었다.

황금 반지가 있어야 차원 금화를 만들 수 있었다.

"차원 금화가 부족하다! 더 찍어내!"

"하, 할당량은 모두 끝났는데……."

"시끄럽다!"

다크 엘프들이 난쟁이들에게 소리치고 있었다. 몇 년 전부터 갑자기 차원 금화 생산이 엄청나게 늘어났다고 한다. 생산된 차원 금화의 대부분이 신의 세계가 아닌 외부 차원으로 흘러갔다. 로키에게 있어서 크게 중요한 정보는 아니었다.

로키는 궁전으로 향했다. 궁전의 앞에는 각 차원에서 몰려온 상인들이 자리를 잡고 있었다.

"플레이박스5 팝니다. 차원 금화 10개 가격입니다!"

"블루레이 이어폰입니다! 선이 없는 이어폰을 차원 금화 2개에 드립니다!"

"희귀한 카세트 플레이어! 30차원 금화! 지금 경매를 시작합니다!"

상점에는 지구산 물품들이 많았다. 신의 세계로 외부 차원의 물건을 가져오는 것은 금기였다. 신의 세계를 부정하게 만들 수도 있었기 때문이다. 하지만 스바르트알파헤임에서는 모든 것이 허용되었다. 이곳에서는 돈이 유일한 법칙이자 진리였다.

탐욕의 왕 안드바리. 다크 엘프의 왕인 그는 가치 있는 물건을 좋아했다. 그는 다크 엘프와 난쟁이의 혼혈이었다. 난쟁이가 그를 따르는 이유이기도 했다. 로키는 거리를 가로질러 안드바리의 궁전으로 향했다.

로키는 고개를 들어 궁전을 바라보았다. 황금으로 지어진 궁전이 그의 탐욕을 자극했다. 궁전 앞으로 다가가니 서쪽 세계의 용병들이 창을 들어 그를 제지했다.

"막아? 나를?"

로키가 피식 웃으며 말했다.

"안드바리 님은 휴식 중입니다. 공식적인 만남은 한 달 뒤부터 있을 예정이니 그때 신청하십시오."

"건방지군."

로키가 두 팔을 벌렸다. 그의 표정은 굉장히 오만했다.

"악신의 충성스러운 수하이자 팀 라그나로크의 수장인 나 로키를 막겠다는 말인가? 좋다. 파멸을 내려주도록 하지!"

로키가 고개를 치켜들며 말했다. 그가 팀 라그나로크를 소환하려는 순간이었다. 용병들이 서로를 바라보다가 고개를 끄덕였다.

"음, 일단 전달은 해보겠습니다. 잠시만 기다려 주십시오."

그렇게 말하자 로키는 잠시 팔을 벌린 자세로 굳어 있었다. 잠시 그러고 있다가 어색하게 팔을 내렸다. 조금 뻘쭘하기는 했다.

용병이 성안으로 들어갔다. 잠시 기다리자 성안으로 들어갔던 용병이 밖으로 나왔다.

"들어오시랍니다."

설마 이렇게 만남이 쉬울 줄은 몰랐다. 로키는 살짝 당황했지만 티를 내지는 않았다.

로키는 성안으로 들어갔다. 성안은 보물창고나 마찬가지였다. 진귀한 보물이 전시되어 있었다. 하나하나 모두 대단한 값어치를 지닌 것들이었다.

로키의 시선을 잡아끄는 것이 있었다. 75인치 TV였다. 화려한 영상이 나오고 있었는데, 그의 시선을 잡아끌었다.

"마음에 드나? 지구에서 가져온 물건이지. 내가 요즘 가장 좋아하는 보물 중 하나일세."

옆에서 들리는 목소리에 로키가 고개를 돌렸다.

"안드바리……."

목소리의 주인은 스바르트알파헤임의 왕 안드바리였다. 안드바리는 형광색 잠옷을 입고 있었는데, 로키가 처음 보는 양식의 잠옷이었다. 아마도 지구의 것 같았다.

"그래, 너는 그…… 아스가르드의 로키가 아닌가? 악신의 수하라고 말했다고 하던데?"

"그렇다. 나는 악신의 수하이자 팀 라그나로그크의 수장, 불과 바람, 그리고 장난의 신 로키이다. 더 이상 아스가르드 소속이 아니지!"

안드바리는 고개를 설레 저었다.

"오딘의 아들은 하나같이 다 미친놈들뿐인가?"

"건방지군. 네놈의 입이 파멸을 불러올 것이다."

안드바리는 코웃음을 쳤다. 자신을 위협할 수 있는 자는 존재하지 않았다. 그의 손가락에서 빛나고 있는 찬란한 황금 반지 덕분이었다. 절대적인 안전의 상징이었다. 일찍이 이 반지를 노리는 신들이 굉장히 많았다. 남쪽 세계가 이 반지에 의해 멸망하고 누구도 살 수 없는 불모지가 되고 나서부터는 아무도 탐내지 않았다.

"악신께 복종하라!"

"악신이라……. 다른 차원에서 온 외신, 중앙 세계를 접수했다고 들었다. 그도 참 멍청하군. 머저리가 분명해. 나 안드바리를 위협하다니 신이 아니라 병신이로군. 하하하!"

안드바리는 악신을 욕했지만 로키는 전혀 기분 나쁘지 않았다. 악신에게 충성을 맹세한 것도 거짓이었기 때문이다. 악신이 스바르트알파헤임을 침공했다는 걸 인식시키는 게 중요했다.

안드바리는 악신을 욕하면서 섬뜩한 기분이 들긴 했지만 신경 쓰지 않았다. 악신이든 뭐든 자신을 건드릴 수 없었다.

안드바리는 진한 미소를 지으며 로키를 바라보았다.

"나를 복종시킬 수 있는 유일한 것이 무엇인 줄 아나?"

"그게 무엇이지?"

안드바리는 품에서 무언가를 꺼냈다. 로키의 눈에는 초상화가 그려진 초록색 종이로 보였다. 그것은 지폐였다.

"지구의 물건이군. 그 초상화의 인물은 귀족인가?"

"아니, 왕일세. 세종대왕이라고 하네. 멋지지 않나? 음, 이건 굉장히 가치가 있는 화폐라 보면 되네."

안드바리가 따르는 건 오로지 돈뿐이었다. 지구의 화폐에는 온갖 감정이 담겨 있었다. 행복, 기쁨, 절망, 좌절, 저주. 다른 차원과는 비교도 되지 않는 깊은 감정이 응축되어 있었다. 그

것이 황금 반지를 통해 보석이 되었고 그에게 부를 가져다주었다. 게다가 지구의 물건은 인기가 많았다. 화장품 같은 경우에는 서쪽 세계에 비싼 가격에 팔렸다.

"악신이든, 병신이든 뭐든 그냥 조용히 있는 게 좋을 거야. 나 안드바리를 건드리고 살아 있는 신은 없다네."

로키는 그의 말에 진한 웃음을 그렸다.

"감히 악신을 능멸하다니! 오늘이 바로 스바르트알파헤임이 멸망하는 날이다."

"음?"

로키의 그런 반응은 안드바리가 전혀 예상하지 못한 일이었다. 제우스나 오딘조차 항상 이를 갈며 물러났기 때문이다.

로키가 지팡이를 소환했다. 지팡이를 휘두르자 안드바리의 긴 귀가 잘려 나갔다.

"크, 크악! 저, 저주가 두렵지 않느냐!"

로키는 더욱더 진한 웃음을 그릴 뿐이었다. 안드바리는 그제야 로키가 진심임을 깨달았다. 허겁지겁 손에 들린 리모컨을 누르자 성안 쪽에서 거대한 갑옷을 입은 괴물들이 나타났다. 각 차원에서 수집한 괴물들이었다. 괴물들은 모두 신에 필적하는 힘을 가지고 있었다.

로키가 지팡이를 치켜들었다.

"나오거라! 나의 충실한 수하들이여!"

로키가 목소리를 깔며 그렇게 외쳤다.

[떡볶이를 먹고 있던 김대진 박사가 소환 사인을 보고 포탈을 열어줍니다. 조금 시간이 걸립니다.]

"……."

아무런 반응이 없자 로키는 당황했다.

"주, 죽여 버려!"

안드바리가 잘려 나간 귀를 부여잡으며 그렇게 외쳤다. 로키는 지팡이를 바라보다가 손으로 쳐보았다. 아무런 반응이 없었다.

쿵쿵쿵!

괴물들이 로키의 앞에 다가오자 그의 안색이 새파랗게 질렸다. 겁에 질려 지팡이를 마구 흔드는 순간이었다.

휘이이이!

그의 옆에 포탈이 떠올랐다. 나온 것은 메두사와 저승정복단이었다.

"하, 하하! 라그나로크여! 스바르트알파헤임을 멸망시켜라!"

메두사와 저승정복단은 상황을 파악하고는 고개를 끄덕였다. 어쨌든, 당분간 로키에게 어울려 주라고 했으니 그의 말을 따르고 있기는 했다.

퍼억!

"윽!"

메두사의 꼬리가 로키의 싸대기를 때렸다.

"아! 미안요. 안 보였어요."

"크, 크흠, 괘, 괜찮다."

퍼억!

남자는한손검이 앞으로 나가며 그의 어깨를 쳤다. 몸이 휘청거렸는데, 옆에 있던 딸기팬티의 몸에 부딪히자 바닥에 쓰러졌다. 딸기팬티가 그를 내려다보았다.

"잘 좀 보고 다녀라."

"그, 그러도록 하지."

로키는 눈치를 살피다가 그렇게 말했다. 아무 일도 없던 것처럼 다시 일어나 지팡이를 들었다.

안드바리의 괴물들이 달려들었다. 작은 언덕 정도는 가볍게 분쇄할 수 있는 힘을 지닌 괴물들이었다. 메두사가 안경을 벗으며 괴물들을 바라보자 괴물들이 모두 돌이 되었다.

퍼석!

남자는한손검과 저승정복단이 돌이 된 괴물들을 박살 냈다. 안드바리는 그 모습을 보며 겁에 질렸다. 이들은 진심으로 자신을 죽이려 하고 있었다.

로키가 여유롭게 걸으며 그의 앞으로 다가갔다. 지팡이로 그의 어깨를 누르자 빔 커터가 살갗을 파고들며 뼈를 녹였다.

"크, 크아아악!"

"악신께 모든 것을 바쳐라."

"드, 드리겠습니다."

안드바리가 손에 끼고 있던 황금 반지를 빼서 로키에게 건넸다. 황금 반지를 지닌 자만이 스바르트알파헤임을 다스릴 수 있었다. 왕의 증표였다.

'어리석은 놈!'

안드바리는 황금 반지의 권능을 믿고 있었다. 이것은 패배를 의미하지 않았다. 오히려 승리였다.

자신 이외의 그 어떤 자도 황금 반지를 가질 수 없었다. 곧 멸망하여 자신의 손에 다시 돌아오게 될 것이다!

로키는 우아한 몸짓으로 황금 반지를 받았다. 절대 끼지 않고 마법으로 만든 공간 안에 넣었다.

'이걸로 악신도 끝이다.'

로키가 만족하며 돌아가려 할 때였다. 메두사와 저승정복단이 성안을 둘러보며 감탄했다.

"오! 보물들이 많네요!"

"음, 괜찮은 것들이군."

메두사의 말에 고개를 끄덕인 남자는한손검이 안드바리에게 다가갔다.

"가져가도 괜찮겠나?"

"네? 아…… 그, 그게……."

안드바리가 어물쩡거리자 남자는한손검이 빔 소드를 그의 머리 옆에 꽂아 넣었다.

"가져가고 싶군."

"무, 물론입니다."

"음, 금고는 어디에 있지?"

"저, 저쪽에……."

메두사와 저승정복단이 성안에 있는 보물들을 아공간에 넣었다. 그리고 거대한 금고 앞으로 가더니 거대한 금고를 통째로 뜯어냈다.

휘잉!

금고가 아공간 속으로 사라지자 안드바리의 입이 크게 벌어졌다. 거기서 끝이 아니었다. 남자는한손검이 성을 바라보았다.

"황금으로 지어졌군."

바로 김대진 박사에게 연락을 하자 거대한 포탈이 떠올랐다. 헐렁한 티셔츠를 입고 있는 우라노스가 모습을 드러냈다. 우라노스는 요즘 로맨스 영화에 빠져 있어 조금 감성적이었다. 우라노스가 손을 뻗자 검이 생성되었다.

콰가가가가!

우라노스가 성을 순식간에 토막 내고는 모두 아공간에 넣었다. 찬란한 성이 있던 자리가 휑한 공터가 되었다. 서쪽 세계의 용병들도 멍하니 그 광경을 바라보고 있었다. 로키도 마찬가지였다.

'미, 미친놈들…….'

로키는 식은땀을 줄줄 흘렸다. 라그나로크는 파멸 그 자체였다. 저런 존재가 아스가르드에 가게 된다면 아스가르드에는 쑥대밭이 될 것이다. 그나마 지팡이가 있었기에 겨우 안심할 수 있었다.

'아, 아무튼 이걸로 이제 모든 준비는 갖춰졌다.'

로키는 겨우 마음을 다스리며 간신히 어색한 미소를 지었다.

진우는 미드가르드에 머물고 있다가 올림포스로 돌아왔다. 로키가 만남을 요청했기 때문이다.

사신의 일은 로키가 알아서 다 처리를 했다. 그는 기억을 조작하는 잔재주를 가지고 있었는데, 사신이 무례를 저지른 것으로 바꾸었다. 덕분에 오딘이 미안하다며 선물까지 보내왔다.

"다인슬레프라……. 꽤 괜찮은 검이군."

오딘이 준 선물은 다인슬레프였다. 진우의 기준으로 봐도 명검에 속했다. 진우는 로키의 그런 수완이 마음에 들었다. 충성을 맹세했지만 그는 성소에 속하지 않았다. 진심으로 충성을 맹세한 것이 아니었기 때문이다. 하지만 그건 크게 문제가 되지 않았다.

'튕기는 맛도 있어야지.'

이런 신선한 부하는 처음이라 더욱 마음에 들었다.

왕좌에 앉아서 로키를 기다렸다.

올림포스 신전으로 들어온 로키가 그의 앞으로 다가왔다. 진우의 본래 모습은 처음 보는 것이라 살짝 놀란 표정이었다.

"이, 인간으로 변하셨군요."

그런 게 아니었지만, 진우는 대답하지 않았다. 로키는 자신을 넘어서는 경이로운 수준의 변장이라고 생각했다. 그는 동요하는 마음을 간신히 감추었다.

"악신이시여. 저 로키가 스바르트알파헤임을 정복했습니다."

진우는 눈을 깜빡였다.

"스바르트알파헤임을?"

"스바르트알파헤임은 최초의 보물이 탄생한 곳입니다. 그곳의 주인으로 어울리는 분은 오로지 위대한 악신뿐입니다."

로키는 아주 듣기 좋은 말을 했다.

진우는 고개를 끄덕였다. 북쪽 세계에 존재하는 곳이니 어떻게 되든 상관은 없었다. 로키가 진우의 앞으로 다가와 황금빛으로 빛나는 반지 하나를 공손하게 내밀었다. 차원 금화와 똑같은 기운이 흘렀다.

"스바르트알파헤임의 왕을 상징하는 반지입니다. 이것을 착용하시면 스바르트알파헤임의 모든 것을 가질 수 있습니다."

진우는 반지를 손에 들었다. 로키가 조마조마한 눈으로 바라보았다.

'마신의 기운이 느껴지는군.'

정보의 마안으로 볼 것도 없었다. 마신의 힘이 깃들어 있었다. 아스트라페에 깃든 힘보다도 훨씬 강력했다. 진우는 천천히 반지를 손가락에 가져다 대었다.

로키가 땀을 흘리며 그 모습을 바라보았다. 진우의 손가락에 반지가 들어가는 순간, 로키는 주먹을 불끈 쥐었다.

반지에서 검은 기류가 뿜어져 나오며 진우를 휘감았다.

"아하하하하!"

로키가 벌떡 일어나더니 웃기 시작했다.

강렬한 힘이 진우의 몸에 깃들었다. 영혼이 세척되는 듯한 그런 기분이었다. 상쾌한 감각에 기분이 좋아졌다.

[안드바리에게 무지개 반사가 작동합니다.]

[마신의 힘을 습득하였습니다!]

[황금 반지가 진정한 모습을 드러냅니다!]

[SSS+]황금 반지

마신의 힘이 깃든 반지. 차원 금화의 생산지인 스바르트알파헤임의 왕을 상징하는 반지이다. 가치 있는 것을 더 가치 있게 만들어내는 힘을 지녔다. 차원 금화를 탄생시킨 반지이기도 하다. 악신이 마신의 힘을 흡수하여 진정한 모습을 드러내게 하였다. 차원 금화를 발행하고, 차원 상점의 사용 권한을 부여할 수 있다.

'차원 금화?'

진우는 깜짝 놀랐다. 스바르트알파헤임이 차원 금화의 생산지일 줄은 예상하지 못했다.

"하하하하!"

로키는 계속해서 크게 웃었다. 그러다가 진우의 눈과 마주쳤다. 진우를 휘감은 검은 기류는 사라지고 없었고 한층 더 찬란하게 빛나는 황금 반지가 존재감을 과시하고 있었다.

"하하하…… 어?"

로키는 그대로 굳어져 웃음을 멈추었다.

진우는 그를 바라보며 웃었다.

"좋군."

"네?"

"마음에 드는군. 수고했다."

"네? 아……."

진우는 로키가 너무나 마음에 들었다. 그는 이런 귀한 보물을 바치고 아주 즐거워했다. 진심 어린 충성을 맹세하지 않았을 뿐이지, 그의 마음은 진실했다. 진우는 그에게 보상으로 차원 금화와 최신 함선을 주었다.

올림포스 신전 밖으로 나올 때까지 로키는 멍한 표정이었다.

"아……."

로키는 털썩 주저앉았다. 반지를 끼면 바로 소멸되어야 했는데, 악신은 오히려 더 강해진 것 같았다.

"어, 어, 어떡하지?"

그는 아스가르드를 멸망시킬 생각은 전혀 없었다. 그저 오딘에게 인정을 받고 아스가르드의 정당한 왕이 되고 싶었다.

수하로 들어간 것은 악신의 힘을 이용하기 위함이었다.

"어? 못 보던 분이네요. 무슨 고민이라도 있나요?"

"……네?"

"힘내세요. 이거 드릴게요."

하얀 원피스를 입고 있는 여인이 검은 봉투에서 무언가를 내밀었다.

메론맛 아이스크림이었다. 로키는 멍한 표정으로 아이스크림을 먹기 시작했다.

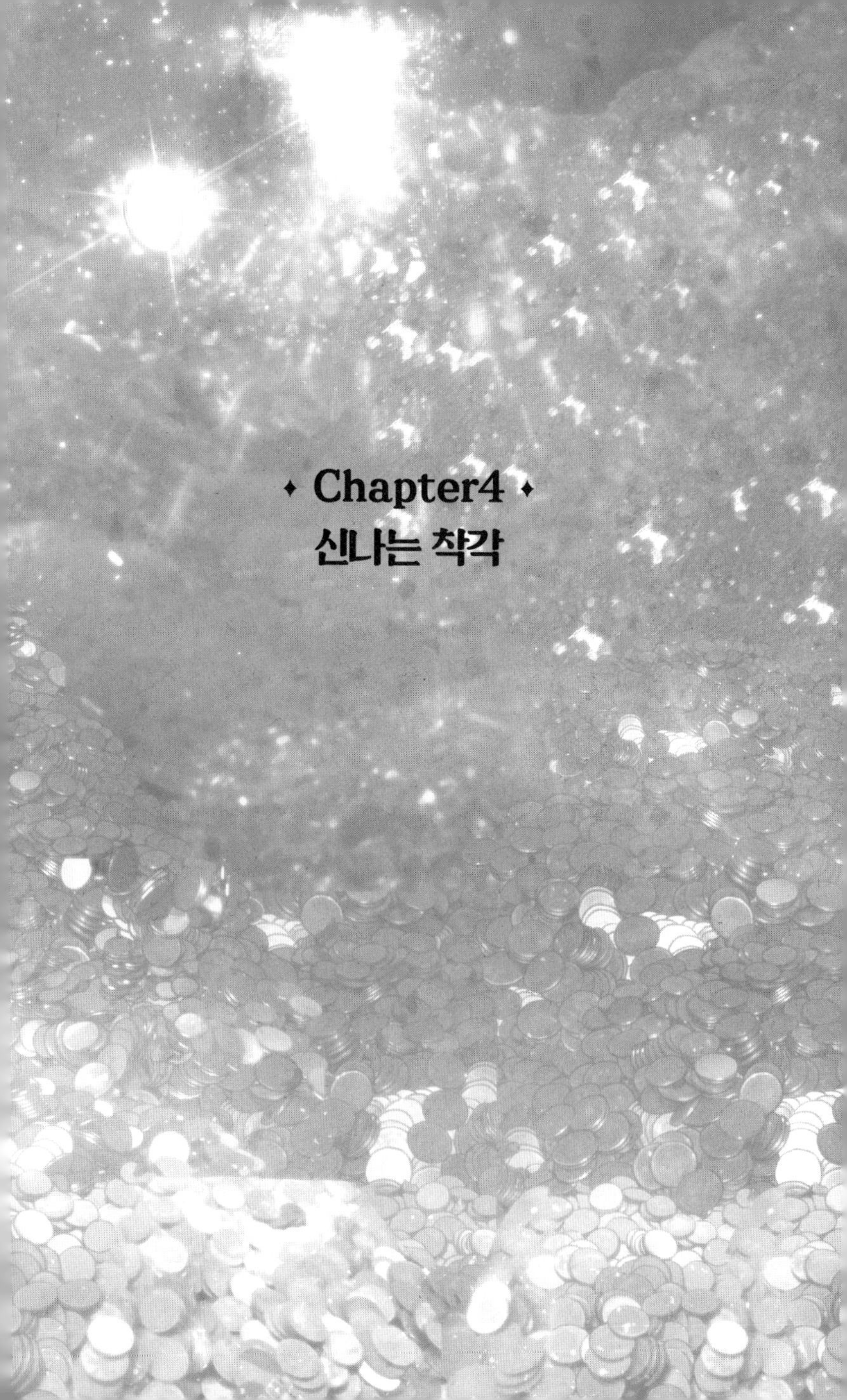

◆ Chapter4 ◆
신나는 착각

오딘은 아바타들에게 지극정성이었다. 서쪽 세계와의 전쟁은 북쪽 세계의 운명이 달려 있다고 해도 과언이 아니었다.

현재 발할라에 있던 미드가르드 전사들과 서쪽 세계의 전사들이 치열한 소모전을 벌이고 있었다. 오딘은 미드가르드 출신의 전사들을 끊임없이 소모했고, 서쪽 세계의 신들은 차원 금화를 이용해 버티고 있는 상황이었다. 서로의 피해가 막심했지만 오딘에게는 숨겨진 한 수가 있었다. 바로 지구인이었다.

아직 완벽하게 완성된 상태는 아니었지만, 현재 지구인들의 무력은 발할라 전사들을 넘어선 지 오래였다. 신에 근접한 수준의 아바타들도 탄생하고 있는 중이었다. 그중에서도 아영은 독보적이었다. 북쪽 세계의 전망은 밝았고, 서쪽 세계는 어두웠다.

서쪽 세계가 지금까지 버틸 수 있었던 이유는 차원 금화 덕분이었다. 진우가 황금 반지를 얻고 스바르트알파헤임을 손에 넣게 되면서 서쪽 세계의 입장은 곤란해졌다. 기존의 계약이 무효화되어 새롭게 계약을 해야 했기 때문이다.

로키는 일을 잘했다. 그는 장난의 신이었다. 잔꾀는 모든 차원에서 따라올 자가 없었다. 업무를 아주 효과적으로 단축시켰다. 유나도 감탄하며 로키에게 의존할 정도였다.

유나가 타블렛PC를 들고 로키에게 다가왔다.

"로키, 이것 좀 검토해 주십시오."

"네? 아…… 이건 이렇게 하는 게……."

"그렇군요."

로키는 막힘이 없었다. 유나는 감탄하며 그를 바라보았다. 은근히 로키를 무시하던 팀 라그나로크도 이제 그를 인정하고 있었다. 스바르트알파헤임을 정복하고 황금 반지를 바친 게 컸다. 그는 충성심을 바로 증명해 보였다. 팀 라그나로크에게도 좋은 자극이 되었다.

물론, 로키의 의도가 아니었다. 로키는 악신의 부하들이 자신을 점점 신뢰하기 시작하자 얼떨떨했다. 유나를 도와준 것도 방해를 해볼까 하다가 얼떨결에 얻어걸린 것이었다.

불과 바람, 그리고 장난의 신인 자신이 하찮은 인간을 도울 이유가 없었다! 하지만 무시하기에는 악신이 두려웠다.

악신의 밑에서 보고 들은 것은 경악할 만한 것들이었다. 로키는 저승세계를 관리하고 있는 페로를 만났던 적이 있었다.

'특이한 기운이 흐르는 계집이로군! 내가 바로 로키이다. 미드가르드를 감싸고 있는 거대한 독사, 요르문간드의 주인이지.'

'오, 그렇습니까? 부럽습니다. 제가 예전에 행성 하나를 통째로 먹어본 적이 있지요. 그때는 그런 생명체들이 없던 터라 조금 맛이 밋밋했습니다. 요르문간드라…… 꼭 한번 보고 싶습니다.'

'뭐, 뭐를 통째로 먹었다고? 에이…… 농담도…….'

'로키, 당신은 유머가 참 마음에 듭니다. 원래 이런 말 잘 안 하는데 이상하게도 당신에게는 하게 되는군요. 저는 이 턱을 이용해 행성의 내핵까지 들어갔습니다. 내핵은 정말 맛있었지요.'

'으, 음…….'

페로의 얼굴이 갈라지더니 강인한 벌레 턱이 등장했다. 이빨이 무수하게 돋아 있는 삼중턱은 로키의 얼굴을 새파랗게 만들었다. 침이 바닥에 떨어지자 바닥이 녹아버렸다. 로키는 그때부터 겸손해졌고, 어쩌다 보니 페로와 친해졌다.

로키는 악신의 약점을 캐기 위해 돌아다니다가 총지배인을 만난 적이 있었다. 총지배인은 인간이었지만, 보자마자 바로 유턴을 시도할 만큼 무서웠다.

'로키라 했나? 네가 주인님의 약점을 물어보고 다닌다던데…….'

'아, 그, 그, 그건…….'

'훌륭하군.'

'네?'

'주인님을 걱정하는 마음, 충신의 증거이다. 한 차원과 보물을 바친 것도 모자라 주인님의 안위까지 걱정하다니…… 너의 충성심이 나를 반성하게 했다.'

'그, 그건…….'

'하지만 걱정하지 말거라. 주인님께서는 무적이시다. 아! 주인님께서 첫 차원을 정복하셨을 때 이야기를 해줘야겠군. 궁금하지 않은가?'

'벼, 별로…… 가 아니라, 궁금합니다.'

'내가 JW게이트에 있을 때였다. 그때는…….'

총지배인의 압도적인 눈빛에 로키는 고개를 끄덕일 수밖에 없었다. 로키는 총지배인에게 붙들려 3박 4일 동안 악신의 위대한 업적에 대해 들었다. 귀에서 피가 철철 흐르고 나서야 총지배인에게서 풀려날 수 있었다.

무언가를 하려 할 때마다 악신의 부하들과 인연이 생겼고, 선물까지 받을 정도로 친해져 버렸다. 로키로서는 미칠 노릇이었다. 가짜 발키리들이 로키를 보고는 흐뭇한 웃음을 지으며 고개를 끄덕였다. 자신을 완벽한 동료라고 생각하고 있었다.

'어, 어떻게든 해야 해.'

자신의 소식이 아스가르드에도 전해졌을 것이다. 아스가르드에 가기 위해서, 오해를 풀기 위해서 악신을 어떻게든 처리를 해야 했다. 악신을 빨리 어떻게든 하지 않으면 아스가르드는 물론이고 신의 세계 전체가 파멸될 것이다.

로키는 그렇게 생각했다. 그는 필사적이었다. 아스가르드에서 밉상 취급받기는 하지만, 아스가르드는 그가 자란 고향이었다. 로키가 올림포스 신전에 들어오자 진우가 그를 바라보았다.

"오, 로키, 왔네."

"네. 하, 하하……."

"불편한 건 없고?"

"아, 아주 편합니다."

진우는 친근하게 로키를 맞이했다.

'참 대단한 녀석이야.'

음흉하기는 하지만 일을 잘했다. 이곳저곳 돌아다니면서 부족한 부분을 보충해 주고 있었다. 악신인 자신의 부하이니 다소 음흉하거나 사기를 잘 치는 부분은 흠이 아니었다. 총지배인마저 로키를 칭찬하고 있었다. 신화와는 다르게 그는 욕심마저 없었다. 그저 묵묵히 일을 할 뿐이었다.

올림포스 신전에는 진우의 부하들이 서 있었다. 로키는 눈치를 살피다가 가장 끝에 섰다. 진우는 로키를 바라보다가 그에게 손짓했다.

"이쪽에 서도록."

진우는 왕좌에 앉아 있었다. 로키를 왕좌와 가까운 곳으로 불렀다. 팀 라그나로크의 수장이니 그럴 자격이 있었다.

진우가 왕좌에 앉아 있는 이유는 서쪽 세계 때문이었다. 계약이 모두 백지 상태가 되었기에 서쪽 세계는 발을 동동 구르고 있는 상황이었다. 결국, 그쪽에서 직접 오겠다고 연락이 왔다.

'조금 귀찮긴 한데…….'

진우는 서쪽 세계가 어떻게 되든 상관은 없었다. 그래도 꽤 절박한 상황이라고 하니 들어는 볼 생각이었다. 잠시 기다리자 서쪽 세계의 인물이 올림포스 신전 안으로 들어왔다.

진우는 북쪽 세계의 사신을 만났을 때보다는 조금 더 얌전한 모습을 했다. 얌전하기는 하나, 공포를 주는 건 똑같았다. 로키가 두려움에 움찔하며 눈을 깔았다. 그는 성소에 속하지 않았기에, 몸이 덜덜 떨리는 건 어쩔 수 없었다.

진우는 서쪽 세계의 인물들을 바라보았다. 늑대 귀를 가진 여성이 가장 앞에 서 있었다. 비키니 느낌이 나는 복장을 하고 있었고, 머리에 왕관을 쓰고 있었다. 비무장한 전사들이 그녀의 뒤를 따르고 있었다.

진우는 정보의 마안으로 그녀를 바라보았다.

[-SS]파라오 니토크리스

서쪽 세계의 하계를 다스리는 신. 태양신 라가 직접 선발한 신으로, 서쪽 세계를 통치하는 대리자이다. 그녀는 인간들을 다스리며, 신과 인간을 이어주는 역할을 한다.

[SS]파라오의 축복: 전사들에게 축복을 내려 반신에 가까운 힘을 준다.

[-SS]사자의 부활: 차원 금화를 이용하여 죽은 전사들을 되살린다. 소모되는 차원 금화의 양에 따라 소환시간이 결정된다.

그녀는 서쪽 세계의 하계를 다스리는 파라오 니토크리스였다. 봉긋 솟아오른 늑대 귀와 굉장히 새하얀 피부를 지니고 있었는데, 볼에 붉은 염료를 바르고 있었다. 늑대라기보다는 고양이나 여우처럼 보였다. 조금 특이하기는 했지만 상당히 아름다웠다.

“서쪽 세계의 파라오 니토크리스가 악신께 인사드립니다.”

니토크리스가 고개를 숙여 인사했다. 진우가 니토크리스를 바라보자 그녀는 몸을 떨었다. 주변에 있는 악신의 부하들은 하나같이 모두 괴물들이었다. 특히 악신과 가까이에 있는 자들은 그녀가 모시고 있는 호루스와 비교해도 전혀 꿇리지 않았다. 그녀는 악신과 감히 눈을 마주치지 못했다. 태양의 신 라께서 악신을 가리켜 ‘세상에서 가장 어두운 자’, ‘사악함조차 녹아버리는 어둠’이라고 표현했는데, 처음에는 다소 과한 표현이라고 생각했다. 하지만 직접 보니 오히려 그 표현은 부족함이 있었다.

니토크리스는 악신의 부하들을 힐끔거리며 살펴보다가 로키를 발견했다.

‘아스가르드의 로키?’

가증스러운 아스가르드의 신이 이곳에 있었다.

너무 늦게 온 것인가? 그녀는 위기감을 느꼈다.

"왜 그러지?"

"아, 악신께서 너, 너무나 영광스러운 모습이라 잠시 정신을 차릴 수 없었습니다. 스바르트알파헤임의 새로운 주인이 되신 것을 진심으로 축하드립니다."

"음, 고맙군."

진우는 서쪽 세계가 북쪽 세계보다 마음에 들었다. 오딘이 아사 신족을 보내기는 했지만, 급이 있는 신들은 아니었다. 하지만 서쪽 세계는 파라오가 직접 왔다. 게다가 아첨도 꽤 수준급이었다.

"작은 성의입니다."

니토크리스가 손짓하자 그녀의 뒤에 있던 전사들이 커다란 보물상자를 가지고 왔다. 보물상자에는 황금 풍뎅이들이 가득 들어 있었다.

'뭘 또 이런 걸 다…….'

진우는 상당히 흡족했다. 장식용으로 쓰면 좋을 것 같았다.

"그래, 용건은?"

"저희는 아스가르드의 침략자들에 맞서고 있습니다. 저희 전사들이 스바르트알파헤임에서 노동을 하며 간신히 나라를 지키고 있었습니다. 새롭게 계약을 해주십사하고, 염치없지만 이렇게 찾아오게 되었습니다."

계약을 해주는 건 쉬운 일이었다. 로키의 훌륭한 수완으로 차원 금화의 생산지를 꿀꺽해 버렸기 때문이다. 서쪽 세계에 힘을 실어주는 것도 치열한 소모전을 벌이고 있는 현 상황에서 매우 바람직한 일이었다.

진우가 승낙을 하려 할 때였다. 로키가 니토크리스와 진우를 바라보다가 다급한 표정이 되었다. 악신이 서쪽 세계를 지원하게 된다면 아스가르드가 확실히 불리해진다.

악신은 니토크리스를 마음에 들어 하는 눈치였다.

'그냥 놔둬서는 안 돼!'

지구인들이 투입될 때까지 시간을 벌어야 한다. 안타깝게도 그는 지구인들이 아바타인 것을 알아차리지 못했다. 그에게 말해준다고 해도 이해조차 못 했을 것이다.

"악신이시여! 저 로키가 감히 말씀을 올려도 되겠습니까?"

진우는 로키를 바라보며 고개를 끄덕였다.

로키가 무슨 생각인지 궁금했다.

"서쪽 세계는 신용이라고는 털끝만치도 찾아볼 수 없는 기회주의자들로 이루어진 곳입니다. 그저 차원 금화만 준다면 무슨 짓이든 할 자들이지요."

"로, 로키……! 네놈……!"

"저것 보십시오! 바로 위협부터 하지 않습니까? 말보다도 주먹이 앞서지요. 저들을 다스리는 호루스도 새대가리입니다."

니토크리스가 로키를 노려보았다. 로키는 두 팔을 벌리며 악신의 부하들을 바라보았다.

"악신께서 중앙 세계를 정복하시고 아주 많은 시간이 흘렀습니다. 여태까지 가만히 있다가 상황이 바뀌니 이렇게 달려온 것을 보십시오!"

"누, 누가 무시를 했다고 하는 건가! 악신이시여, 오해하지 마십시오. 상황이 따라주지 않았을 뿐입니다!"

"상황은 만들면 됩니다. 저 로키가 아스가르드를 등지고 악신께 충성을 맹세한 것처럼 말이지요. 게다가 호루스가 직접 오지 않은 걸 보면, 여전히 악신의 권위를 무시하고 있는 것입니다."

로키는 니토크리스를 압박했다. 진우는 잠시 생각에 빠졌다.

'역시 로키인가.'

로키는 머리가 좋았다! 진우는 귀찮아서 그냥 계약을 하려 했는데, 생각해 보니 어느 쪽이 우위임을 확실히 보여주기는 해야 했다. 로키는 서쪽 세계를 압박하고 있었다.

그럼 로키의 장단에 어울려 주도록 하자!

"음, 내가 계약을 해야 할 마땅한 이유가 없군."

"지혜의 신조차 악신께 고개를 조아릴 것입니다."

진우의 말에 로키가 깊게 허리를 숙이며 그렇게 말했다.

니토크리스는 당황했다. 당장 저 빌어먹을 놈을 죽여 버리고 싶었다. 하지만 상황을 보니 로키는 아스가르드를 배신하고 악신의 부하가 된 듯했다.

"우선 미리 찾아뵙지 못한 점 사죄드립니다. 호루스께서는 세트와의 싸움으로 올 수 있는 상황이 아닙니다. 부디 노여움을 거두어주시옵소서."

니토크리스는 왕관을 벗고 고개를 숙였다.

"파라오에서 내려와 제 영혼을 바치겠습니다."

니토크리스가 그렇게 말하자 로키는 당황했다. 설마 그렇게까지 할 줄은 몰랐기 때문이다. 로키는 재빨리 입을 열었다.

"저런 하급 신 따위의 영혼을 가지셔 봤자……."

"됐다."

"하, 하오나……."

진우는 로키를 보며 웃었다. 이 정도만 해도 충분했다. 너무 압박해도 좋지 않았다.

"용병은 필요 없다."

"가, 감사합니다."

"계약 내용을 다시 생각해 보도록 하지."

니토크리스는 고개를 숙였다. 가만히 서 있던 김대진 박사가 손을 들었다.

"크흠, 말씀드린 대로 새로운 테마가 필요합니다."

"그렇군."

놀이공원의 매출이 떨어지고 있는 상황이었다. 저승세계의 유지비를 벌기에도 빠듯하다고 한다. 기왕 이렇게 된 거 저승세계에 이집트 테마파크를 만드는 것도 괜찮을 것 같았다.

진우는 바로 계약서를 작성했다.

니토크리스는 계약서를 보며 깜짝 놀랐다.

"저, 저승으로 간다는 말씀입니까?"

"그렇다. 며칠에 한 번씩 들리도록."

"흐윽……. 아, 알겠습니다."

니토크리스는 눈물을 뚝뚝 흘렸다. 진우가 자세한 설명을 해주지 않아, 저승에서 고통을 받는 것으로 착각하고 있었다.

'헤드 크래쉬 롤러코스터', '분쇄 회전목마'. 이런 단어를 보니 그렇게 생각할 수밖에 없었다.

진우는 계약 내용에 만족했다. 영혼을 가져가는 건 조금 그랬고, 일주일에 몇 번 테마파크에서 일을 하기로 했다.

로키는 니토크리스의 계약서를 힐끔 보고는 경악했다.

'사, 사악 그 자체……. 그래도 파라오인데 저승세계에서 고, 고문을……'

로키는 페로만 알 뿐이고 저승세계가 어떻게 생겼는지 알지 못했다. 그 끔찍한 괴물이 다스리는 곳이니 분명 타르타로스와 비견될 정도로 끔찍할 것이다.

로키는 눈을 질끈 감았다. 니토크리스와 전사들이 고문을 받는 광경이 떠올랐다. 니토크리스는 불멸 특성이 있으니 살아남기는 할 것이다. 더 비참한 것은 계속 지옥에 있는 것이 아니라 주기적으로 방문을 해야 한다는 사실이었다. 저승세계에 갈 날을 기다리며 정신이 붕괴될 정도로 고통을 받겠지.

'악신……'

신의 세계에 존재하는 모든 신을 위해서라도 막아야 했다. 로키는 신의 인생 처음으로 철이 들었다.

'새턴……'

그를 찾아가는 건 꺼림칙했지만 그에게는 우라노스를 봉인시킨 최고의 무기가 있었다.

시간을 지배하는 낫. 궁니르조차 한 수 접어주는 무구였다. 로키가 알아낸 바에 따르면 어둠의 신 세트와 자주 만난다고 한다.

로키는 머리를 마구 굴렸다.

'찾아가 봐야겠어.'

악신은 자신을 신용하고 있었다. 의도한 바는 아니었지만 스바르트알파헤임와 황금 반지를 바쳐 얻은 신뢰였다. 그 점을 이용하도록 하자.

진우는 진지한 표정이 된 로키를 바라보았다. 그는 잠시 바라보다가 아공간에서 부채 하나를 꺼내 그에게 건넸다.

"들고 있어봐."

"네? 아, 알겠습니다."

로키는 부채를 들었다.

'제갈량이랑 비슷한데?'

수염을 기르면 제법 비슷해질 것 같았다.

진우는 제갈량을 얻은 기분이었다.

진우는 로키가 또 무엇을 가져다줄지 기대가 되었다.

서쪽 세계로 돌아온 니토크리스는 뜬눈으로 밤을 지새웠

다. 악신이 다스리는 저승세계로 갈 날이 다가올수록 너무나 두려워 잠을 이루지 못했다.

호루스는 그런 니토크리스를 보며 분노했다. 세트를 몰아내는 데 성공했지만 그는 부상을 입은 상태였다. 호루스는 그런 몸으로 북쪽 세계의 전사들을 막아내고 있었다.

"니토크리스여, 너의 희생을…… 잊지 않으마."

호루스는 그 말밖에 해주지 못했다. 그 아스가르드의 로키가 올림포스 신전 앞에서 흐느끼고 있던 니토크리스에게 다가와 미안하다고 말해줄 정도였다.

순식간에 시간이 흘러 저승세계로 가는 날이 되었다. 니토크리스는 늘 입고 있던 파라오 복장과 왕관을 벗고 전사들이 입은 복장으로 갈아입었다. 마음이 꺾이지 않겠다는 의지였다.

니토크리스 뒤로 선발된 전사들이 다가왔다. 그들의 표정도 좋지 못했다. 그녀가 악신이 준 포탈석에 기운을 넣자 포탈이 생성되었다.

'백성들을 위해서라면…….'

그녀와 전사들은 마음을 다잡고 포탈 안으로 들어갔다.

포탈 안으로 들어가니 검은 복장을 입은 여인이 기다리고 있었다. 여인의 얼굴빛은 창백했다.

"니토크리스 님과 일행분들이십니까?"

"그, 그렇습니다."

"따라오시지요."

그녀와 전사들이 도착한 곳은 저승세계에 위치한 김대진 박사 연구소였다.

"끄아아아악!"

"커헉!"

"아아악!"

사방에서 비명이 들려왔다. 그녀의 눈에 들어오는 것은 기괴한 장치에 매달려 비명을 지르고 있는 사람들이었다.

'고, 고문장치!'

고문장치가 분명했다. 자신이 어떤 꼴이 될지 상상하는 것만으로도 몸이 떨렸다. 연구소를 빠져나와 건물 안으로 들어갔다.

"박사님, 니토크리스 님과 일행분들이 도착했습니다."

"음?"

김대진 박사의 팔에는 기계톱과 칼이 붙어 있었다. 김대진 박사가 니토크리스를 바라보자 그녀는 몸을 움찔했다. 김대진 박사가 기계톱이 달린 팔을 내밀다가 아차 하는 표정이 되었다.

"아! 미안합니다."

악수를 청하려다가 실수를 한 것이다.

니토크리스는 기절하기 일보 직전이었다.

김대진 박사는 니토크리스의 모습을 보며 고개를 끄덕였다.

"니토크리스 님은 저를 따라오시지요."

그녀는 전사들과 헤어지게 되었다. 니토크리스는 전사들을 바라보았다. 서로 굳은 표정으로 눈물을 참으며 고개를 끄덕였다.

'백성들을 위하여!'

'악신의 장난감이 되었지만 마음은 꺾이지 않을 것입니다.'

그런 의미를 담은 눈빛이었다.

그녀는 김대진 박사를 따라 어두운 방으로 이동했다.

어두운 방에는 의자 하나가 덩그러니 놓여 있었다.

"앉으시지요."

니토크리스는 숨을 깊게 내쉬며 의자 앞에 섰다. 그리고 옷을 벗고 의자에 앉아 두 팔과 두 다리를 펼쳤다.

"크읏! 시작해라. 나는 절대 굴복하지 않을 것이다!"

김대진 박사는 그녀가 갈아입을 직원 복장을 들고 있었다. 그리고 그의 뒤에는 화장을 해줄 직원들이 서 있었다.

"……뭐 하시는 건가요?"

눈을 깜빡인 김대진 박사는 그녀에게 직원복을 건넸다.

"그 노출증이 있는 건 알겠는데…… 여기서는 그러시면 곤란합니다."

"네?"

니토크리스는 얼굴을 붉히며 벌린 두 팔과 두 다리를 오므렸다. 그녀는 직원복으로 갈아입었다.

멍한 표정으로 화장과 머리 손질을 받았다. 정신을 차리고 보니 놀이기구 앞에서 솜사탕을 팔고 있었다.

"와! 고양이 누나다! 솜사탕 하나 주세요."

"네? 나는 늑대인데…… 바, 받아요."

니토크리스는 솜사탕을 팔기 시작했다. 지폐를 앞주머니에 넣자 차원 금화로 변했다. 앞주머니는 아공간이었다.

'하, 하나에 차원 금화 1개?'

그녀는 김대진 박사의 말이 떠올랐다. 판매금액의 10%를 떼어준다는 말이었다. 그녀는 수학을 잘 못했지만 손가락으로 계산을 해보았다. 솜사탕 10개를 팔면 차원 금화 한 개가 자신의 것이었다. 용병들이 일주일동안 밤낮으로 근무해야 벌 수 있는 금액이었다. 게다가 무려 기본급도 준다고 한다.

"솜사탕 사세요! 맛있어요!"

"오, 고양이?"

"네! 고객님! 고양이 맞습니다! 하나 사세요!"

니토크리스는 열심히 솜사탕을 팔았다. 주변을 바라보니 늑대 귀를 단 전사들도 그녀와 같은 복장을 하며 물건을 팔고 있었다. 니토크리스는 고개를 돌렸다. 서로 모른 척했다.

놀이공원은 안전하다. 사람들은 그렇게 생각하기에 놀이기구에 올라 스릴을 즐겼다. 안전이 보장된 스릴이었다. 물론, 놀이공원에서 이따금 사고가 발생하기는 하지만 그건 극소수에 불과했다. 사고가 자주 발생한다면 모든 놀이공원은 망하고 말 것이다.

그러나 진우의 놀이공원은 아니었다. 얼마 전에 개장한 이집트 신화 테마파크는 차라리 사형대라 불리는 편이 어울릴 정도였다. 이집트 신화 테마파크의 컨트롤 타워는 늘 비상상태였다. 지금까지의 놀이기구들은 인간이 버틸 수 있는 한계 안에 머물러 있었지만 이번 테마파크는 달랐다. 매출을 뽑아내려면 더욱더 자극적인 것이 필요하다는 생각 때문에 만들어진 곳이었다.

“피라미드 익스프레스에서 사망자 발생! 사인은 심정지입니다!”

“가동 4시간 만에 44명이라…… 신기록이군. 규정에 따라 영혼을 되돌리도록.”

컨트롤 타워 직원의 일상적인 대화였다.

니토크리스는 서쪽 세계에 있던 피라미드 하나를 팔았다. 일반적으로 피라미드는 파라오의 무덤이라 알려져 있었다. 신의 세계에서는 약간 개념이 달랐다. 하계를 다스리는 신인 파라오가 은퇴 후에 기거할 궁전이었다.

니토크리스는 자신의 피라미드를 팔았다! 그것도 매우 헐값에! 가격은 1억, 차원 금화 만 개였다.

니토크리스는 차원 금화 하나만 있으면, 죽은 전사 10명을 일주일 동안 소환할 수 있었다. 모두 생전에 영웅이라 불리는 전사들이었기에 일당백의 실력을 가지고 있었다. 지금 당장 급한 상황을 모면해야 했기에 그녀는 눈물을 머금고 자신의 피라미드를 팔았다. 피라미드를 판 돈으로 북쪽 세계의 침략을 어느정도 방어할 수 있었다.

김대진 박사는 직접 서쪽 세계로 가서 피라미드를 분해해 들고 왔다. 저승세계에서 피라미드를 조립하며 내부를 완전히 바꾸었다. 피라미드 속에는 여러 놀이기구가 들어 있었다. 피라미드 꼭대기부터 떨어지는 '파라오의 후룸라이드', 엄청난 속도로 피라미드 안을 질주하는 '니토크리스의 분노', 그리고 가장 사망자가 많이 발생하는 '피라미드 파이널 익스프레스'가 가장 대표적인 놀이기구였다.

피라미드 놀이기구는 하루에 평균 100여 명 정도가 사망할 정도로 화끈했다. 사망하더라도 상관없었다. 애초부터 놀이공원은 저승세계에 있었다. 사망하고 나서 1분 안에 영혼을 육체에 넣으면 아무런 문제가 없었다. 피라미드에서 나온 사람들은 모두 반쯤 혼이 빠진 상태였다.

"와, 나 중간에 기절했어. 진짜 죽는 줄 알았네."

"아, 기저귀 바꿔야겠네."

"뭔가…… 삶을 되돌아보게 되었어. 열심히 살아야겠다."

기절한 게 아니라 진짜 죽은 것이었다. 죽기 전에 삶의 기억들이 주마등처럼 스쳐 지나갔는데, 죽었다 살아난 사람들은 그동안의 삶을 반성하고 열심히 살아야겠다고 생각했다. 나름대로 긍정적인 효과였다.

니토크리스는 피라미드 안에서 직접 여러 굿즈를 팔았다. 그의 백성들이 제작한 조각들이었다. 아공간 주머니에 있는 반짝이는 차원 금화가 보이자 침이 절로 흘러나왔다.

일주일에 두 번 정도 근무하기로 되어 있었지만, 니토크리스는 김대진 박사에게 간절하게 부탁해 주 5일 40시간 근무하게 되었다. 당직 직원을 뽑을 경우에 적극적으로 자원했다.

"니토크리스 님, 퇴근하십니까?"

"음, 잠시 올림포스에 갔다가 돌아갈 생각이다."

"그렇군요."

"야간 근무 힘내거라."

니토크리스는 T셔츠에 츄리닝 바지를 입고 있었다. 그리고 손에는 맥주와 치킨이 들려 있었는데, 놀이공원 직원들이 가져가서 먹으라고 팔고 남은 것을 준 것이었다.

"치맥~ 치맥~ 치맥맥! 치치맥! 치킨엔 맥주~ 맥주엔 치킨~ 둘이 함께 있으면 난 좋아~ 좋아! 좋아, 좋아~"

니토크리스는 즉석에서 만든 노래를 흥얼거렸다. 뜨거운 사막을 바라보며 김이 모락모락 나는 치킨을 잔뜩 베어 물고, 이가 시릴 정도로 시원한 맥주를 마실 때의 그 쾌감! 겪어보지 않은 사람은 절대 몰랐다. 혼자 몰래 먹으니 맛은 배가 되었다!

호루스와 서쪽 세계의 백성들은 그녀가 악신에게 모진 고문을 받고 있는 줄 알고 있었다. 호루스는 그녀에게 축복을 내려주었고, 백성들은 그녀를 위해 눈물을 흘렸다. 금식 기간마저 생길 정도였다.

상황은 수습할 수 없을 정도로 커졌다. 말을 하려고 했지만 그럴 분위기가 아니었다. 결국 니토크리스와 전사들은 비밀로 하기로 했다. 백성을 위해 악신의 고문을 견디는 가련한 파라오! 그것이 현재 그녀의 이미지였다.

그녀는 아공간 주머니에 치킨과 맥주를 넣고 올림포스로 이동했다. 잼식에게 지구의 물건을 받기 위함이었다. 신전 근처로 가자 잼식이 그녀를 보며 손을 흔들었다.

"오! 기다리게 했구나! 미안하다."

"아니에요. 저도 방금 왔어요."

잼식의 손에 박스가 들려 있었다.

"부탁하신 제품이에요."

"드디어……!"

잼식이 박스를 건네자 니토크리스는 떨리는 손으로 박스를 잡았다. G&P의 기술력이 집약된 초강력 이동식 에어컨이었다. 니토크리스는 풍뎅이 하나를 잼식에게 건네주었다.

"그거면 되겠느냐."

"네!"

"자네는 정말 욕심이 없는 여신이로군."

니토크리스가 건넨 풍뎅이는 서쪽 세계의 정령이었다. 남자의 로망을 자극하는 모양새를 하고 있었다. 머리도 좋은 편이라 주인을 졸졸 따라다니며 여러 도움을 주었다. 잼식은 그녀의 비밀을 지켜주고 있었다.

니토크리스는 상자를 볼에 비비며 황홀한 표정이 되었다.

'이제 완벽하다!'

뜨거운 사막의 풍경, 치킨과 맥주, 그리고 시원한 바람까지!

더할 나위 없이 완벽했다.

올림포스 신전에서 누군가 나왔다. 니토크리스는 빠르게 에어컨이 든 상자를 아공간에 넣었다.

"로키……."

"으, 음…… 괜찮은가?"

로키는 안쓰러운 눈으로 니토크리스를 바라보았다. 아스가르드를 위해 한 일이었지만, 그것과 별개로 그녀에게 미안했다. 자신 때문에 고문을 받고 있었기 때문이다.

"크흠, 네놈에게 동정받을 이유는 없다."

니토크리스는 속내를 감추면서 그렇게 말하고 포탈 쪽으로 걸어갔다. 로키는 고개를 갸웃했다. 그녀의 발걸음이 상당히 가벼워 보였기 때문이다.

"후, 후후, 히, 히힛."

그녀의 웃음소리와 콧노래가 들렸는데, 로키는 니토크리스가 드디어 미쳐 버렸다고 생각했다.

파라오를 미치게 만들 정도의 고문이라니!

로키는 감히 상상조차 할 수 없었다.

로키는 잼식과 눈이 마주쳤다. 잼식이 아이스크림을 준 이후로 그녀와 꽤 많은 이야기를 했다. 아름답고 착한 여신이었다. 그녀 역시 악신에게 희롱당하고 있었다.

'악신…….'

잼식은 로키에게 한탄 섞인 이야기를 자주했다. 그녀가 겪은 것들을 간략하게 말했는데, 그 이야기들이 로키의 마음을 아프게 했다.

'강제로 개조까지 당하고…… 죽은 자들 사이에 방치되다니…….'

잼식의 순수한 표정을 볼 때마다 가슴이 아팠다. 악신을 몰아내고 그녀를 구하고 말리라. 로키는 다시 한번 마음을 다잡았다.

잼식은 로키를 꽤나 좋아했다. 일단 유명한 신이기도 했고, 신화와는 다르게 굉장히 착했기 때문이다.

로키는 서쪽 세계로 이동했다. 정확하게 말하면 서쪽 세계와 북쪽 세계의 경계선이었다. 스바르트알파헤임과 가장 가까운 곳이었는데, 양기가 넘쳐나는 사막이라 신조차 견디기 힘든 곳이었다.

로키가 남긴 표식을 통해 새턴에게서 답장이 왔다. 로키는 새턴이 알려준 길을 따라 사막을 건넜다. 신기루가 보이는 듯하더니, 신전 하나가 모습을 드러냈다. 신전 안으로 들어가니 의자에 앉아 있는 새턴이 보였다. 그의 옆에는 신들의 여왕이라 불렸던 헤라가 서 있었고, 서쪽 세계의 신 세트도 자리해 있었다.

새턴이 그를 내려다보며 웃었다.

"아스가르드의 신 로키, 내 궁전에 온 것을 환영한다."

"새턴, 아니…… 크로노스라 불러야겠지."

크로노스가 로키를 바라보며 자리에서 일어났다. 그의 곁에는 서쪽 세계의 전사들과 미드가르드의 전사들이 도열해 있었다. 모두 신이라고 생각할 정도로 강했고, 그에게 충성을 바치고 있었다. 모두 그와 계약을 맺어 영혼을 판 전사들이었다. 어둠의 신인 세트 역시 마찬가지였다.

세트는 서쪽 세계의 강대한 신인 오시리스의 동생이었다. 그러나 오시리스의 동생치고는 특별하게 강하지 않았다.

크로노스가 시간을 되돌려 그를 강하게 만들어주었다. 세트는 오시리스를 죽이고 주신이 되었지만, 호루스에게 당해 쫓겨난 상태였다. 이 무적이라 부를 수 있는 군대의 마지막 조각은 김아영이었다.

"로키, 무엇을 원하나? 시간을 되돌리고 싶나?"

"그런 건 나 로키에게 통하지 않는다."

오딘과 토르처럼 강대한 신은 시간의 흐름 속에서 자유로웠다. 오히려 시간을 되돌렸다가는 로키와 관련된 신들을 각성시킬 우려가 있었다.

"악신 때문에 왔다. 신의 세계를 위해서라도 그를 없애야 한다! 서쪽 세계의 파라오인 니토크리스마저 매일 악신에게 고문을 당해 미쳐 버렸다. 머지않아 모든 신이 그렇게 될 것이다."

"니토크리스…… 태양의 신 라가 가장 아끼는 파라오……. 오딘은 그녀를 사막의 귀신이라 불렀지. 그녀가 정말 그렇게 되었나?"

"……실실 쪼개며 콧노래를 불렀다."

"정말 미쳤군."

크로노스의 미소가 사라졌다. 악신이 얼마나 두려운 존재인지 잘 알고 있었다. 정면에서 맞붙는 건 자살행위나 마찬가지였다.

로키는 크로노스를 바라보았다.

"악신은 우라노스에게 너에 대한 복수를 약속했다. 머지않아 이곳도 발각당할 것이다."

"다른 차원으로 간다면……."

"그가 오딘의 눈, 호루스의 눈마저 손에 넣는다면 그가 찾아내지 못할 것은 없다."

로키는 올림포스에서 본 것들을 말해주었다.

"크로노스여, 올림포스로 돌아가야 하지 않겠나?"

크로노스는 올림포스로 돌아가고 싶었다. 제우스와 포세이돈이 가진 무기 아스트라페와 트리아이나 때문에 가지 못했는데, 지금은 악신의 손에 들려 있었다. 두 무기의 권능이 그가 지닌 시간의 낫을 무력화시켰다. 크로노스는 서쪽 세계와 북쪽 세계가 전쟁으로 약해졌을 때, 그가 수집한 군대를 동원해서 두 세계를 지배할 생각이었다. 그리고 최종 목적은 올림포스였다. 그러나 악신 때문에 과감하게 일을 진행하지 못하고 숨어 있는 상태였다.

"너를 어떻게 믿지? 너 역시 악신의 부하로 들어가지 않았나?"

크로노스는 신중한 신이었다. 로키가 신전에 들어올 수 있었던 것은 그가 혼자 왔기 때문이었다. 신전에 들어온 순간부터 그의 목에는 낫이 걸려 있는 것과 다름없었다.

"내 모든 걸 걸고 맹세하지. 난 단 한 번도 악신에게 충성을 바친 적 없다. 악신을 없애고 싶을 뿐이야."

로키가 자신의 모든 것을 걸고 맹세했다. 신의 맹세는 강력한 효력을 지녔다. 진실을 증명할 때 주로 쓰였다.

크로노스는 망설였다. 이곳은 그의 초대를 받지 않는다면 아무도 오지 못했다. 시간의 흐름에서 벗어난 초월적인 공간이었기 때문이다. 그는 신전 중앙에 있는 나무를 바라보았다. 이그드라실을 보는 것 같은 나무였다. 이곳에서 거대한 줄기를 통해 과거와 현재, 미래를 볼 수 있었다.

그가 많은 영혼을 수집하며 만들어낸 힘이었다. 그러나 어느 순간부터 미래는 보이지 않았다.

"그가 빼앗은 무구들…… 아스트라페, 트라이아나. 그걸 봉인할 수만 있다면 해볼 만하다."

크로노스의 대답에 로키는 고개를 끄덕였다.

"악신은 오만해. 무구를 늘 아공간에 넣고 다니지. 아공간을 봉쇄할 수 있다면 무기를 꺼낼 수 없을 것이다."

"연구를 해봐야겠군."

크로노스는 로키의 제안을 받아들였다.

크로노스와 로키는 그날부터 밤을 새워가며 연구에 매진했다. 로키는 김대진 박사를 통해 비싸게 구입한 에너지드링크를 마셔가며 연구했다. 로키와 크로노스의 얼굴이 다크서클로 물들었을 무렵 드디어 대 악신용 함정이 완성되었다.

Chapter5
불구경

진우는 아영과 같이 지내면서 크로노스를 찾아보는 중이었다. 아영의 영혼이 크로노스에게 귀속되어 있어, 크로노스를 따를 수밖에 없었다. 그게 꽤 거슬렸고, 우라노스와 한 약속도 지키고 싶었다. 본격적으로 북쪽 세계와 서쪽 세계에 개입하기 전에 크로노스를 정리해 놓고 싶기도 했다.

진우는 아스가르드를 제외한 북쪽 세계를 전부 돌아다니는 중이었다.

"정말 모르겠어?"

"네? 네! 제, 제가 아는 건 아스가르드뿐이라……."

"하긴 이런 곳이니……."

진우는 무스펠하임에 도착해 수르트에게 물어보았다. 수르트는 태초의 불꽃 그 자체이니 정보를 알고 있지 않을까 해서였다.

수르트는 두 손을 모으며 공손하게 서 있었다. 본래는 엄청나게 컸지만 진우의 키보다 작게 줄이기까지 했다. 무스펠하임에 도착하자마자 덤벼오는 수르트를 진우가 반쯤 죽여놨기 때문이다.

"그렇군."

"죄, 죄송합니다."

"아니야. 모를 수도 있지."

수르트가 굽신거리면서 말하자 진우는 고개를 저었다.

"여기 불꽃이 그렇게 좋다던데 조금 들고 가도 되나?"

"네! 마, 마음껏 가져가셔도 됩니다."

"고마워."

진우는 무스펠하임에 포탈을 등록했다. 진우가 포탈을 열자 수르트가 고개를 숙였다. 진우가 사라질 때까지 고개를 들지 않았다. 잠시 뒤, 김대진 박사와 연구팀들이 무스펠하임에 도착해 불꽃을 대량으로 가져가기 시작했다.

무스펠하임의 크기가 작아지기 시작한 것은 그때부터였다.

'찾기 힘드네.'

올림포스에 도착한 진우는 생각에 잠겼다. 서쪽 세계도 가보았지만 크로노스의 행방을 찾을 수 없었다. 부하들에게 시키기도 조금 그랬다. 북쪽 세계의 환경은 대부분 극악이었고,

서쪽 세계도 마찬가지였다.

진우가 그렇게 고민을 하고 있을 때 누군가 다가왔다.

로키였다. 그의 얼굴은 피로가 가득했다. 볼까지 다크써클이 내려와 있었다.

'그러고 보니 요즘 굉장히 바빠 보였지.'

로키는 너무 열심히 일했다. 일도 잘하는데 열심히까지 하니 정말 든든했다. 보면 볼수록 마음에 드는 부하였다. 그가 부탁하면 아스가르드를 통치할 수 있게 해줄 수 있을 정도였다.

"힘들어 보이는군."

"악신이시여! 저 로키가 악신께서 관심이 있을 만하신 정보를 가지고 왔습니다."

"정보? 뭔데?"

진우가 로키를 바라보자 그는 잔뜩 긴장했다. 로키는 주변을 힐끔 바라보았다. 주변에는 악신의 부하들이 많았다.

"그…… 중요한 이야기라……."

"그래?"

진우는 신전 안으로 들어갔다. 부하들이 모두 나가고 없어 로키와 단둘이 있게 되었다. 로키는 식은땀을 흘리며 메마른 입술을 달싹였다. 엄청나게 긴장을 하고 있었다.

진우는 로키의 상태를 보며 그를 걱정할 뿐이었다.

"그…… 새, 새턴이라고 올림포스에서 쫓겨난 신 있지 않습니까?"

"음?"

진우가 깜짝 놀라며 로키를 바라보았다. 로키는 진우의 그런 모습에 더욱더 놀라며 바닥에 주저앉았다. 진우가 손수 일으켜 주자 로키는 간신히 호흡을 가다듬었다.

"무, 무슨 음모라도 꾸미고 있는 것 같던데…… 그, 그가 숨어 있는 곳을 발견했습니다. 빨리 조치를 취하지 않으면 계획에 방해가 될 것 같습니다."

진우는 로키를 가만히 바라보았다. 로키의 안색이 새파랗게 질렸다. 진우의 입가에 미소가 걸리는 순간 로키는 눈을 질끈 감았다.

'드, 들킨건가?'

로키가 그렇게 생각할 때였다. 진우가 손을 로키의 어깨에 올렸다.

"정말 대단해! 크로노스를 찾아냈단 말이지?"

"네? 아…… 네! 맞습니다. 새턴의 이름은 크로노스가 마, 맞습니다. 크로노스를 차, 찾아냈습니다."

"대체 어떻게?"

"그, 그자가 사용하는 표식이 이, 있습니다. 그걸 역추적해서……."

횡설수설했지만 진우는 신경 쓰지 않고 감탄했다. 로키는 정말 대단한 부하였다. 많은 부하를 거느리고 있지만 이렇게 자신의 마음을 읽기라도 한 것처럼 원하는 것을 가져다 바치는 부하는 없었다. 유나도 아직 그 수준은 아니었다.

"그…… 워, 워낙 위험한 곳이라 부, 부하들은 버티지 못할 것입니다."

"그렇겠지."

진우는 고개를 끄덕였다. 자신이 찾아내지 못한 곳이다. 그런 곳이니만큼 부하들이 견디기 힘들 것이다. 혼자 가는 게 좋을 것 같았다.

"지금 당장 가도록 하지. 어디지?"

"제가 안내해 드리겠습니다!"

"위험할 텐데?"

로키는 대답하지 못하고 어색한 표정을 지을 뿐이었다. 진우는 로키의 충성에 감동했다. 진심으로 충성을 다하지 않았는데도 이 정도였다. 그가 만약 자신에게 진심으로 충성을 한다면 얼마나 더 대단해질지 궁금했다.

'내가 더 잘해야겠군.'

진우는 고개를 끄덕이며 그렇게 생각했다. 로키를 따라 서쪽 세계로 이동했다. 사막을 가로질러가자 주변 공간이 바뀌더니 신전이 나타났다.

"저, 저곳입니다."

로키가 손을 들어 신전을 가리켰다. 크로노스의 신전이 진우의 눈앞에 있었다. 신전은 평범했다. 예전 올림포스 신전을 본 따 만든 것 같은 외형이었다.

진우는 별다른 경계를 하지 않고 신전으로 다가갔다. 로키는 조마조마한 심정으로 그런 진우를 바라보며 그를 따라가고 있었다. 한동안 잠을 거의 자지 않고 죽을 고생을 하며 만든 함정이었다. 완벽에 가까워서 오딘이나 우라노스보다 강한 신이 오더라도 문제가 없었다. 악신에게도 분명 통할 것이다!

그러나 로키는 불길함을 느꼈다.

오싹!

그의 머리카락이 곤두서기 시작했다. 로키는 불길함을 떨쳐내려 고개를 휘저었다.

"시간이 정지된 곳인가?"

"그, 그런 것 같습니다."

"특이하네."

진우는 고개를 끄덕였다. 역시 못 찾은 이유가 있었다.

진우는 신전 안으로 들어갔다. 안은 깔끔했다. 밖에서 모래가 들어올 법했지만 먼지 하나 없었다. 하얀 바닥은 반듯했고, 신전의 지붕을 바치고 있는 기둥은 방금 만든 것처럼 깨끗했다. 마치 모델 하우스에 들어온 것 같은 느낌이었다. 인테리어를 신경 썼는지 서쪽 세계와 북쪽 세계의 보물들도 조화롭게 배치되어 있었다. 크로노스는 올림포스에서 쫓겨났지만 그럭저럭 잘살고 있는 모양이었다.

신전 깊숙이 들어가니 왕좌가 나왔다. 왕좌에는 크로노스가 앉아 있었고 양옆에 헤라와 세트가 서 있었다. 그리고 그들의 앞에는 랭크가 상당히 높은 전사들이 도열해 있었다.

[S+]크로노스의 회귀자 군대

회귀자들로 이루어진 군대. 뛰어난 자질을 지닌 전사들이 죽기 직전 크로노스와 계약해 과거로 회귀하였다.

무수히 많은 시간대에서 그들은 과거의 역사를 이용하여 강해졌다. 크로노스는 그들을 자신의 신전으로 데려와 군대를 구성했다. 대부분 군주급 존재로 이루어져 있고 강력한 무기를 가지고 있다.

크로노스는 회귀자들로 이루어진 군대를 가지고 있었다. 한계를 돌파하여 군주급에 이른 전사들이었다. 역시 회귀자라는 특성은 대단한 것 같았다. 진우는 크로노스와 세트, 그리고 헤라를 바라보았다. 헤라는 진우와 눈이 마주치자 움찔하며 시선을 피했다.

크로노스의 표정은 굳었다. 진우의 존재감에 몸이 절로 떨리고 있었다. 크로노스는 겨우 딱딱한 표정을 풀며 자리에서 일어났다.

"악신……."

"네가 크로노스로군."

크로노스의 랭크는 제우스 수준이었다. 그의 옆에 있는 세트도 마찬가지였다. 헤라는 신경 쓸 만한 존재가 아니었다.

"그렇다. 내가 바로 시간의 신 크로노스다."

크로노스는 일부러 과장된 몸짓을 했다. 여유 있는 척 연기를 한 것이다. 다소 어색함이 느껴졌다.

'뭔가 있군.'

진우는 그가 무언가를 꾸미고 있음을 알아차렸다. 천천히 걸어 그의 앞으로 다가갔다. 크로노스는 로키를 힐끔 바라보며 눈빛으로 사인을 보냈다. 로키는 고개를 살짝 저었다. 아직 시간이 더 필요하다는 의미였다.

진우가 신전에 들어온 것만으로도 신전이 부서질 것처럼 압박을 받고 있었다. 크로노스는 침을 꿀꺽 삼켰다. 예상했던 것보다 시간이 더 필요했다. 그만큼 악신은 강력한 존재였다.

"뭘 꾸미고 있는지는 모르겠지만……."

진우는 주변을 둘러보았다. 정보의 마안은 쓰지 않았다. 미리 알면 재미가 없었기 때문이다.

"기다릴 테니 해봐."

진우가 그렇게 말하자 침묵이 내려앉았다. 진우는 무방비 상태였다. 적진에 들어왔음에도 권능은커녕 마력조차 끌어올리지 않았다. 명백하게 크로노스를 깔보고 있었다. 마치 바닥을 기어 다니는 하찮은 벌레를 보는 것처럼 보고 있을 뿐이었다.

크로노스의 얼굴이 부들부들 떨렸다. 이런 모욕감은 처음이었다. 올림포스에서 쫓겨날 때도 이런 감정을 느끼지는 않았다.

"오만하군. 이곳은 내 신전이다. 악신! 너의 오만함이 너를 파멸시킬 것이다!"

크로노스는 굳이 거절하지는 않았다. 그가 손을 뻗자 그의 손에 낫이 들려졌다. 세트 역시 창을 소환했다. 주변에 있던 회귀자들이 빠르게 움직이며 지정된 위치로 향했다.

'기대되는군.'

진우는 친절하게 기다려 주었다. 신의 세계로 오면서 그는 단 한 번도 진심을 다해 싸운 적이 없었다. 올림포스의 신들과 전쟁을 할 때도 팀 라그나로크와 뉴월드 플레이어들 덕분에 그다지 몸을 움직이지 않았다.

'전력을 내보고 싶기는 한데…….'

진우가 전력을 발휘한다면 일반 차원은 그냥 소멸해 버릴 것이다. 신의 세계에도 어떤 영향이 있을지 알 수 없었다. 랭크가 SSS++가 된 이후 진우는 제한된 힘만 사용하고 있을 뿐이었다.

크로노스가 낫을 들더니 그대로 바닥을 향해 내리찍었다. 그러자 회귀자들이 모든 힘을 뿜어냈다.

휘이이이!

바닥에 마법진이 그려지기 시작했다. 신전 바닥 전체에 그려지더니 벽을 타고 올라가 신전 전체를 뒤덮었다.

"오……."

꽤 그럴듯한 모습에 진우는 감탄했다. 진우는 뒤를 바라보았다. 로키가 신전 입구 밖까지 나가 있었는데, 진우와 시선이 마주치자 안절부절못했다.

진우는 로키의 판단력에 고개를 끄덕였다. 피해 있는 편이 도움이 된다고 생각한 모양이었다. 보통 약한 부하들은 이런 곳에서 발목을 잡게 마련이었지만, 로키는 매우 현명하게 행동했다.

크로노스가 다시 낫을 들어 올리자 마법진이 발동했다. 진우는 몸이 무거워진 느낌을 받았다. 주먹을 쥐는 것조차 쉽지 않았다. 마치 진득한 젤리 안에 갇힌 것 같았다.

"걸렸군!"

"다, 다행이네요."

크로노스가 여유를 되찾았다. 헤라도 겨우 안도의 한숨을 내쉬었다. 그는 고개를 설레 저으며 진우를 바라보았다.

"오만함은 방심을 낳고, 방심은 약점을 만든다. 나는 무수히 많은 시간대에서 수많은 신의 몰락을 보았다. 악신, 네놈도 그 중 하나가 될 것이다!"

크로노스의 모습이 사라지더니 진우의 앞에 나타났다. 움직임이 제대로 보이지 않았다. 순간이동에 가까웠다. 진우가 그를 바라보자, 그의 모습이 다시 사라지며 진우의 뒤에 나타났다.

스읔!

크로노스가 진우를 향해 낫을 휘둘렀다. 진우의 눈에도 잔상만 보일 정도로 빠른 속도였다. 진우는 목을 노리고 날아오는 낫을 팔을 들어 막았다.

서걱!

팔로 막았지만, 어느새 낫은 그의 등을 파고들고 있었다. 옷이 잘리고 낫이 피부에 닿았다.

팅!

낫은 육체를 뚫지 못하고 튕겨 나갔다. 진우의 신체는 그 무엇보다도 강력했다.

"대단한데?"

진우는 크로노스의 공격에 연신 감탄했다. 분명 막았는데, 동시에 공격한 것처럼 낫이 자신의 등을 베었다. 아니, 결과만 놓고 본다면 분명 등 쪽으로 한 공격이 미세한 차이로 더 빨랐다. 크로노스의 공격은 시간이라는 개념을 완전히 무시하고 있었다.

'이능 배틀물이 생각나네.'

흥미진진했다. 이런 기분은 굉장히 오랜만이었다. 시간을 다루는 능력은 만화나 영화 속의 단골 소재였다.

"대단하네. 괜히 우라노스가 당한 게 아니군."

"깨달아봤자 늦었다. 네 모든 시간은 내가 지배한다."

크로노스는 다소 중2병스러운 말을 했다.

'적당히 상대해 줄까.'

진우는 무기를 꺼낼 생각으로 아공간을 열었다. 아공간이 열리자마자 바로 닫혔다. 무언가 꺼낼 틈도 없었다.

"소용없다."

크로노스는 진우를 바라보며 웃었다. 아스트라페와 트리아이나가 없으면 이 공간을 벗어날 수 없었다. 모든 걸 쏟아부어 만든 것이었다.

로키의 뛰어난 마법 지식과 자신의 권능이 합쳐진 최고의 함정이었다. 우라노스를 뛰어넘는 신들이 몰려온다고 해도 속수무책으로 당할 것이다.

휘이이!

진우의 옆에 나타난 세트가 창을 휘둘렀다. 공격을 막아도 소용이 없었다. 세트가 마치 분신술을 쓴 것처럼 사방에서 나타나더니 동시에 공격을 했다.

'환상은 아니군.'

모두 실체였다. 서로 다른 시간대에서 벌어진 공격이었다!

크로노스와 세트는 승리를 확신했지만 방심하지 않았다. 전력을 다해 진우를 공격했다. 세트의 창이 어두운 기류로 휩싸이더니 진우의 가슴을 찔렀다. 호루스에게 큰 부상을 입힌 공격이었다. 그와 동시에 크로노스의 낫이 진우의 목을 베었다. 행성 하나쯤은 가볍게 터뜨려 버릴 수 있는 위력이었다.

콰아아앙! 쾅!

그러나 그 어떤 공격으로도 진우의 피부를 뚫을 수 없었다. 안타깝지만 그들이 전력을 다해 끌어올린 최고 공격은 SSS랭크 정도였다. 진우의 압도적인 랭크 앞에서는 모든 것이 무의미했다.

"허억, 허억."

"크으……."

크로노스와 세트가 먼저 지쳤다. 진우는 넝마가 된 자켓을 바라보며 고개를 저었다.

"이게 끝은 아니겠지?"

"악신……!"

크로노스는 당황했다. 솔직히 이 정도로 공격을 했다면 조금이라도 피해를 입어야 했다. 크로노스는 시간을 조절해 세트와 자신의 컨디션을 최고로 만들었지만, 진우에게 피해를 입힐 수는 없었다.

휘익!

진우는 손을 들어 크로노스의 낫을 잡았다. 과거에서 공격하는 것도 고개를 돌려 피했다. 슬슬 공격이 익숙해지고 있었다. 진우의 움직임도 시간의 개념을 무시하기 시작했다.

진우가 주먹을 뻗자 크로노스가 낫을 들어 막았다.

"오, 막았네."

"크윽!"

크로노스는 당황했다. 진우의 공격을 막는 것만으로도 팔이 반쯤 터져 버렸다. 크로노스는 시간을 되돌려 팔을 복구했다. 자신의 공격은 통하지 않고 악신의 공격이 먹히기 시작했다.

'마, 말도 안 돼!'

크로노스는 헤라가 목격한 광경을 통해 악신의 능력을 보고 연구했다. 그는 아스트라페와 트리아이나를 다뤘는데, 크로노스는 그것을 보고 그의 수준을 예상했다. 우라노스보다 조금 더 강한 수준이라고 생각했지만, 설마 이 정도일 줄은 몰랐다. 우라노스가 잔뜩 몰려온다고 해도 그를 당해낼 수 없을 것 같았다.

그에게 무기 따위는 필요하지 않았다. 오히려 그가 무기를 휘두르는 것이 제약이었다. 무기에 깃든 권능이 그의 힘을 죽이고 있다고 생각할 지경이었다.

크로노스는 저 멀리 떨어져 있는 로키를 바라보았다. 그도 크로노스와 같은 심정이었다.

로키는 빠르게 수화로 크로노스에게 말을 걸었다. 이 상황을 타개할 방도가 떠올랐기 때문이다.

'악신은 지금 인간의 육체이다! 아무리 강력하다고 해도 육체는 한계가 있게 마련이다! 그걸 이용한다면 타격을 줄 수 있을지도 모른다!'

'인간의 육체라면…….'

크로노스도 눈빛을 통해 대답했다. 로키는 악신의 부하들에게 은근슬쩍 물은 적이 있었다. 악신의 육체가 인간이라는 귀중한 정보를 얻을 수 있었다. 로키는 악신의 힘은 저 말도 안 되는 육체에서 나오는 것이라 생각했다. 아무리 강한 신이라도 육신을 잃으면 무력해졌다.

크로노스는 로키의 의견을 듣고 계획을 바꾸었다. 고생하며 만든 마법진의 힘을 모두 이용하면 저 육체를 무력화시킬 수 있을 것이다. 실패하면 끝인, 단 한 번의 도박이었다.

'어차피 이대로는 답이 없어!'

크로노스는 두 손으로 낫을 꽉 쥐었다. 그의 낫으로 마법진이 형성한 공간이 빨려 들어왔다.

휘이이이!

공간이 걷히자 다시 신전의 모습이 드러났다. 진우는 고개를 갸웃했다. 기껏 함정에 빠뜨려 놓고 꺼내줬기 때문이다.

"크아아아!"

크로노스가 비명을 지르며 응축된 기운을 진우에게 쏘아 보냈다. 진우는 살짝 손을 들어 막았다. 그 순간, 기운이 진우에게 스며들어 갔다.

"사라져라!"

크로노스가 그렇게 외쳤다. 그는 육체의 시간을 급격하게 되돌려 없애 버리려 했다. 육체의 수명이 무한하더라도 그건 미래의 일이었다. 과거로 되돌리면 사라지게 된다! 아무리 강한 힘을 지니고 있어도 인간의 육체는 시간의 흐름에서 벗어날 수 없었다.

악신이었기에 어마어마한 힘을 소모해야만 했다. 20대로 보였던 크로노스의 몸이 급격히 늙어 백발이 성성한 노인이 되었고 낫도 녹슬었다. 뿐만 아니라 주변에 있던 회귀자들도 모두 급격히 늙더니 백골이 되었다.

[강력한 시간의 되돌림으로 인해 육체가 소멸하기 시작합니다. 무지개반사가 작동합니다.]

의외로 무언가 해방감이 느껴졌다. 전력을 다했을 때도 느끼지 못했던 상쾌함이 밀려들어 오고 있었다.

'음…….'

진우는 잠시 생각하다가 무지개반사를 껐다. 육체가 가루가 되어 휘날렸지만 위기처럼 느껴지지는 않았다. 막대한 해방

감과 쾌감에 휩싸여 흘러가는 데로 그냥 놔두었다.

진우는 사라지는 몸을 바라보았다. 사지부터 사라지더니 순식간에 머리까지 사라졌다.

"돼, 됐다!"

크로노스는 소리쳤다.

진우의 육체가 완전히 사라지자 검은 기류만이 남게 되었다. 악신의 육체가 완전히 소멸하여 혼만 남게 되었다!

크로노스가 몸을 덜덜 떨며 낫으로 간신히 몸을 지탱했다. 소모한 권능은 시간이 지나면 다시 회복될 것이고, 소모해 버린 회귀자들도 권능을 이용하여 시간을 되돌리면 살릴 수 있었다.

"세, 세트여! 아, 악신의 혼을 베어라!"

세트가 창을 들고 검은 기류로 다가갔다. 강한 힘으로 창을 찌르는 순간이었다.

퍼석!

세트의 몸이 크로노스를 스치고 지나가더니 신전의 벽에 처박혔다. 세트의 육체가 처참하게 터져 버려 벽에 그대로 딱 달라붙어 버렸다. 크로노스는 처참한 세트의 모습을 바라보다가 딱딱하게 굳은 목을 간신히 돌렸다.

검은 기류에서 거대한 주먹의 형상이 만들어져 있었다.

치, 치지직!

노이즈가 생긴 것처럼 주변 공간이 일렁였다. 크로노스의 눈동자가 급격히 커졌다. 검은 기류를 중심으로 시간의 흐름이 빨려 들어가더니 마구 얽히기 시작했다.

[악신의 영혼이 육체를 벗어났습니다! 완전한 악신이 모습을 드러냅니다.]

검은 기류가 점점 커지더니 형상을 알 수 없는 무언가로 변했다. 세트는 멍하니 악신을 바라보았다. 그의 두 눈이 붉게 충혈되며 피가 줄줄 흘렀다.

"내, 내가 무슨 짓을……."

크로노스는 자신이 무슨 짓을 저질렀는지 깨달았다.

그는 로키를 노려보았다.

"로, 로키! 네, 네놈 나를 속인 건가!"

"아니, 나도 잘……."

"크윽, 설마 신의 맹세까지 속일 줄이야. 맹세의 맹점을 파고들었구나! 네가 충성을 바친 신은…… 인간의 육체를 뒤집어쓴 악신이 아니라……. 지, 진정한 모습으로 돌아간 악신이었군! 나, 나를 이용해서 악신의 봉인을 풀다니……!"

"그게 아니라……. 그, 내, 내 말 좀……."

크로노스는 단번에 상황을 파악했다. 로키를 믿을 수 있는 자라고 생각했던 자신이 어리석었다. 로키가 그토록 마법진을 완성하기 위해 노력한 이유가 바로 눈앞에 있었다. 그는 저 봉인이 풀린 악신의 진정한 충신이었다!

악신이 가볍게 손을 휘둘렀다. 신전이 날아가며 사막이 갈라졌다. 거대한 사막의 일부가 완벽하게 소멸되었다.

그 위력은 서쪽 세계를 통과해 그대로 무스펠하임까지 여파가 미쳤다.

"어?"

줄어든 불꽃을 바라보며 훌쩍이고 있던 수르트가 하늘을 바라보았다. 검은 기둥이 떨어져 내리자 무스펠하임의 불꽃이 모조리 소멸했다. 수르트는 작은 촛불이 되고 말았다.

"꺄아악! 아, 아버님!"

"헤, 헤라?"

헤라가 공격에 휩쓸려 몸이 반쯤 사막에 묻혔다. 악신이 다시 한번 손을 들었다. 크로노스는 헤라의 앞을 막아서며 낫을 들었다. 딸을 지키려는 아버지의 마음이 참으로 아름다웠다.

악신이 손가락이 크로노스에게 다가갔다.

퍼억!

딱밤을 때리자 그의 몸이 사막을 가르며 서쪽 세계 끝까지 튕겨 나갔다가 다시 튕겨져 나오며 로키의 앞에까지 날아왔다.

"꺄악! 아버님!"

헤라는 부들부들 떨다가 간신히 모래에서 빠져나와 로키와 크로노스가 있는 쪽으로 달려갔다.

진우는 자신의 손을 바라보았다.

'이거 너무 강한데.'

정보의 마안으로도 랭크를 제대로 측정할 수 없었다. 살짝 걸은 것만으로도 사막이 갈라지며 차원이 뒤틀렸다. 숨 쉬는 것조차 조심해야 할 지경이었다. 기분이 좋기는 하지만 이렇게 강한 힘은 필요하지 않았다.

진우는 사막에 놓여 있는 시간의 낫을 집었다. 시간의 낫이 검게 물들며 진우의 것이 되었다.

휘이익!

시간을 되돌리자 진우의 육체가 다시 생성되었다.

진우는 시간의 낫을 보며 만족했다.

"꽤 좋은 경험이었어. 유체이탈은 이런 기분이었군."

크로노스가 다스리는 시간은 이제 진우의 것이 되었다. 굉장히 유용한 힘이었다.

"으어으어…… 어……."

로키 밑에 있던 크로노스가 뭐라고 웅얼거렸다.

크로노스의 모습은 처참했다. 모든 이가 다 빠졌고, 턱관절마저 부서져 말을 제대로 하지 못했다. 딱밤을 맞은 이마는 움푹 파여 있었다.

진우는 고개를 돌려 크로노스 쪽을 바라보았다. 헤라가 엉망이 된 크로노스를 부축하고 있었다. 마침 로키도 그곳에 있었다.

로키는 눈을 돌리다가 지팡이로 헤라의 뒤통수를 내려쳤다.

"꺄악!"

헤라가 풀썩하고 쓰러졌다. 크로노스를 부축하고 있던 헤라가 쓰러지니 크로노스도 쓰러졌다.

"저 악신의 충성스러운 부하 로키가 크로노스와 헤라를 바칩니다!"

로키는 그렇게 말하며 다급한 표정으로 무릎을 꿇었다.

진우는 크로노스와 헤라를 타르타로스에 넣고 로키에게 다가갔다. 그러고는 그의 어깨를 두드려 주었다.

"수고했어."

"다, 당연한 일을 했을 뿐입니다."

"앞으로도 잘 부탁해."

"네! 추, 충성을 다해 모시겠습니다!"

로키 덕분에 일이 술술 풀리고 있었다. 어째서 군주들이 유능한 책사를 두는지 이해가 되었다.

진우는 로키를 참모로 임명했다.

로키는 눈물을 삼켰다. 그는 더 이상 악신에게 반항할 정신이 남아 있지 않았다.

정신이 너덜너덜해진 로키는 악신과 함께 올림포스로 돌아왔다. 신전 구석에 쭈그려 앉아서 손가락으로 땅바닥을 휘젓고 있을 때였다. 시끄러운 소리에 고개를 돌려보니 니토크리스와 서쪽 세계의 전사들이 모여서 무언가를 먹고 있었다. 놀이공원에서 가져온 치킨이었다.

하지만 치킨은 비싼 음식이었다. 30명이 치킨 다섯 마리와 맥주 두 병을 나눠 먹어야 했다. 여기 모인 30명도 제비뽑기로 모인 인원들이었다. 니토크리스와 전사들은 아쉬운 마음에 맥주를 한 모금씩 돌아가며 마셨다.

그때였다. 잼식이 나타났다. 니토크리스와 전사들, 그리고 구석에 있던 로키가 잼식을 바라보았다.

"후훗! 걱정하지 마세요!"

잼식이 아공간에서 커다란 낫을 꺼냈다. 낫을 휘두르자 치킨과 맥주가 다시 채워졌다. 니토크리스와 전사들은 경악했다. 니토크리스가 떨리는 눈빛으로 잼식을 바라보았다.

"그, 그건?"

"악신께 부탁해서 받아왔어요!"

로키는 멍한 표정이 되었다. 최강의 무기라 불려도 손색이 없는 시간의 낫을 저런 식으로 쓰고 있었다.

니토크리스가 간절한 표정이 되었다.

"오, 오천 명이 삼각김밥만 먹으면서 일을 하고 있다. 그들에게도 먹이고 싶은데 부탁해도 되겠나?"

"네! 모두와 함께 치맥 파티를 하죠!"

놀이공원 영업시간이 끝나자 니토크리스의 연락을 받은 서쪽 세계 전사들이 모두 올림포스로 모여들었다.

모두 잼식에게 몰려왔다. 그녀의 앞에는 치킨 다섯 상자와 맥주 두 병이 놓여 있었다.

"자! 받으세요!"

잼식은 서쪽 세계의 전사들에게 치킨과 맥주를 모두 나눠주었다. 치킨과 맥주가 떨어지면 치킨 상자와 맥주병의 시간을 되돌렸다. 오병이어의 기적을 뛰어넘는 오치이맥의 기적이 펼쳐진 순간이었다.

'아…….'

로키는 그 모습을 보고 자신이 착각했음을 깨달았다.

하지만 이미 너무 늦어버렸다.

한편, 지구에서는 실시간으로 신화가 수정되고 있었다.

유명한 고고학자가 이집트의 피라미드 근처에서 발굴 작업을 했는데, 귀한 유적을 발견했다. 그림과 글이 그려진 거대한 돌이었다. 고고학자는 깜짝 놀라며 바로 글을 해독해 보았다.

"여신 이재미께서 닭 다섯 마리와 술 두 병으로 오천 명의 전사를 먹이시는 기적을 보이다……."

"이, 이건……. 여, 역사에 남을 만한 발견입니다! 이재미의 이름이 이집트에서……!"

오계이주(五鷄二酒)의 기적!

고고학자의 조수가 기뻐하며 외쳤다. 고고학자는 돋보기를 이용해 그림을 조금 더 자세히 바라보았다.

아름다운 여신 이재미와 니토크리스로 추정되는 파라오, 그리고 오천 명의 전사가 모두 섬세하게 그려져 있었다.

"음?"

구석에 쭈그려 앉아 있는 남자가 보였다.

다른 이들과 전혀 어울리지 않는 이질적인 복장이었다.

'이자는 누구지?'

고고학계에 설명할 수 없는 미스터리가 생긴 순간이었다.

모든 일이 순조롭게 준비되고 있었다. 오딘이 눈병이 걸린 후로 더 이상 계획에 방해가 될 것은 없었다. 덕분에 더욱 과감하게 일을 진행할 수 있었다. 아스가르드의 발키리들은 전부 도플로 일족들로 대체되었다. 주요 발키리들을 하나둘씩 납치하다가 아예 통째로 바꿔버렸다.

발키리들은 과거에 미드가르드의 용맹한 전사를 발할라로 데려오는 임무를 맡았었지만, 지금은 지구인 관리나 발할라 수비를 맡고 있을 뿐이었다.

오딘이 가장 신임하는 부대가 바로 발키리였다. 납치한 발키리들은 현재 모두 저승세계에 있었다. 일을 시켰는데, 처음에는 반항했다.

“고결한 전사인 우리가 이런 잡일을 하라고?”

“아, 아무리 악신이라고는 하지만 너무하는군!”

“우리의 몸을 지배한다고 해도 정신을 지배할 수는 없을 것이다!”

그런 소리를 해댔다. 악신께 굴복했다고는 하나 여전히 자존심을 내려놓지 않았다. 발키리들은 인간들을 벌레 취급하며 무시했다. 자신들을 여신으로 대해 달라고 요구했다.

하지만 아무도 발키리들의 그런 말을 귀담아 들어주지 않았다. 어차피 굴복할 것이 뻔했기 때문이다.

진우는 고문 따위는 하지 않았다. 열심히 일을 해줘야 하는 발키리들이 상처라도 입으면 곤란했다. 고문 대신 타르타로스로 보내 한동안 머물게 했다. 진우는 발키리들을 타르타로스에 넣어놓고 깜빡했다. 그렇게 시간이 흐르다가 김대진 박사가 언급해 주자 뒤늦게 기억이 떠올랐다.

타르타로스를 경험한 발키리들의 태도는 완벽하게 달라져 있었다. 눈물, 콧물을 마구 흘리며 빌었다.

"뭐든지 하, 하겠습니다!"

"저희는 버러지입니다!"

"열심히 일하겠습니다!"

"인간님 만세!"

역시 타르타로스는 대단했다. 제발 노예로 부려달라고 애원을 할 정도였다. 그날부터 발키리들은 저승세계에서 열심히 일하기 시작했다. 서쪽 세계의 전사들과 경쟁이 생기자 더욱 열심히 일했다.

아스가르드에 있는 발키리들이 모두 도플로 일족들로 대체가 되니, 아스가르드의 움직임을 훤히 볼 수 있었다. 아스가르드의 모든 정보가 진우에게 흘러들어 왔다. 오딘의 눈병은 날이 갈수록 심해졌는데, 로키가 악신에게 충성을 맹세한 일을 듣게 되자 그는 깨달았다. 자신의 눈을 이렇게 만든 것이 악신이라고 말이다. 그러나 그는 티를 내지 않았다. 악신을 처리하는 것은 서쪽 세계를 정벌한 다음이었다.

진우도 물론 그의 그런 속내를 알고 있었다.

'초조한가 보군.'

오딘과 아스가르드의 신들이 본격적으로 움직이기 시작했다. 예상보다 빠른 속도였다. 진우는 일단 크로노스의 회귀자들을 시간을 되돌려 부활시켰다. 그러자 자동으로 진우에게 모든 권한이 넘어왔다. 서쪽 세계의 신인 세트 역시 부활하였다. 군주급에 이르는 군대를 꿀꺽하니 기분이 꽤 좋았다.

그들의 소속은 팀 라그나로크로 변경되었다.

진우는 잠시 저승세계에 들렀다. 아스가르드가 본격적인 움직임을 보이자 니토크리스는 진우에게 도움을 요청했다. 차원 금화로 팀 라그나로크를 고용하고 싶다고 했다.

진우는 그녀의 부탁을 받아들였는데, 니토크리스와 전사들은 지금까지 모은 모든 차원 금화를 탈탈 털어 팀 라그나로크 멤버 한 명을 빌려 갔다.

'스핑크스가 갈 줄은 몰랐군.'

가장 가성비가 뛰어난 것이 스핑크스였다. 스핑크스는 대단한 권능을 지니고 있었다. 진우가 선물해 준 난센스 퀴즈집을 통해 그의 무력은 더욱더 강해져 있었다.

진우가 새로 조립 중인 피라미드를 바라보고 있을 때, 우라노스가 다가왔다. 그의 표정은 굉장히 밝았다.

"악신이시여! 감사합니다."

우라노스가 깊게 고개를 숙였다. 크로노스는 이미 우라노스의 손을 거쳐 갔다. 그 이후 크로노스는 우라노스가 그랬던 것처럼 타르타로스에 갇히게 되었다.

진우는 잠시 그를 바라보다가 시선을 아래로 내렸다. 그의 흑역사가 생각났기 때문이다.

"아! 그곳도 복구시켜 줄까?"

"괜찮습니다! 지금 것이 훨씬 좋습니다."

"그래?"

"아! 보시겠습니까? 김대진 박사가 달아준 것입니다!"

"아니, 넣어둬. 괜찮아."

우라노스는 자랑하고 싶어 하는 눈치였다. 눈빛이 초롱초롱했다. 일을 열심히 하고 있던 발키리들도 많은 관심을 보였다.

마침 김대진 박사가 우라노스에게 다가왔다. 로키도 그의 옆에 있었다. 그는 굉장히 바빴다. 참모가 된 이후 그에게 일이 많이 집중되었기 때문이다. 진우는 대부분의 일을 그에게 맡겼다.

김대진 박사가 진우에게 인사를 한 후 우라노스에게 다가갔다.

"우라노스, 자네의 힘이 필요하다."

"말씀만 하시지요."

"우리 참모님께서 아이디어를 내셨다. 확장공사를 해야 한다."

로키가 아스가르드의 추억을 회상하며 무언가 중얼거렸는데, 그걸 김대진 박사가 듣더니 바로 실행에 옮겼다.

"아, 아니, 김대진 박사, 내, 내 말은 그냥 발, 발할라가 그립다고……. 아, 아니 그리운 게 아니라 가끔 생각난 것일 뿐이야."

"걱정하지 마십시오. 저 김대진! 아스가르드의 발할라를 뛰어넘는 최고의 역작을 만들어 보이겠습니다."

"그, 그럴 필요는……."

"역시 참모님의 지혜에는 매번 감탄하게 됩니다!"

로키는 부하들 사이에서 인기가 엄청 많았다. 뛰어난 지혜로 크로노스의 근거지를 알아내고, 악신과 함께 그들을 물리쳤다. 그 이야기는 전설이 되어가고 있었다. 우라노스도 로키를 존경하고 있었다.

진우는 고개를 끄덕이며 김대진 박사를 바라보았다.

"로키의 생각이라면 문제가 없겠지. 지원해 줄 테니 바로 실행하도록."

"네! 알겠습니다!"

김대진 박사가 그렇게 말하며 깊게 고개를 숙였다. 진우마저 그렇게 말하니 로키는 어찌할 바를 몰라 했다. 진우는 그의 어깨를 두드려 주었다.

"역시 믿음직스럽군."

"여, 영광입니다."

로키가 움찔거리며 고개를 숙이자 진우는 피식 웃었다. 로키는 참으로 겸손했다. 로키의 아이디어대로 놀이공원 북쪽에 거대한 성을 만들 예정이었다.

위치가 절묘했다. 어느 지역에서도 다 잘 보이는 곳이었다.

'하긴, 테마가 중구난방이니 뭔가 이미지가 흐릿해진 느낌이 있긴 했어.'

놀이공원의 랜드마크가 필요했다. 로키는 그것을 알아보고 그렇게 말한 것 같았다. 늘 한 발짝 앞서가는 로키의 지혜에 감탄하지 않을 수 없었다.

진우는 작업을 참관하기로 했다. 진우가 가니 로키도 어쩔 수 없이 따라왔다. 발키리들도 눈치를 보다가 우르르 몰려왔다. 마침 퇴근을 하고 있던 니토크리스와 서쪽 세계의 전사들도 고개를 갸웃하더니 따라왔다.

놀이공원 북쪽에는 커다란 협곡이 있었다. 김대진 박사가 우라노스에게 지도를 보여주었다. 협곡의 모든 범위를 동그라미 치고는 엑스자를 그리자 우라노스가 고개를 끄덕이더니 몇 걸음 앞으로 나갔다.

우라노스는 워낙 크기가 커서 서 있는 것만으로도 아주 큰 그늘이 졌다. 김대진 박사가 품에서 선글라스를 꺼내 진우와 로키에게 건넸다. 진우가 선글라스를 착용하자 로키도 눈치를 살피다가 선글라스를 꼈다.

김대진 박사 역시 선글라스를 착용하며 우라노스에게 시선을 옮겼다.

"그럼 시작하겠습니다. 우라노스, 그걸 사용하도록."

"알겠습니다."

그게 무엇일까?

우라노스는 태초의 신이었다. 천공을 다스리는 권능을 지니고 있었다. 크로노스에게 당한 것은 그의 방심 때문이었다. 진우는 그런 우라노스가 도대체 무엇을 사용할지 궁금했다.

우라노스가 두 팔을 벌렸다. 그런 동작을 취한 것만으로도 주변의 공간이 뒤틀렸다. 저승세계의 하늘마저 검게 물들며 폭풍이 몰아치기 시작했다.

휘이이이!

우라노스의 팔이 천천히 원을 그리다가 허리로 향했다. 마치 슈퍼 히어로처럼 허리에 두 손을 올리는 순간이었다.

철컥!

무언가 철컥하는 소리가 들리더니 기계음이 들려왔다. 길고 거대한 것이 그의 하반신에서 솟아났다.

"저, 저건?!"

니토크리스는 경악했다. 손에 들린 물병이 바닥에 떨어졌다. 서쪽 세계 전사들의 얼굴도 경악으로 물들었다.

"어머나."

"대, 대단해."

"저, 저런 것이……!"

발키리들은 어째서인지 굉장히 좋아했다.

지이이이잉!

그의 사타구니 쪽으로 빛이 몰려들었다. 천공의 권능이 응집되자 우라노스를 중심으로 지진이 발생했다. 서쪽 세계의 전사들과 발키리들이 바닥에 넘어졌다.

하늘이 울고 있었다. 귀를 찌를 듯한 파열음이 들려왔다.

어느 순간이 되자 그런 모든 현상이 사라졌다. 아무것도 들리지 않는 정적이 찾아왔다.

우라노스가 감았던 눈을 떴다. 그의 눈에서는 푸른 안광이 뿜어져 나왔다.

우라노스의 표정은 진지했다. 그는 침묵 가운데 입을 뗐다.

"스카이 갓 빅 매그넘 아토믹 미사일!"

우라노스의 목소리가 뿜어져 나오며 천지를 울렸다.

그 순간이었다.

피잉!

우라노스의 사타구니 쪽에서 거대한 구체가 발사되었다. 마치 태양을 압축시켜 놓은 것처럼 밝았다. 올림포스의 태양 마차보다 훨씬 밝은 빛이었다. 구체가 긴 포물선을 그리며 날아가다가 협곡의 중심에 떨어졌다.

파아아아아!

빛이 터졌다. 빅뱅이 일어난 것 같은 압도적인 광경이었다. 빛이 협곡을 삼켜 버리며 크게 팽창하다가 폭발했다.

콰가가가가가가!

거대한 버섯구름이 치솟았다. 주변에 막대한 에너지로 만들어진 벼락이 내려쳤다. 엄청난 열기가 협곡의 모든 것을 녹여 버렸다. 공간과 차원이 비틀리며 무지갯빛으로 일렁였다.

김대진 박사는 흡족한 듯 미소 지었다.

"이것이 팀 라그나로크의 화력 담당! 천공의 신 우라노스의 새로운 힘입니다!"

김대진 박사가 그렇게 말했다.

우라노스가 허리에서 손을 떼자 철컥하는 소리와 함께 거대한 탄피가 떨어졌다.

니토크리스는 말도 안 되는 광경에 바닥에 털썩하고 주저앉았다. 로키의 다리는 덜덜 떨리고 있었다.

'……무서워.'

'아스가르드는…… 끝났군.'

니토크리스와 로키는 서로를 바라보았다. 둘은 강한 동질감을 느꼈다. 발키리들과 서쪽 전사들도 넋이 나갔다.

진우는 멍한 표정으로 그 광경을 바라보다가 선글라스를 벗었다.

'미친…… 저게 뭐야?'

뭐라고 말을 할 수 없는 광경이었다. 설마 그곳에 저런 것을 달 줄은 생각하지 못했다. 어째서 우라노스가 복구를 원하지 않았는지 알 수 있었다. 김대진 박사의 기술력은 이미 과학이라는 개념을 초월한 것 같았다.

"어떻습니까? 원하신다면 이곳에 계신 분들에게 하나씩 달아드릴 의향이 있습니다. 위력은 줄어들 테지만 쓸 만할 겁니다."

니토크리스와 로키는 김대진 박사의 시선을 피했다. 하지만 서쪽 세계의 전사들은 강렬한 흥미를 보였다.

"시, 신청하겠습니다!"

"저도……!"

"사이즈 조절도 가능한가요?"

"본연의 기능은……."

서쪽 세계의 전사들이 김대진 박사 앞으로 몰려갔다. 김대진 박사는 친절하게 상담을 해주었다.

"저렴한 가격에 진동 기능도 넣어드립니다."

"와……!"

"대박이네!"

바로 수술 날짜가 정해졌다.

'……괜찮겠지.'

진우는 애써 그렇게 생각했다. 이러한 소동은 늘 있는 일이었다.

오딘과 아스가르드의 아사 신족은 서쪽 세계를 향해 진격했다. 미드가르드의 전사들이 모두 죽은 시점이었다. 서쪽 세계는 많은 타격을 입은 상태였다. 그러나 예상보다는 아니었다.

오딘은 초조했다. 악신이 스바르트알파헤임을 점령한 후 황금 반지의 새로운 주인이 되었다. 로키의 계략이라는 말을 듣게 되자 머리가 아파졌다.

'악신……'

악신의 행보는 가히 두려울 정도였다. 그는 간신히 눈의 권능을 이용해서 로키를 바라본 적이 있었다. 그가 본 것은 봉인이 풀려난 악신이었다. 바라본 것만으로도 눈에서 피눈물이 줄줄 흘렀다. 악신은 로키를 이용해서 크로노스를 권능을 탈취했고, 진정한 모습을 드러냈다.

'빨리 호루스의 눈과 서쪽 세계의 양기를 취해야 한다.'

그렇게 된다면 신을 초월한 존재가 될 수 있었기에 악신과 충분히 싸워볼 만했다.

낚시에서 돌아온 토르가 합류하게 되자, 오딘은 신들과 지구인들을 데리고 서쪽 세계로 완전히 넘어갔다.

뜨거운 사막이 그들을 맞이했다.

오딘의 옆에는 그의 아내 프리그가 서 있었고 둘을 중심으로 여러 신이 자리했다. 가장 대표적인 신으로는 토르와 발두르, 헤임달, 프레이야가 있었다.

오딘의 군대는 압도적이었다. 아스가르드의 신들, 그리고 수만에 달하는 지구인들은 서쪽 세계의 전사들을 가볍게 뛰어넘고 있었다.

싸늘한 분위기가 흘렀다. 호루스와 니토크리스, 그리고 서쪽 세계의 전사들은 굳은 표정으로 침략자를 바라보았다.

오딘이 손에 들린 궁니르를 치켜들자 엄청난 기운이 터져 나가며 사막의 모래를 날려 버렸다.

"나 아스가르드의 주신 오딘이 왔다. 항복하라."

"오딘……. 그 추악한 눈은 여전하군!"

호루스가 그렇게 외치자 오딘이 씨익 웃었다. 호루스의 눈은 푸르게 빛나고 있었다. 저 눈이 서쪽 세계를 지킨 힘이었다. 그러나 그것도 이제 끝이었다.

토르가 묠니르를 들고 앞으로 나왔다. 전쟁은 기세가 중요했다. 토르는 전쟁을 할 때마다 선봉장에 서서 상대의 기세를 죽였다.

"서쪽의 겁쟁이들이여! 나 번개의 신 토르에게 대항할 자가 있는가! 한판 붙자!"

그의 몸에서 번개가 뿜어져 나가며 주변의 모래를 터뜨렸다. 오딘은 호루스가 나서길 바라고 있었다. 눈의 권능을 일으켜 호루스를 바라보니 그는 크게 다친 상태였다. 애써 태연한 척하고 있었지만 제대로 전투를 할 수 없었다.

크로노스와 세트가 악신에게 당하기 전에 아주 고마운 짓을 했다. 세트에게 욕심을 심어준 자는 바로 오딘이었다.

오딘은 씨익 웃었다.

'좋군.'

토르는 일대일 전투를 제안했다. 받아들이든 받아들이지 않든 모두 서쪽 세계의 큰 손해였다. 토르와 싸우게 된다면 호루스는 질 것이고 기세는 크게 하락할 것이다.

토르의 무력은 오딘과 견줄 정도였다. 받아들이지 않는다면 겁쟁이인 것을 인정하는 것과 다름없었다.

호루스는 오딘과 토르를 바라보다가 고개를 끄덕였다.

"좋다."

호루스가 제안을 받아들이자 토르가 공중을 날아 사막 한가운데에 내려섰다.

"호루스여, 어서 내려와 내 망치를 받아라!"

"미안하지만 네놈과 싸울 상대는 내가 아니다."

"뭐라?"

서쪽 세계의 신 중에서 자신과 싸울 만한 자는 호루스뿐이었다.

토르는 고개를 갸웃할 때였다.

두드드드!

모래가 진동하더니 소용돌이치기 시작했다. 토르는 소용돌이를 피해 뒤로 물러났다.

콰아아!

모래를 뚫고 나온 것은 거대한 괴물이었다. 인간의 얼굴과 날개가 달린 사자의 몸을 지니고 있었다. 토르가 어린아이로 보일 정도로 컸다.

아스가르드의 신들은 당황했다.

오딘은 저 괴물의 정체를 단번에 파악했다.

"중앙 세계에 있던……. 스핑크스!"

"그 괴물이 어째서!"

오딘의 말에 프리그가 경악하며 외쳤다. 스핑크스와 마주하게 된 토르는 긴장할 수밖에 없었다. 스핑크스에게서 뿜어져 나오는 기세가 그의 전신을 짓누르고 있었다.

"좋다! 상대가 누구든 상관없다!"

토르가 묠니르를 들었다. 전투가 시작되었다. 묠니르는 던지면 되돌아오는 망치였다. 그 능력이 토르의 권능과 합쳐지면 엄청난 위력을 발휘하게 된다.

토르가 묠니르를 스핑크스에게 던지려고 할 때였다.

"권능의 필드 발동!"

스핑크스가 그렇게 외치자 그의 몸에서 빛이 뿜어져 나가더니 하늘 높이 치솟았다. 빛이 점점 퍼지며 토르와 스핑크스의 주변을 휘감았다.

부우우웅!

둘의 주변을 투명한 반구체의 결계가 감쌌고, 바닥은 깔끔한 대리석으로 변했다. 토르가 당황해서 묠니르를 던졌는데, 스핑크스의 앞에 도달하지 못하고 그대로 바닥에 떨어졌다.

"묘, 묠니르가……?"

"이곳은 권능의 필드! 바깥과 다른 규칙이 적용되는 장소이다!"

토르가 결계를 주먹으로 두드려 보았지만 결계는 굳건했다.

"승부가 끝날 때까지 이곳에서 빠져나갈 수 없다!"

스핑크스가 그렇게 말했다.

토르는 스핑크스를 노려보며 번개를 뿜어냈다. 그러나 번개는 곧 사라졌다. 이곳에서는 묠니르는커녕 그의 권능조차 사용할 수 없었다.

토르는 침착함을 유지하려 애썼다.

"좋다. 승부를 내자. 어떤 식으로 승부를 내는 것이지?"

"그 말을 기다렸다!"

스핑크스는 기묘한 자세를 잡더니 토르에게 손을 뻗었다.

"나의 턴! 난센스 퀴즈로 첫 공격을 시작한다!"

"뭐, 뭣?!"

"숲에 있는 것 중 가장 야한 것은?"

토르가 눈을 깜빡였다. 스핑크스 앞에 나타난 시계의 초침이 돌기 시작했다.

'정답을 맞히면 되는 건가?'

토르는 고민했다. 로키의 해줬던 말이 떠올랐다. 중앙 세계의 아프로디테가 그렇게 야하다는 말이었다. 그리고 아프로디테는 숲속에 자주 들어간다고 한다. 분명 건전하게 산책이나 하지는 않을 것이다.

"아, 아프로디테?"

토르가 그가 생각한 정답을 말했다.

땡!

권능의 필드에서 종소리가 울렸다.

"틀렸다."

스핑크스가 그렇게 말하자 토르의 몸이 속박되었다. 토르는 모든 힘을 다하여 풀어보려고 애썼지만, 손가락 하나조차 움직일 수 없었다.

스핑크스 앞에 거대한 망치가 나타났다. 스핑크스는 망치를 들고는 토르의 머리를 내려쳤다.

"커헉!"

토르의 머리에서 피가 주르륵 흘렀다. 엄청난 타격이었다.

토르는 희미해지려 하는 정신을 간신히 붙잡았다.

"정답은 '버섯'이다. 이것으로 내 턴을 마친다!"

스핑크스가 턴을 마치자 속박이 풀렸다.

이제 토르의 턴이었다!

불구경만큼이나 재미있는 것이 바로 싸움 구경이었다. 북쪽 세계와 서쪽 세계가 전쟁을 시작한다는 소식에 진우는 포탈을 타고 바로 서쪽 세계로 넘어왔다. 진우가 사막에 도착했을 때는 이미 양측 진영이 모두 사막 한가운데로 몰려온 뒤였다.

진우는 높은 모래 언덕 위에서 의자와 파라솔을 꺼냈다. 작은 테이블도 마련되었는데, 그 위에는 시원한 콜라와 팝콘이 놓여 있었다.

"좋구만."

진우는 콜라와 팝콘을 먹으면서 전장을 지켜보았다.

본격적인 전쟁 전에 토르와 스핑크스가 맞붙었다. 스핑크스의 권능은 진우도 상당히 오랜만에 보는 것이었다. 올림포스와의 전쟁 때는 우라노스와 뉴월드 플레이어들 선에서 모두 정리가 되었기 때문에 스핑크스가 제대로 나설 기회가 없었다.

스핑크스의 권능은 강력했다. 모르고 경험하게 된다면 가장 사기에 가까웠다. 랭크가 오딘만큼이나 높은 토르가 반항조차 못 하고 머리에서 피를 흘리고 있었다.

오딘과 아스가르드의 신들은 당황했고, 호루스와 니토크리스, 그리고 서쪽 세계의 전사들은 환호를 내질렀다.

스핑크스는 고개를 치켜들며 오만한 눈빛으로 토르를 내려다보았다. 토르가 열이 받는지 머리를 부여잡고 스핑크스를 노려보았다. 확실히 타격이 큰 것 같았다.

"내 차례군."

토르는 머리를 굴렸다. 그는 무식했다. 묠니르와 번개의 권능이 있으니 지혜 따위는 필요하지 않았다. 전략을 배우기 전에 단신으로 쳐들어가서 적들을 쓸어버렸고, 협상을 하기 전에 상대를 박살 냈다.

오딘은 지혜의 샘에 눈을 던져가면서 지혜를 얻었지만, 토르는 진지하게 무언가를 공부한 적이 전혀 없었다. 그럴 필요성을 느끼지 못했기 때문이다.

그런 토르가 머리를 굴리려 하고 있었다!

토르는 아버지 오딘이 해주었던 이야기가 떠올랐다. 지나간 세월은 결코 잡을 수 없으니 열심히 공부하라는 말이었다.

'아버지, 감사합니다.'

토르는 아버지의 깊은 은혜에 감동했다. 그는 스핑크스를 노려보며 두 팔을 벌렸다. 자신은 멀쩡하다는 자신감의 표현이었다.

"흐르기만 하고 돌아오지 않는 것은?"

토르가 문제를 냈다! 문제를 내고는 오딘과 아스가르드의 신 쪽을 돌아보았다. 오딘이 고개를 끄덕이며 자랑스럽게 그를 바라보고 있었고, 신들이 주먹을 움켜쥐었다. 그들의 입장에서는 꽤나 깊은 뜻을 지닌 수수께끼였다.

스핑크스는 고요한 눈빛으로 토르를 바라보았다. 예전에 그라면 망설임 없이 답을 말했겠지만 지금은 그럴 수 없었다.

스핑크스는 잠시 침묵을 지켰다.

토르는 스핑크스가 정답을 모른다고 생각했다.

"하하하! 내가 바로 번개의 신 토르이다! 이제는 지혜마저 통달해 버리고 말았구나!"

토르가 웃자 오딘과 신들도 따라 웃었다. 오딘은 토르를 보며 기특하다는 생각을 했다. 그 무식한 토르가 힘이 아닌 지혜로 맞서고 있었기 때문이다. 무척이나 긍정적인 변화였다. 이 일은 전설이 될 것이고, 모든 피조물들이 토르의 지혜를 칭찬할 것이다. 그리고 그 위에 자신이 있음을 찬양할 것이다!

오딘은 고개를 끄덕이며 그렇게 생각했다.

"자! 스핑크스여! 정답을 말하라!"

토르는 스핑크스를 압박했다. 진우의 옆에 나타난 로키가 토르의 그런 모습을 보며 놀랐다. 토르의 저런 지적인 모습은 난생처음이었다.

로키는 감동으로 눈시울이 붉어졌다. 그러다가 진우가 옆에 있음을 깨닫고 화들짝 놀리며 표정 관리를 했다.

"아, 아무래도 토르가……."

"이길 수 없겠지."

로키는 진우를 바라보았다. 토르가 진다는 말을 했기 때문이었다.

스핑크스가 토르를 바라보며 입을 뗐다.

"네가 생각한 정답은 '세월'이겠지."

토르가 스핑크스의 말에 움찔했다. 오딘과 아스가르드의 신들도 마찬가지였다. 토르는 스핑크스의 지혜에 감탄했다.

"대, 대단하군."

토르가 정답임을 인정하려 할 때였다. 스핑크스의 팔을 겹치며 허리를 비틀었다. 토르는 그 자세가 묘하게 멋있다고 생각해 버리고 말았다.

"하지만 그건 틀린 답이다!"

"뭐, 뭐랏?!"

"너도 결국 알량한 지식에 사로잡혀 있는 어리석은 존재였군."

스핑크스의 말에 토르는 크게 당황하며 주춤거렸다. 자신이 낸 문제의 답이 틀렸다니! 그 말은 오딘을 부정하는 것이 된다. 오딘이 알려준 지혜였기 때문이다.

"여기서 규칙을 설명하지! 오답이 있는 문제를 냈을 경우 대미지는 두 배가 된다!"

"그, 그런 말도 안 되는 규칙이…… 그, 그런데 어째서 오답이지?"

"역시 어리석군."

펄럭!

스핑크스의 날개가 펼쳐졌다.

"세월은 잡을 수 없는 것이 아니다! 악신께서는 모든 시간을 지배하신다. 세월을 되돌리는 것쯤은 간단하다."

"그, 그게 무슨……?!"

"명백한 오답이다!"

맞는 말이었다. 악신에게는 크로노스에게서 빼앗은 시간의 낫이 있었다. 세월은 되돌릴 수 있는 것이었다.

"아, 아니 마, 말도 안 돼! 이, 일반적인 상식을 기준으로 해야……."

"상식? 그것조차 악신께서 결정하시는 일이다."

"그, 그래도 그건……!"

토르는 필사적으로 반항했지만 그의 몸은 구속되었다. 필사적인 상태가 되니 그답지 않게 말이 제법 잘 나왔지만 소용없었다. 스핑크스가 손을 뻗자 망치가 들려졌다.

토르는 망치를 보며 바들바들 떨었다. 최고의 망치인 묠니르를 가지고 있는 자신이 망치를 보고 두려움을 느낄 줄은 전혀 예상하지 못했다.

스핑크스가 망치를 치켜들더니 그대로 토르의 머리를 내려쳤다.

터엉!

무언가 터지는 소리가 났다.

"오, 이런……."

"마, 맙소사."

오딘과 아스가르드의 신들은 그 모습을 보며 끔찍하다는 표정을 지었다. 호루스와 니토크리스도 마찬가지였다. 적이긴 하지만 너무 불쌍했다. 하지만 지옥은 이제 시작이었다.

"나의 턴! 여기서 숨겨진 권능을 발동! 나는 악신께 제물을 바쳐 대미지를 두 배 올리겠다!"

"아, 아니 그런!?"

스핑크스는 아공간을 열어 제물을 바쳤다. 진우가 승인하자 제물은 바로 진우의 앞에 도착했다.

스핑크스는 미소 지었다. 반면 토르의 표정은 딱딱하게 굳어졌다.

퍼억!

스핑크스가 넌센스 퀴즈를 낼 때마다 토르는 망치를 얻어맞았다. 아무리 단단한 토르라고 할지라도 군주급을 넘어서는 힘으로 대미지를 받게 되니 미칠 지경이었다. 거기다가 무려 두 배의 대미지까지 더해졌다.

"음, 틀렸군."

"조, 좋았어! 하하! 스핑크스! 실수를 했구나!"

마침내 토르의 문제에 스핑크스가 오답을 냈다.

토르는 마치 지혜가 생긴 것처럼 생각이 빨라졌다. 인간이든 신이든 급박한 상황 속에서는 잠재력이 발현되게 마련이다.

토르가 낸 문제는 오딘에 관한 것이었다.

스핑크스처럼 말도 안 되는 문제를 내면 된다!

토르가 낸 문제는 '오딘이 오늘 아침에 먹은 것은?'이었다.

치졸하게 느껴지기까지 하는 문제였다. 자존심을 내려놓을 정도로 토르는 급했다.

“하, 하하하! 드디어…….”

토르가 망치를 쥐는 순간이었다.

“잠깐! 나는 여기서 연승 포인트를 회수하겠다.”

“여, 연승 포인트!?”

“7연승을 하여 쌓은 연승 포인트를 제물 포인트로 전환!”

토르는 스핑크스의 말을 따라갈 수 없었다. 애초부터 그는 규칙을 잘 몰랐다. 규칙을 아는 자는 진우와 스핑크스뿐이었다.

“내가 쌓은 제물 포인트는 2만. 이 제물 포인트로 상대의 물건을 빼앗아 악신께 바칠 수 있다!”

“말도 안 돼! 그런 억지가!”

“어리석군. 모르면 맞는 게 이 바닥의 법도다.”

“미, 미친!”

토르가 반항했지만 역시 소용없었다. 스핑크스는 바닥에 떨어져 있는 묠니르를 손가락으로 가리켰다.

“2만 제물 포인트를 소모하여 묠니르를 제물로 바치고 악신께 실드를 하사받겠다! 악신의 실드 발동!”

묠니르가 전송되었다. 진우는 묠니르를 들어보았다.

지잉!

가볍게 던지니 하늘로 치솟았다가 다시 진우의 손으로 돌아왔다. 외형은 진우의 취향이 아니지만 상당히 괜찮은 무기였다.

“쓸 만하네.”

로키는 묠니르가 진우의 손에 들려오자 너무 놀라 주저앉을 뻔했다. 엄청나게 사악한 수법으로 토르의 무기를 빼앗아 버렸다.

진우가 스핑크스에게 권능을 불어넣자 그에게 강력한 실드가 형성되었다.

토르가 망치로 내려쳤지만.

티잉!

실드에 막혔다.

스핑크스는 웃었다.

"이걸로 나의 턴이군."

"자, 잠깐! 나도 제, 제물을 바치겠다!"

"음, 인정한다!"

토르가 스핑크스를 따라 했다. 이러다 진짜 죽을 지경이었기 때문이다. 그야말로 어둠의 게임이었다. 악신께서 만족하기 전에는 죽어서도 벗어날 수 없었다.

토르는 살아야 했다. 이대로 계속 진행되다가는 머리가 터져 버릴 것만 같았다.

토르는 잠시 망설이다가 허리띠를 풀었다. 그의 허리띠는 '메긴기요르드'라는 무구였는데, 이 허리띠를 착용하게 되면 힘이 두 배가 되었다. 토르의 제물 포인트가 1만이 되었다.

그 후로부터 그와 비슷한 양상이 계속되었다. 진우의 앞에 메긴기요르드와 토르의 장갑 야른그레이프, 그리고 토르의 옷이 쌓였다.

곧 토르는 속옷 차림이 되었다. 로키는 차마 볼 수 없었는지 고개를 숙였다.

이제 더 이상 바칠 게 없었다. 반면, 스핑크스의 아공간은 굉장히 넉넉했다.

스핑크스는 씨익 웃으며 그의 머리 위에 내렸다가 들었다를 반복했다. 토르의 얼굴은 새파랗게 질릴 수밖에 없었다.

그 광경을 바라보다가 더 이상 참지 못한 오딘이 궁니르를 들었다.

"그만!"

궁니르를 스핑크스 쪽으로 던졌다. 궁니르는 반드시 상대를 맞추었지만 결계를 뚫을 수는 없었다. 결계를 뚫을 수 있는 자는 오로지 악신뿐이었다. 오히려 토르에게 악영향이 갔다.

스핑크스는 씨익 웃었다. 마치 이 상황을 기다린 것 같은 표정이었다.

"오딘이 신성한 결투에 난입하여 토르에게 패널티가 발생! 나에게 3억 제물 포인트가 주어진다!"

토르가 고개를 돌려 오딘을 바라보았다. 오딘이 움찔했다.

"3억 포인트로 상대 자체를 제물로 바친다!"

"허억! 그런 억지가……!"

"자! 나타나라! 고통의 쇠사슬이여!"

바닥에서 검은 쇠사슬이 치솟더니 토르의 몸을 휘감았다. 토르는 뭐라고 소리치려 했지만 쇠사슬은 그의 입마저 봉쇄해 버렸다. 토르의 몸이 바닥으로 빨려 들어가며 사라졌다.

순간 정적이 일었다.

"이것이 무한한 악신의 힘으로 강화된 어둠의 권능이다!"

스핑크스의 목소리가 사막에 울려 퍼졌다.

"스, 스핑크스가 토르를 해치웠다!"

"저것이 스핑크스의 권능……! 엄청나군."

서쪽 세계의 전사들은 감탄했다.

스핑크스의 권능은 대단했다. 규칙만 알면 누구라도 스핑크스와 동등하게 싸울 수 있지만 규칙 자체가 워낙 복잡했다.

털썩!

진우는 자신의 앞에 나타난 토르를 바라보았다. 쇠사슬에 묶여 있는 토르가 천천히 고개를 들었다.

"읍읍읍!"

진우가 손가락을 튕기자 입에 걸린 쇠사슬이 풀렸다.

"아, 아, 악신……!"

"너도 참 고생이 많군."

"로, 로키……. 배신을 하다니……!"

토르는 진우의 옆에 서 있는 로키를 보며 이를 갈았다. 로키는 뭐라고 말하고 싶었지만 항변할 수 없었다. 이런 사태를 불러온 것에는 그도 한몫했기 때문이다.

파라솔이 만든 그늘은 토르에게 닿지 않았다. 쇠사슬에 감긴 채로 뜨거운 사막 모래 위에 누워 있었다. 검은 쇠사슬은 열을 아주 잘 흡수하는 성질을 지녔다.

토르의 몸이 빨갛게 달아올랐다. 번개의 권능을 써봐도 열기만 더 높아질 뿐이었다.

진우는 차가운 콜라를 꿀꺽꿀꺽 마셨다.

"그럼 어쩔까."

진우는 토르를 바라보며 잠시 고민했다. 토르는 딱히 필요하지 않았다. 그가 강한 신이기는 했지만 개조된 헤라클레스가 훨씬 강했다. 상당히 무식해 보여서 말도 통하지 않을 것 같았다.

진우가 일단 타르타로스에 넣으려 할 때였다.

로키가 다급히 입을 뗐다.

"제, 제대로 교육시킨다면 꽤 쓸 만할 겁니다!"

"교육이라……. 별로 통할 것 같지는 않은데."

"제가 책임지고 교육시키겠습니다."

로키가 그런 말을 했다.

진우가 잠시 고민을 할 때였다. 유나 역시 일을 마치고 진우의 옆에 도착했다. 유나는 진우의 비서였고, 로키는 참모였다. 유나가 진우를 전적으로 챙겼다면, 로키는 정책이나 계획을 전담해서 맡고 있었다.

유나는 로키에게 일을 넘기며 그를 도와줬다.

로키가 유나를 간절한 눈빛으로 바라보았다.

유나는 토르를 바라보다가 로키에게로 시선을 옮겼다.

"교육을 한다는 말입니까? 참모 일로 바쁜데 가능하겠습니까?"

"시간을 내면……."

"그럴 시간은 없을 것 같군요."

유나의 말에 로키는 좌절했다. 확실히 그는 잠자는 시간도 부족한 상황이었다. 일이 너무 많았기 때문이다.

유나는 살짝 미소 지었다.

"하지만 다른 자들이 교육할 수 있으니 나쁘지 않을 것 같습니다."

"그, 그렇죠! 맞습니다! 역시 유나 님이십니다."

진우는 로키를 바라보았다. 그는 많은 공로를 세웠다. 그의 말을 들어주는 것도 괜찮을 것 같았다.

진우가 고개를 끄덕이자 유나는 태블릿PC를 꺼내 로키에게 보여주었다.

"현재 교육이 가능한 이들입니다."

"그, 그렇군요."

총지배인, 아르카나, 허영, 미궁 등 여러 리스트가 있었다. 하나같이 엄청난 자들이었다. 로키는 필사적으로 만만한 상대를 찾았다. 태블릿PC의 페이지를 넘기다가 숨겨진 파일을 발견했다.

파일 안으로 들어가니 어떤 여인의 프로필이 떠올랐다.

'이 여자라면 괜찮겠군.'

요염한 분위기가 흐르는 미인이었다. 꽤 착할 것 같았다. 그녀의 이름은 제갈미현이었다. 숨겨진 파일이기는 했지만, 그래도 리스트 안에 있었으니 가능할 것이다.

"제갈미현, 이분으로 하겠습니다."

흠칫!

진우와 유나가 동시에 로키를 바라보았다.

유나는 로키에게 감탄했다.

"역시 악신의 참모군요."

"……로키, 대단하군."

진우도 로키를 다시 보게 되었다.

일 앞에서 그는 무정하고 냉철했다.

쇠사슬에 묶여 있는 토르는 묘한 세계로 나아가는 중이었다. 그것을 한눈에 파악한 것으로 보였다.

유나는 살짝 가빠오는 숨을 진정시켰다.

"제갈미현은 현재 욕구불만인 상태입니다. 그녀의 스트레스를 풀어주는 데도 도움이 되겠지요."

"하긴, 그녀가 출판사 운영을 전담하고 있으니 그럴 만도 하겠군."

"네, 제가 미처 생각하지 못한 부분입니다. 로키 참모는 참 사람을 잘 다루는 것 같습니다. 정말 반성하게 됩니다."

로키에 대한 평가가 올라갔다.

로키는 처벌을 감수하고서라도 말한 것인데, 오히려 진우가 감탄하니 당황했다.

토르는 쇠사슬에 묶인 채로 제갈미현에게 배송되었다. 로키는 토르가 타르타로스에 가지 않게 되어 다행이라고 생각했다.

번개의 신 토르. 찌릿찌릿한 그의 권능은 제갈미현에게 많은 영감을 주게 되었다. 제갈미현에게 번개의 하수인이 생긴 순간이었다. 훗날, 다양한 번개의 활용법이 나타나며 여러 차원에 퍼져 나가게 된다.

"모두 없애 버려라!"

오딘의 우렁찬 소리가 들려왔다. 토르의 패배로 기세가 꺾였지만, 그는 결코 후퇴하지 않았다. 그에게는 아스가르드의 신들과 지구인들이 남아 있었다.

멍한 표정으로 스핑크스를 바라보는 아영이 보였다.

그녀가 알고 있는 역사와 달라지자 당황하고 있었다. 악신이라는 말을 듣자 감동하는 모습도 보였다.

"시작되었군."

본격적인 전쟁이 시작되었다.

진우는 니토크리스를 좋게 평가하고 있지만 그것뿐이었다. 서쪽 세계와는 계약으로 이루어진 사이였다. 무엇보다 호루스가 마음에 들지 않았다. 니토크리스와 전사들이 열심히 일하고 있는데, 호루스는 그저 사태를 관망하고 있었다. 올림포스에 와서 인사라도 했으면 사정을 봐주긴 했을 것이다.

'적당히 싸우게 해야겠어.'

누가 이기든 상관없었다. 영화를 보듯 느긋하게 감상하도록 하자. 이 영화의 감독은 당연히 진우였다.

오딘과 아스가르드의 신들이 진격했다. 그들의 뒤를 따르는 것은 지구인들이었다.

오딘과 아스가르드 신들의 힘은 대단했다. 오딘이 궁니르를 던지자 공중으로 날아올랐던 호루스가 그대로 추락했다.

궁니르는 번개의 근원 중 하나로 던지면 반드시 상대에게 맞는 창이었다. 그 속도는 번개만큼이나 빨랐다. 아무리 호루스라고 하더라도 피해낼 수 없었다.

추락한 호루스를 니토크리스가 달려가 부축했다.

'잘 싸우네.'

진우는 감탄했다. 박진감 넘치는 장면에 팝콘이 절로 입으로 들어갔다. 역시 아무리 영화 기술이 발전했다고 하더라도 실제로 보는 게 최고였다.

토르가 없더라도 확실히 북쪽 세계의 신들은 강했다. 그중 발두르는 군계일학이었다. 발두르는 신화의 이야기만 보더라도 그는 무적에 가까웠다. 겨우살이가 아니라면 그를 다치게 할 수 있는 건 없었다.

오딘의 아내 프리그가 세상 만물에게 부탁을 해서 그렇게 되었다고 한다. 겨우살이만 유일하게 깜빡했을 뿐이었다. 프리그가 그걸 걱정하자 오딘은 북쪽 세계에 있는 겨우살이를 모두 없앴다. 따라서 발두르를 해할 수 있는 건 아무것도 없었다. 오딘이 지구인과 더불어 전쟁의 승리를 확신한 이유였다.

발두르는 맨몸으로 서쪽 전사들의 무기를 막아냈다. 피부에 흠집조차 나지 않았다. 그가 진격하자 대열이 너무나도 쉽게 무너졌다. 니토크리스가 간신히 호루스와 함께 오딘의 진격을 막고 있을 뿐이었다.

지구인들, 그러니까 아바타는 서쪽 세계의 전사들과 적당히 싸우고 있었다. 잠시 상황을 지켜보던 진우는 콜라가 담긴 컵을 내려놓으며 입을 뗐다.

"균형을 맞추도록."

진우가 그렇게 말하자 스핑크스가 진우가 있는 방향으로 고개를 숙이고는 바로 이동했다.

스핑크스가 발두르의 앞을 막아섰다.

"스핑크스여! 너의 권능은 나에게 통하지 않는다! 나는 무적이다!"

"무적?"

스핑크스의 양손에 빔 소드가 들렸다. 불길한 붉은빛을 내뿜는 빔 소드를 보자 발두르는 몸을 흠칫했다. 스핑크스가 빔 소드를 휘둘렀지만 그는 가만히 있었다. 자신이 무적임을 믿고 있었기 때문이다.

서걱!

발두르의 머리가 잘리며 바닥에 떨어졌다. 발두르는 눈을 깜빡였다. 자신이 이렇게 간단히 당한 것이 믿기 어려워서였다. 로키 역시 크게 놀라 주춤거렸다.

진우는 고개를 끄덕였다.

신의 세계 기준으로 그는 무적이 맞았다. 하지만 발두르의 무적은 신의 세계에서나 유효한 것이었다.

'빔 소드는 다른 차원의 물건이니 해당되지 않지.'

프리그는 만물에게 부탁을 했지만 안타깝게도 빔 소드에게 부탁을 하지는 않았다. 스핑크스가 발두르의 머리를 들고 날뛰기 시작하니 아스가르드의 신들도 쉽게 덤빌 수 없었다.

지구인들도 진우의 명령에 따라 적당히 움직이며 싸웠다. 오딘의 시야에 들어올 때만 격렬하게 싸우는 척하고, 딴짓을 했다. 그러다 보니 진우의 명령대로 균형이 딱 맞춰졌다.

그렇게 시간이 계속 흐르자 양쪽의 피해가 막심해졌다.

북쪽 세계는 이대로 물러날 수는 없었다. 이대로 물러나기에는 피해가 너무 막심했다. 서쪽 세계는 방어에 필사적이었다.

'그럼 시작해 볼까?'

슬슬 지루해지기 시작했으니 움직여 보도록 하자.

진우가 권능을 일으키자 손에 끼고 있던 황금 반지에서 빛이 뿜어져 나왔다.

진우는 오딘이 지니고 있는 차원 상점에 접근했다. 황금 반지는 진우에게 모든 차원 상점의 접근 권한을 부여해 주었다.

'급한가 보군.'

오딘은 여러 가지 물품을 차원 상점을 통해 판매하고 있었다. 차원 금화를 얻기 위함이었다. 차원 금화를 통해 신의 힘을 회복할 수 있었고, 여러 가지 능력을 발현할 수 있었다.

오딘이 차원 금화를 프리그에게 건네주면 그녀는 차원 금화를 이용해 다친 아바타들을 치료했다. 아영만이 그 와중에 오딘을 노려보며 복수의 칼날을 갈고 있을 뿐이었다.

[오딘의 차원 상점을 지배하였습니다.]

진우는 지배의 권능을 사용해서 오딘의 차원 상점을 지배했다. 황금 반지에는 그런 기능이 없었지만, 진우에게는 지배의 권능이 있었다.

오딘의 차원 상점이 검게 물들고 이리저리 비틀렸다. 진우는 일단 오딘의 판매 목록을 전부 동결시켰다. 모든 연결 라인을 끊고 자신에게 연결했다.

“차원 상점이……?!”

호루스와 니토크리스를 튕겨낸 오딘이 차원 상점을 열어보고는 당황했다.

진우는 그런 오딘의 모습을 보면서 씨익 웃었다.

“균형을 서쪽 세계 쪽으로.”

아바타들이 적극적으로 움직이며 적극적으로 다치기 시작했다. 뿐만 아니라 교묘하게 아스가르드 신들의 등에 날붙이를 꽂아 넣기도 했다. 오딘의 책사를 지키고 있는 것도 아바타들이었다. 다음 책략을 구상하고 있었는데, 주변에 있던 아바타들이 다가오더니.

푹푹푹!

그대로 날붙이를 마구 꽂아 넣었다.

지휘계통이 무너지며 아바타들과 서쪽 전사들이 뒤엉켰다. 점차 서쪽 세계가 북쪽 세계를 밀어내기 시작했다.

딱 좋은 타이밍이었다.

진우는 오딘의 차원 상점에 메시지를 보냈다.

[안녕하세요? 차원 상점을 관리하고 있는 이 팀장입니다. 고객님의 등급이 상승되었습니다! 우수 고객이신 오딘 님께서는 30% 저금리 대출이자로 차원 금화 대출이 가능하십니다. 엄청난 조건을 확인해 보세요!]

1. 담보가 있을 경우 차원 금화 대량 대출 가능!

2. 대출 완료 후 수수료 5%를 받습니다.(스바르트알파헤임에서 생산된 따끈한 차원 금화를 직접 받아옵니다.)

3. 누구나 대출 가능! 재산 확인 후 진행 도와드리겠습니다.

4. 신청 즉시 바로 지급!

5. 터치하세요! 즉시 문자 연결 가능합니다!

[고객행복 지원팀 이진우 팀장]

오딘은 메시지를 보면서 눈을 깜빡였다.

'차원 상점에 관리자가 있었다니…….'

차원 상점은 태초의 신이 신의 세계를 창조할 때 만든 것이었다. 신들조차 제대로 파악하고 있지 못했다. 이름 높은 신들이 지닐 수 있는 특권이라고 여기고 있을 뿐이었다.

'거짓은 아니군.'

거짓이 있을 수 없지만, 오딘은 눈의 권능을 일으키며 거짓이 없는지 확인했다. 확인 결과 진실이었다.

그는 여전히 자신의 눈을 너무 믿고 있었다. 오딘은 아스가르드 신들에게 호루스와 니토크리스를 상대하게 하고 뒤로 물러났다. 손가락으로 터치를 하니 바로 진우와 연결되었다.

-이진우 팀장: 안녕하세요? 아스가르드의 오딘 님. 차원 상점입니다.

-오딘: 차원 상점에 관리자가 있었다니…… 믿기 어렵군.

-이진우 팀장: 네, 이해합니다. 오딘 님께서 첫 고객이십니다.

-오딘: 그런가?

오딘은 고개를 끄덕였다. 그는 전쟁을 벌이며 차원 상점을 아주 많이 이용하기는 했다.

-오딘: 얼마까지 가능하지?

-이진우 팀장: 천만 차원 금화까지 즉시 입금해 드립니다. 담보 물품에 따라 파격적으로 확대 가능합니다.

-오딘: 음, 이거면 어떤가? 파프니르를 죽인 검일세.

오딘이 명검 그람을 꺼내 차원 상점에 넣었다. 그람은 지크프리트의 검으로 유명했다.

-이진우 팀장: 5천만 차원 금화까지 대출 가능하십니다.

-오딘: 담보 물품은 나중에 바꿔도 되나?

-이진우 팀장: 당연합니다. 고객님.

-오딘: 담보 물품으로 신이나 인간들도 가능한가?

-이진우 팀장: 물론입니다.

오딘은 머리를 굴렸다. 30%의 이자가 크기는 하지만, 승리를 하기만 한다면 충분히 커버할 수 있었다. 아니, 갚지 않아도 상관없었다. 전쟁에서 이기기만 한다면 자신은 최강자가 될 것이다.

'누구도 날 막을 수 없다.'

최강자가 된다면 차원 상점 따위는 없어도 무방했다.

'나 오딘을 능멸하려 하다니……!'

차원 상점의 관리자가 전쟁을 틈타 이익을 창출하려 하고 있었지만 자신에게는 통하지 않았다. 신의 세계를 지배하고 차원 상점마저 먹어치울 것이다!

오딘은 음흉한 속내를 감추었다.

-오딘: 이용하겠다.

-이진우 팀장: 감사합니다. 고객님. 고객님의 행복을 기원하겠습니다.

오딘은 들고 있던 물건을 담보로 넣고 즉석에서 10억 차원 금화를 인출해 갔다. 그것도 모자랐는지 프레이야의 보물까지 빌렸다. 대부분 다른 신들이 가지고 있던 물품이었다. 결국 대출 금액은 15억 차원 금화가 넘어갔다.

15억 차원 금화는 진우의 기준으로는 별거 아니었지만, 이곳에서는 굉장한 금액이었다. 전장의 판도를 바꾸기에는 충분하다 못해 넘치는 금액이었다.

진우의 앞에 그람, 프레이야의 브리싱가멘 등 각종 보물이 쌓여 있었다. 북쪽 세계에서 손꼽히는 보물이었다.

유나가 보물을 바라보다가 브리싱가멘을 손으로 들었다.

"예쁜 목걸이로군요."

"그러네. 선물로 줄게."

"그래도 됩니까?"

"안 될 것도 없지."

"감사합니다."

유나는 거절하지 않았다.

로키는 침을 꿀꺽 삼켰다. 프레이야가 저 목걸이를 얻기 위해 얼마나 노력을 했는지, 그는 아주 잘 알고 있었다. 무려 네 명의 난쟁이들과 잠자리를 하고 얻은 것이었다.

그걸 오딘에게 일러바친 자가 바로 로키였다.

"너도 하나 가져."

"네? 아, 저, 저는 괜찮습니다."

진우는 보물 하나를 강제로 로키에게 주었다. 로키는 눈물을 삼키며 받을 수밖에 없었다.

오딘은 궁니르를 치켜들었다. 15억 차원 금화가 궁니르로 흘러 들어가며 강력한 권능을 부여했다.

"진격하라! 전사들이여! 나 오딘이 그대들에게 축복을 내리겠다!"

오딘의 궁니르에서 뿜어져 나온 빛이 아바타를 감쌌다. 아바타의 상처가 회복되었고, 방어구와 무기가 황금빛에 휩싸이며 강화되었다. 뿐만 아니라 부상을 입어도 아주 빠르게 회복되었다. 15억 차원 금화의 힘이었다.

'대단하긴 하네.'

진우는 그렇게 생각했다. 오딘이었기에 그만한 차원 금화를 권능에 녹여낼 수 있었다. 역시 괜히 북쪽 세계의 주신이 아니었다.

진우는 아바타에게 본격적으로 움직이라고 명령했다.

"나도 갔다 올게."

"네, 다녀오십시오."

유나가 작게 미소 지으며 고개를 숙였다.

로키도 눈치를 살피다가 유나를 따라 했다.

진우는 전장에 내려섰다. 아영에게 건 환각을 거두고 그 자리에 합류했다.

아영의 곁에 있는 진우는 선량한 의사였다. 아영이 심각한 표정으로 진우를 바라보았다.

"역사가 바뀌었어요."

"그런가요?"

"제가 아는 역사의 흐름이 아니에요! 하지만…… 결과적으로는 같을 것 같네요."

아영이 심각한 표정으로 그렇게 말했다. 과정은 그녀가 따라갈 수 없을 정도로 복잡했지만, 결과는 같아지고 있었다.

아바타들이 본격적으로 일을 하기 시작하자 서쪽 세계의 전사들이 크게 밀리며 뒤로 후퇴했다.

그들은 필사적이었다. 그들이 지키고 있는 사막 뒤에는 수많은 백성들이 있었기 때문이다. 오딘이 양기를 흡수한다면 모두 죽을 수밖에 없었다.

오딘이 창을 휘두르자 니토크리스가 튕겨 나가며 바닥을 굴렀다. 호루스가 오딘에게 달려들었지만 소용없었다. 15억 차원 금화의 힘으로 오딘도 더욱 강력해진 상태였다. 오딘은 호루스를 바라보며 궁니르를 던졌다.

파지지직!

궁니르가 번개처럼 변하더니 호루스의 가슴에 꽂혔다.

"커헉!"

"호루스 님!"

호루스가 비틀거리며 주저앉았다. 니토크리스가 다가서려 했지만, 프리그의 마법이 니토크리스를 속박했다. 니토크리스가 잡히자 서쪽 세계의 전사들은 전의를 상실했다.

뚜벅뚜벅!

오딘은 호루스에게 천천히 다가갔다. 바닥에 주저앉은 호루스는 고개를 들어 오딘을 바라보았다. 아영과 진우는 그 상황을 조금 떨어진 곳에서 지켜보고 있었다.

"여기에 있어요."

"아영 씨는?"

"오딘이 호루스의 눈을 흡수할 때 약해지게 돼요. 그때가 기회에요. 그때를 노려서……."

아영은 은신을 쓰며 오딘의 뒤로 다가갔다. 오딘은 호루스의 목을 잡고 그를 들어 올렸다. 호루스는 오딘에게 대항할 힘이 없었다. 세트에게 당한 부상도 컸고, 무엇보다 가슴에 꽂혀 있는 궁니르가 그의 힘을 모두 무력화시켰다.

"드디어……."

오딘은 호루스의 눈에 손을 가져다 대었다. 호루스의 오른쪽 눈은 태양을, 왼쪽은 달을 상징했다. 모든 차원에 있는 행성을 꿰뚫어 볼 수 있는 잠재능력을 지니고 있었다.

푸숙!

오딘이 호루스의 두 눈을 빼내자 호루스는 그대로 몸이 축 처지며 바닥에 쓰러졌다. 오딘이 손에 들린 두 눈을 하나로 합쳤다. 그러자 호루스의 두 눈은 영롱한 빛이 가득한 보석이 되었다. 사막에 광풍이 몰아쳤다.

서쪽 세계의 전사들은 호루스의 눈을 지닌 오딘에게 반항할 수 없었다. 니토크리스도 마찬가지였다.

"흐하하하! 너희들의 새로운 신을 경배하라!"

오딘이 크게 기뻐하며 웃었다.

오딘은 호루스의 눈과 자신의 눈을 결합시키기 시작했다. 그때 아영이 검을 들고 그의 뒤로 달려들었다. 아영은 군주급에 이르렀다. 아무리 오딘이라고 하여도 방심한 상태에서 공격을 맞는다면 치명상을 입을 것이다.

아영은 이 순간을 기다려왔다. 이 순간이 그녀가 회귀한 이유였다. 오딘을 없앨 수 있다면 모든 것을 바칠 수 있었다. 아영이 오딘이 약해진 틈을 타 그의 등에 검을 찔러넣었다.

팅!

그러나 오딘의 등을 꿰뚫기 직전 그녀의 검이 멈추었다.

"무슨?!"

"내가 네 마음을 모를 것이라 생각했나?"

오딘의 궁니르가 그녀의 검을 막고 있었다. 오딘은 아영이 회귀자이고, 결국 마지막 순간 배신을 할 거라는 걸 알고 있었다. 그랬기에 늘 방비를 하고 있었다.

"어리석은 인간이여. 절망하라."

"꺄악!"

오딘이 손을 휘두르자 아영이 크게 피를 토하며 진우의 앞까지 튕겨 나왔다.

"크윽……."

"역시 실패했군요."

진우는 아영을 내려다보며 그렇게 말했다.

아영은 숨을 헐떡이며 간신히 몸을 일으켰다.

"도, 도망쳐요. 오딘이 저 힘을 흡수한다면……!"

아영은 진우를 바라보며 그렇게 외쳤다.

파앗!

오딘의 눈과 호루스의 눈이 합쳐졌다. 오딘은 여전히 애꾸이기는 했지만 한쪽 눈이 엄청나게 강력해졌다.

진우는 정보의 마안으로 새롭게 업그레이드된 오딘의 눈을 바라보았다.

[SSS+]통찰의 눈

세상 만물을 꿰뚫어 볼 수 있는 눈.

태초의 힘이 깃들어져 있다.

설명은 간단했지만 권능은 대단했다. 진우는 저 통찰의 눈에서 마신의 힘을 느꼈다. 궁니르가 통찰의 눈과 반응하여 강력한 기운을 분출해 내고 있었다.

오딘은 궁니르를 치켜들며 아바타들을 바라보았다.

"전사들이여! 학살을 시작하라! 오딘의 이름 아래 모든 것이 허락될 것이다!"

오딘은 아바타들에게 서쪽 세계의 백성들을 학살할 것을 명령했다. 모조리 학살하고, 보물들을 갈취할 것이다!

니토크리스와 서쪽 전사들은 아바타를 보며 절망에 빠졌다. 아영도 마찬가지였다. 그동안 해왔던 모든 일들이 헛일이 되어버렸다. 결국 모든 일이 오딘의 뜻대로 되어버리고 말았다.

우뚝!

아바타들이 진격하는가 싶더니 그대로 멈추었다. 오딘이 갑자기 동시에 멈춰 선 아바타를 보며 고개를 갸웃했다.

"진격하라! 무엇을 하고 있는 게냐!"

오딘은 통찰의 눈으로 아바타를 바라보았다. 아바타에 가려진 장막을 뚫고 검게 일렁이는 기운을 볼 수 있었다.

흠칫!

오딘이 검은 기운을 보며 흠칫하는 순간이었다.

"하하하하!"

"하하하하!"

"깔깔깔!"

아바타가 동시에 크게 웃기 시작했다. 오딘과 아스가르드의 신들뿐만 아니라 니토크리스와 서쪽 세계의 전사들까지 그 광경을 보고 어떤 말도 할 수 없었다. 너무나 소름이 끼치는 광경이었다. 웃음은 멈추지 않았다. 아바타의 턱이 기이한 형태로 빠졌지만 계속해서 웃었다.

"무, 무슨……!?"

아영도 어떻게 돌아가는 상황인지 알 수 없었다.

아영의 옆에 있던 진우가 오딘을 향해 천천히 걸어갔다.

"진우 씨?"

"수고하셨습니다. 덕분에 꽤 재미있었어요."

"네? 그, 그게 무슨?"

진우가 오딘을 향해 걸어가자 아바타들이 들고 있던 무기를 모두 바닥에 떨구었다.

"와아아아!"

"우호호호!"

짝짝짝짝!

모두 진우를 바라보며 환호와 박수를 보냈다. 오딘은 고개를 돌려 진우를 바라보았다. 진우는 그를 바라보며 진한 미소를 그렸다.

"안녕하세요? 차원 상점의 이진우 팀장입니다."

"뭐, 뭣?"

"고객님의 대출이 연체되어 직접 찾아오게 되었습니다."

대출이자 30%는 한 달 또는 일 년 단위가 아니었다. 하루 단위도 아니었다. 무려 초 단위였다. 이래서 계약을 할 때는 어떤 상황에 있든 잘 따져보고 해야 했다.

진우가 살짝 손을 들자 환호와 박수가 멈추었다. 전장의 모든 이들이 진우를 바라보았다. 오딘도 마찬가지였다. 그가 지닌 통찰의 눈이 진우의 정체를 알려주었다.

"악신……!"

통찰의 눈이 푸른빛으로 빛났다. 과거와 현재, 미래마저 자세히 볼 수 있는 것이 통찰의 눈이었다. 미미르의 샘에서 얻은 지혜의 눈과 합쳐져서 오딘에게 엄청난 통찰력을 부여해 주었다. 상대의 약점, 공격수단 등 모든 것을 꿰뚫어 볼 수 있었다. 시간을 지배하는 크로노스의 힘조차 저 눈앞에서는 무력할 것이다.

하지만 진우는 통찰의 눈이 파악할 수 있는 수준을 아득하게 넘어서고 있었다. 오딘이 필사적으로 통찰의 눈을 써보았지만 보이는 것이라고는 어둠뿐이었다. 과거가 어둠에 휩싸여 있었고, 현재가 어둠으로 불타오르고 있었으며, 미래는 늪처럼 느껴지는 어둠에 파묻혀 있었다.

악신. 도대체 저 존재는 뭐라고 표현해야 한단 말인가!

'야, 약점이……!'

오딘은 진우의 약점을 찾으려 했다. 약점에 15억 차원 금화가 깃든 궁니르를 쏘아 보낸다면 승산이 있었다.

그러나 눈앞이 점점 검게 물들 뿐이었다. 진우는 푸른빛으로 빛나는 오딘의 눈을 바라보았다.

"눈이 꽤 좋군."

상대가 자신이 아니었다면 사기라 불러도 할 말이 없는 능력이었다. 정보의 마안과 합쳐진다면 굉장해질 것 같았다. 진우가 오딘을 향해 천천히 걸어가자 오딘은 주춤거리며 뒤로 물러났다.

오딘은 두려움을 느끼고 있었다. 하지만 그는 그것을 인정하지 않았다. 아니, 할 수 없었다. 그는 언제나 최고였기 때문이다.

"나, 나는 아스가르드의 오딘! 광명과 어둠, 천공과 태풍, 마법과 지혜, 전쟁의 신이다!"

두려움을 감추는 패기로운 목소리였다. 오딘은 모든 권능을 끌어올리며 궁니르를 던졌다. 진우의 목을 꿰뚫으려 했지만 소용없었다.

척!

진우가 가볍게 손을 들어 궁니르를 잡았다. 진우의 손에서 궁니르가 요동쳤다. 마치 손에서 펄떡이는 물고기처럼 느껴졌다. 오딘을 주인으로 인식하고 있었지만, 진우의 손에 들어온 이상 소용없었다.

"조금 까다로운 창이네."

궁니르는 반드시 정당한 절차를 거쳐야 쓸 수 있었다. 강제적인 수를 쓴다면 본래 주인에게 돌아가는 권능이 있었다. 그 기능만 본다면 묠니르의 상위 호환이었고, 황금 반지의 하위 호환이었다.

지배의 권능을 이용해 억지로 장악한다면 자멸할 것 같았다. 하지만 진우에게 정당성이 있었다.

진우가 손을 휘젓자 진우의 앞에 숫자가 떠올랐다. 엄청나게 긴 숫자였다. 그 숫자는 초가 지날 때마다 기하급수적으로 불어나고 있었다.

"수, 숫자?"

"무슨……."

오딘은 물론 아스가르드의 신들도 그 숫자가 무엇을 의미하는지 알 수 없었다. 그러다가 숫자 위에 떠오른 글자를 발견했다.

[오딘 대출 금액]

강제 압류 가능!

오딘의 눈동자가 흔들렸다. 황급히 차원 상점을 열어보았는데, 그곳에도 숫자가 도배되어 있었다. 초 단위로 갱신되는 복리 이자는 그가 감당할 수 있는 수준이 아니었다. 이미 아스가르드를 팔아도 채워지지 않는 금액까지 이르렀다. 그가 경악하고 있는 지금 이 순간에도 계속해서 불어나고 있었다. 이대로 시간이 흐른다면 전 우주의 별보다도 빚이 많아질 것이다.

천문학적인 숫자. 그것은 오딘의 빚을 묘사하기 위해 탄생한 표현일지도 몰랐다.

진우는 친절하게 설명해 주었다.

"오딘, 네가 갚아야 할 차원 금화다."

"무, 무슨 말을 하는 것이냐!"

오딘은 그의 눈으로 차원 상점을 살펴보았다. 진우의 말은 거짓이 전혀 없었다. 오딘이 감당해야 할 금액이었다.

"이, 이건 사기야!"

"그러니까 계약 조건을 잘 살펴봤어야지."

오딘은 어차피 갚을 생각이 없었기에 마음껏 빌렸다. 악신이 전쟁 중에 돈을 회수하러 올 줄은 생각조차 못 했다.

오딘은 진우의 손에 끼워져 있는 황금 반지를 발견했다. 그의 손에 들어갔다는 소식은 들었지만, 설마 정말 사용하고 있을 줄은 몰랐다.

'아, 악신을 없앤다면……!'

악신을 없애고 그가 지닌 것을 빼앗는다면 전화위복이 될 수 있다! 유일한 방법이었다.

오딘은 진우의 손에 들려 있는 궁니르를 향해 손을 뻗었다.

지이이잉!

궁니르가 진우의 손에서 벗어나려 애썼다. 그러나 진동을 할 뿐 움직이지 않았다.

진우는 궁니르를 바라보다가 고개를 끄덕였다.

"음, 이것도 꽤 가격이 나가는데."

진우가 손을 휘젓자 차원 상점이 열리더니 붉은색 딱지가 나타났다. 압류 딱지였다.

[SSS+]압류 딱지

'고객님, 연체되셨습니다.'

'몸은 건강하시죠? 돈이 없으면 몸으로라도 갚으셔야지요.'

황금 반지와 지배의 권능을 이용해 만든 딱지. 차원 상점 시스템을 기반으로 만들어졌다. 절차를 거쳐 발행하면 압류의 정당성이 부여된다. 압류 딱지의 붉은빛은 절망을 상징한다. 돈의 무서움을 보여주도록 하자.

본래는 차원 상점에 잠들어 있던 권한이었다. 황금 반지를 얻게 되면서 활성화시킬 수 있었다. 사용하기 까다로웠는데, 오딘은 아주 훌륭하게 걸려들었다.

오딘은 돈의 무서움을 전혀 모르고 있었다. 진우가 압류 딱지를 궁니르에 붙이는 순간, 궁니르의 진동이 멈추었다.

오딘은 깜짝 놀라며 궁니르를 향해 계속해서 손을 뻗었다. 그러나 반응이 없었다.

"구, 궁니르?! 도, 돌아오거라!"

압류 딱지가 붙은 궁니르는 더 이상 오딘의 소유가 아니었다.

[궁니르가 압류되어 차원 상점으로 회수됩니다. 궁니르가 차원 금화로 환산되어 오딘의 빚에서 차감됩니다. 채권자인 악신에게 소유권이 넘어갑니다.]

압류 딱지가 떨어졌다. 궁니르는 차원 상점을 통해 깨끗하게 세탁되어 진우에게 넘어갔다. 궁니르는 막대한 가치를 지닌 무기였지만, 오딘의 빚에 비하면 티끌보다 못한 수준이었다.

진우는 궁니르를 손에 들고 휘둘러 보았다.

지잉!

오딘의 손에 있을 때와는 비교도 되지 않는 기운이 몰아쳤다. 궁니르는 오딘의 손에 있을 때 상당히 도도했다. 명령을 따를 뿐 저렇게 애교를 부리지 않았다.

마치 진우가 본래 주인처럼 보였다.

"마, 말도 안 돼! 이럴 수는 없어!"

오딘은 현실을 믿지 못했다.

오딘은 발악했다. 전신의 모든 권능을 끌어올리며 진우를 향해 방출했다. 하늘이 진동하며 태풍이 일어나고 벼락이 치기 시작했다. 아스가르드의 신들은 어찌할 바를 몰라 허둥거렸다.

오딘의 기운이 사막을 가르며 진우에게 다가왔다. 홍해가 갈라지는 것 같은 모습이었다. 천재지변 그 자체라고 해도 손색이 없었다. 신화 속에나 나올 법한 광경에 진우는 감탄했다.

'시험해 볼까?'

진우는 아공간에서 아스트라페를 꺼내 들었다. 그의 양손에는 아스트라페와 궁니르가 들려지게 되었다. 두 무기는 번개의 근원을 양분하고 있었다. 토르가 번개의 신이기는 했지만 어디까지나 번개의 근원으로부터 힘을 빌려 쓰는 것에 불과했다.

진우는 아스트라페와 궁니르를 동시에 휘둘렀다.

콰가가가가!

번개가 뿜어져 나가며 오딘의 기운을 가르고 사막을 갈랐다. 번개가 번쩍이는 순간 모든 것이 끝나 있었다.

번개가 스쳐 지나간 모든 곳이 유리가 되었고, 오딘이 시커멓게 변했다.

"쿨럭!"

오딘의 입에서 검은 연기가 뿜어져 나왔다. 그의 옷은 물론 머리카락조차 모두 타버려 사라지고 없었다.

진우는 아스트라페와 궁니르를 겹쳤다. 막대한 번개가 뿜어져 나가며 차원을 관통했다. 그 영향은 전 차원에 미쳐 아주 먼 곳에 있는 지구에도 번개가 몰아쳤다. 다행히 지구의 하늘을 번개로 가득 메울 뿐, 사상자는 없었다.

쿠웅!

두 무기가 하나로 겹쳐졌다. 무기의 형태가 아니라 번개 그 자체가 되었다. 오딘은 경악에 찬 눈으로 그것을 바라보았다. 통찰의 눈은 저것이 얼마나 위대한 무기인지 알려주었다.

번개의 근원이자 세상의 모든 빛이었다. 아이러니하게도 어둠 그 자체인 악신의 손에서 가장 찬란하게 빛나고 있었다.

"쓸 만하군."

그러나 진우에게 있어서 그저 쓸 만한 무기에 불과했다.

진우는 오딘과 아스가르드 신들을 바라보았다. 그의 손에 들린 번개에서 뿜어져 나간 빛이 그들의 몸에 닿는 순간, 그들이 차고 있던 모든 물건에 압류 딱지가 붙었다.

안타깝지만 오딘의 빚은 연대책임이었다. 아스가르드 신들이 지닌 모든 물건을 압류했지만 빚은 점점 늘어만 갔다.

오딘이 인간이나 신들도 담보로 할 수 있냐고 물은 적이 있었다. 신들도 랭크에 따라 값이 매겨졌다.

진우는 그들을 바라보며 웃었다.

"돈이 없으면 몸으로 갚아야지."

아바타들이 움직이더니 아스가르드 신들을 포위했다. 그들의 이마에도 압류 딱지가 붙게 되었다.

"오, 오딘……!"

"프리그!"

오딘의 아내 프리그가 오딘을 향해 손을 뻗었다. 오딘은 허망한 표정으로 그녀를 바라보았다.

진우는 그 광경을 보며 눈을 깜빡였다.

'조금 이상한 광경인데…….'

어쨌든, 압류는 해야 했다.

"아스가르드를 전부 내놓아도 갚을 수 없겠군."

"아, 악신! 이 사악한……!"

오딘은 피를 토하는 심정으로 외쳤다.

"어, 어째서, 어째서……! 내, 내가 그대에게 자, 잘못한 게 있는가! 치, 친서도 주고 선물도 주지 않았나!"

"그건 그거고, 이건 이거지. 지구를 침략해서 지구인들을 납치해 갔잖아."

오딘이 멍한 표정이 되었다.

"겨, 겨우 그 이유로?"

"겨우라니. 멋대로 쳐들어와 놓고서는 염치가 없네."

오딘은 털썩하고 주저앉았다. 그가 납치한 건 지구인들이 아니었다. 악신의 인형에 불과했다. 오딘은 자신이 속았다는 것을 깨달았다. 끝까지 인정하지 않았던 사실이었다.

진우는 주저앉아 있는 오딘에게 다가갔다.

니토크리스와 서쪽 세계의 전사들은 숨조차 제대로 쉬지 못했다. 이곳에 있는 모든 신들이 악신, 단 한 존재에게 압도당하고 있었다.

진우는 오딘을 내려다보았다.

“지구는 내 거야. 곤충 하나라도 내줄 수 없어.”

“크, 크흑……. 미, 미안하네. 패배를 인정하겠네.”

“좋아. 받아들이지.”

오딘의 얼굴에 화색이 돌았다.

“그, 그럼……?”

“그래도 받아낼 건 받아내야지.”

오딘의 빚은 계속해서 올라가고 있었다. 진우는 푸른빛으로 빛나는 오딘의 눈을 바라보았다.

오딘의 이마에 압류 딱지를 붙이자.

“크악!”

오딘의 눈이 빠져나와 진우의 손에 들려졌다. 눈은 영롱한 빛을 뿜어내는 보석이 되었다. 꽤 많은 빚이 차감될 만큼 값진 물건이었다. 호루스와 오딘의 눈이었으니 말이다.

오딘은 알아서 좋은 물건을 만들어 바친 꼴이 되었다.

진우는 오딘의 눈을 흡수했다. 정보의 마안과 합쳐지며 크게 강화되었다.

[측정불가]마신의 눈

인식의 근원. 모든 것을 볼 수 있고, 시선이 닿는 모든 곳에 권능을 행사할 수 있다.

모든 권능이 비약적으로 강화된다.

시야가 확장된 것 같은 느낌이 들었다. 정보의 마안보다 훨씬 더 자세하게 정보를 알 수 있었고, 조금 더 권능의 사용이 편리해졌다.

진우는 마신의 눈으로 마신의 힘이 깃든 무구를 바라보았다. 하나로 합쳐진 궁니르와 아스트라페, 그리고 묠니르와 트리아이나 등 이름 높은 무구에는 모두 마신의 힘이 깃들어 있었다.

마신의 눈으로 보니 그것으로 무엇을 만들 수 있는지 보였다.

[SSS+]마신의 열쇠

태초의 빛과 어둠이 떠오른 곳. 마신의 신체가 잠들어 있는 곳이다. 마신의 힘을 모두 모은다면 진리에 도달할 수 있을지도 모른다. 마신의 힘이 일정 이상 모이게 되면 동쪽 세계의 문이 자동으로 열리게 된다.

동쪽 세계는 그 어떤 신도 도달하지 못한 곳이었다. 태초의 신들이 태어난 시작점이라고 부르기도 했다. 모두 동쪽에서 떠올라 각 지역으로 퍼져 나갔다. 타르타로스 역시 동쪽에서 흘러왔으며 천공의 신 우라노스도 마찬가지였다. 남쪽 세계는 황금 반지를 탐내다가 멸망했다.

'마신의 육체라…….'

흡수하면 어떤 일이 생길지 궁금하기는 했다.

진우는 일단 상황을 정리하기로 했다.

"음……."

오딘과 호루스는 장님이 되어 있었다. 오딘과 아스가르드의 신들은 앞으로 빚을 갚기 위해 열심히 일해야 했다.

진우는 평화를 좋아했다. 오딘이 비록 적이었지만, 빚을 다 갚으면 풀어줄 생각이었다. 열심히 일하면 언젠가는 갚을 수 있지 않을까?

"김대진 박사."

진우가 김대진 박사를 부르자, 바로 김대진 박사가 소환되었다.

"저들에게 눈을 달아주도록."

"알겠습니다."

김대진 박사가 오딘과 호루스에게 눈을 달아주었다. 평범한 눈이었지만 장님이 되는 것보다는 나을 것이다. 물론 호루스에게는 값을 받을 생각이었다.

오딘이 진우를 바라보았다. 미미르의 샘에 눈을 바치고 얻었던 지혜는 이미 사라져 있었다. 모두 진우에게 넘어간 상태였다.

아스가르드 신들이 아바타들에게 끌려왔다.

진우는 고개를 돌려 아영을 바라보았다. 아영은 멍하니 자신을 바라보고 있었다. 진우가 손짓하자 아영이 움찔하다가 천천히 다가왔다.

"저, 정말 아, 악신이세요?"

"속여서 미안하군. 그래도 꽤 재미있었지?"

"……덕분에 고생만 죽어라 했지요. 서, 설마 답답하게 군 것도 재미 때문에?"

진우가 말없이 웃자 아영이 어이없다는 눈으로 그를 바라보았다.

"오딘을 없애기 위해 크로노스에게 영혼을 팔았더군."

"맞아요. 오딘을 용서할 수 없었어요. 동료들 모두 오딘의 계획에 의해 희생되었지요. 동료들은……."

"네 동료들은 지금 지구에서 평범하게 살고 있어. 애초부터 여기에 오지 않았지. 저들은 모두 가짜야."

진우가 그렇게 말해주자 아영의 표정이 풀렸다.

진우는 아영에게 크로노스와 작성한 계약서를 돌려주었다.

"오딘을 어떻게 하고 싶지?"

"지구인들을 위해…… 봉사했으면 해요."

"좋은 방법이군."

오딘과 모든 아스가르드의 신들은 빚을 갚을 때까지 지구에서 지구인들을 위해 일을 하게 되었다. 욕심을 위해 지구인들을 희생시켰으니 그에 딱 맞는 처벌이었다.

"소원이 있다면 말해봐. 들어줄 수 있다면 들어주도록 하지."

"지구로 가고 싶어요."

"그래, 이곳으로 오기 전으로 돌려보내 줄게."

진우는 아영에게 차원 상점 이용권을 주었다. 그리고 그녀의 계좌에 두둑하게 차원 금화를 넣어주었다. 오딘은 그녀에게 보상할 수 있는 상태가 아니었으니, 진우가 대신 보상해 주었다. 물론, 이것도 오딘의 빚에 추가될 예정이었다.

진우가 손을 휘젓자 아영의 몸이 포탈 속으로 사라졌다. 시간의 권능을 이용해서 그녀가 미드가르드로 오기 전의 시간대로 이동시켰다. 그녀의 능력이 여전히 남아 있었지만, 그건 사소한 문제였다.

"그럼……."

진우는 니토크리스와 호루스를 바라보았다. 아바타들이 천천히 움직이며 그들의 앞에 섰다. 이대로 서쪽 세계를 쓸어버리는 건 일도 아니었다. 호루스와 전사들을 모두 없애고 그대로 서쪽 세계를 꿀꺽하는 방법도 있었다.

그러나 그렇게까지 할 마음은 없었다.

"허억!"

호루스가 식은땀을 흘렸다. 오딘의 처참한 몰골을 보니 자신도 그렇게 될 것만 같았다.

악신은 고문을 즐겼다. 니토크리스와 전사들을 고문하며 기뻐했다. 호루스가 선택할 수 있는 길은 많지 않았다.

"아, 악신이시여! 혀, 협상을 요청합니다!"

호루스의 부리가 파르르 떨렸다. 새 머리를 하고 있지만 겁에 질린 게 보였다. 그가 다스리는 백성들은 상당히 가난했다. 사막에서 겨우 연명을 하고 있을 뿐이었다. 물이 부족해 말라 죽는 이들도 많았다.

신의 밑에서 인간들은 늘 고생했다. 진우가 그를 바라보고 있자 호루스는 천천히 무릎을 꿇었다. 진우는 호루스가 마음에 들지 않기는 했지만, 그에게 악감정은 없었다.

"좋아. 받아들이지."

진우가 받아들이자 니토크리스가 겨우 안도의 한숨을 내쉬었다.

"음, 그러기 전에 일단……."

굶고 있는 인간들부터 해결하고 싶었다. 진우는 언제나 그렇듯 인간들의 편이었다.

아스가르드는 고요했다. 전투가 가능한 신들이 모두 서쪽 세계로 전쟁을 하러 갔기 때문이다. 남아 있던 아사 신족들은 평화로운 하루를 보내고 있었다. 아바타가 들이닥치기 전까지는 말이다.

아바타들이 아스가르드에 들이닥치자 신들은 당황했다. 아바타들을 이끌고 있는 것은 로키였다. 그는 악신의 명령을 받아 아스가르드를 압류하러 왔다.

"차원 상점에서 나왔습니다."

"현 시간부로 아스가르드를 압류합니다."

아바타들이 딱딱한 음성으로 그렇게 말했다.

"뭐, 뭐야!"

"지, 지구인이 어떻게?"

아스가르드를 지켜야 할 발키리들은 저들의 침입에 반응하지 않고 오히려 문을 활짝 열어주었다. 애초부터 그들은 가짜 발키리였다. 아바타들의 손에도 압류 딱지가 들려 있었다.

"꺄악! 그, 그만둬요! 그, 그건……!"

여신이 아바타를 말리려 했지만 소용없었다. 아바타들이 궁전에 들이닥치며 모든 물건에 압류 딱지를 붙였다. 그러자 차원 상점으로 강제로 압류되었다. 발할라에서 방탕한 생활을 하던 신족들도 압류 대상이었다.

순식간에 아스가르드의 모든 곳에 압류 딱지가 붙었다. 발할라 궁전도 마찬가지였다. 오딘이 모은 재보 역시 모두 압류되었다. 마지막으로 아스가르드의 대지 역시 압류당했다.

로키는 아비규환이 된 아스가르드를 바라보며 얼굴을 감싸쥐었다.

"나는 도대체 무슨 짓을 저지른 거지?"

언젠가 신들이 모두 몰락해 버렸으면 좋겠다고 생각한 적은 있었지만, 이런 식은 아니었다.

로키는 아스가르드에 라그나로크를 몰고 왔다.

북쪽 세계의 신들을 몰락시킨 진정한 라그나로크였다. 라그나로크의 정체는 다름 아닌 대출 빚이었다.

◆ Chapter6 ◆

악신교

아영의 눈이 떠졌다. 평소와는 다르게 푹신한 감촉이 느껴졌다. 화들짝 놀라며 벌떡 일어났다. 침대 위에서 뛰어내려 마치 고양이처럼 날렵하게 바닥에 착지했다. 그녀는 빠르게 허리춤을 향해 손을 뻗었다. 차고 있는 검을 뽑기 위함이다.

하지만 잡히는 것이라고는 잠옷뿐이었다.

그제야 아영은 주위를 둘러보았다.

"아……."

익숙한 광경이었다. 하지만 동시에 낯설었다. 도대체 몇 년 만에 보는 것인지 감조차 잡히지 않았기 때문이다.

이리저리 널브러져 있는 옷들, 라면 받침으로 쓰던 전공서적, 알람이 울리고 있는 핸드폰이 보였다. 이곳은 그녀의 자취방이었다.

"돌아왔어."

그녀는 멍한 표정으로 중얼거렸다.

날짜를 보니 미드가르드로 가기 바로 전날이었다.

눈물이 핑 돌았다. 아영의 표정은 곧 기쁨으로 물들었다. 그녀가 환호성을 내뱉자 무형의 기운이 방출되며 형광등이 그대로 터져 버렸다. 그녀가 지닌 힘은 그대로였다.

그녀의 앞에 차원 상점과 메시지가 떠올랐다.

[힘은 그대로 놔뒀어. 돈도 두둑하게 넣어놓았으니 즐겁게 지내라. 가끔 문자도 보내고.]

악신 이진우가 보내온 메세지였다.

그녀는 차원 상점을 알고 있었다. 회귀하기 전에 오딘이 쓰는 걸 본 적이 있었기 때문이다. 차원의 주인 또는 주신 정도 되는 존재만 쓸 수 있는 것이어서 굉장히 신기하게 느껴졌다.

아영은 고개를 갸웃거리며 자신의 계좌를 확인했다. 입이 천천히 벌어지기 시작하더니 절로 비명이 나왔다.

"꺄악!"

한화로 따지면 거의 5천억 정도 되는 금액이 그녀의 계좌에 꽂혀 있었다. 차원 금화를 당장 쓸 수 있었고, 그녀가 지니고 있는 일반 은행 계좌에 보낼 수도 있었다.

5천억을 한 번에 은행 계좌로 입금시킨다고 해도, 악신의 보호를 받고 있기 때문에 정부 측에서는 발견할 수 없었고, 은행에서도 이상함을 느끼지 못할 것이다. 하루아침에 엄청난 부자가 된 그녀였다. 게다가 악신은 친절하게 문제가 있다면 이 곳으로 연락하라는 말을 했다.

"리처드?"

갑작스러운 방한으로 난리가 난 미국 대통령과 이름이 같았다. 그렇게 멍하니 있는 사이에 톡이 왔다. 친구의 톡이었는데, 강의에 안 오냐는 내용이었다. 너무나 평범하고 정겨운 내용에 눈물이 날 지경이었다. 그러나 오늘은 학교에 갈 마음이 들지 않았다.

아영은 핸드폰을 바라보다가 TV를 켰다. 아침이라 그런지 어린이 프로그램이 방영되고 있었다.

[크아아! 나는 오딘이다! 인간들을 모두 인형으로 만들어 버리겠다!]

[꺄악! 어린이 여러분! 사악한 오딘이 나타났어요! 함께 레드 딱지맨을 불러볼까요?]

[도와주세요! 레드 딱지맨!]

[도와주세요!]

오딘은 굉장히 사악하게 나오고 있었다. MC와 함께 어린아이들이 레드 딱지맨을 외치자 연기가 치솟았다. 빨간 타이즈를 입은 남자가 점프를 하며 화려하게 등장했다.

[어린아이들의 희망을 짓밟으려 하다니! 받아라, 레드 딱지

빔!]

[크아아악! 두고 보자, 레드 딱지맨!]

레드 딱지맨이 두 팔을 교차시키자 붉은 딱지가 뿜어져 나가더니 오딘의 몸에 달라붙었다. 오딘은 비명을 지르며 무대 밑으로 사라졌다.

[어린이 여러분! 용돈을 차곡차곡 모아서 저금하도록 해요! 욕심쟁이 오딘처럼 되지 맙시다!]

[네!]

[불법 사채는?]

[안 돼요!]

[보증은?]

[큰일 나요!]

어린이 프로그램이 그렇듯이 교훈을 주고 끝이 났다.

굉장히 현실적인 교훈이었다.

"레, 레드 딱지맨?"

아무리 봐도 오딘이 맞이했던 최후와 비슷했다. 아영은 사막의 광경이 떠올랐다. 오딘의 이마에 압류 딱지가 붙었고, 아스가르드 신들도 마찬가지였다.

악신의 얼굴이 떠올랐다. 그의 미소가 머릿속에서 떠나지 않았다.

아영은 스마트폰으로 조사를 해보았다. 너무 이상했기 때문이다. 북유럽 신화를 검색하니 가장 먼저 등장한 것은 악신이었다. 아스트라페와 궁니르를 들고 있는 악신의 초상화가 나왔다. 본래 모습보다 떨어지기는 했지만, 비교적 정확한 모습이었다.

"이건……."

신화가 바뀌었다! 그녀가 알고 있던 북유럽 신화는 그녀가 겪은 이야기들로 채워져 있었다. 다소 축소되거나 변한 부분도 있었지만 전체적인 맥락은 비슷했다.

가장 충격적인 것은 그 악랄했던 로키가 악신의 충성스러운 참모로 이야기되고 있다는 점이었다. 그리고 그녀의 정신을 멍하게 만든 게 또 하나 있었다.

미튜브에 있는 '덴마크의 전통문화'라는 내용의 다큐멘터리 영상이었다.

[덴마크에서는 성인식 때 붉은 딱지를 줍니다. 아주 오래전부터 전해 내려오는 전통인데요. 사사로이 돈을 빌리지 말고, 자신의 행동에 책임을 지라는 뜻입니다. 이건 관광 상품으로도 많이 쓰이는 붉은 딱지입니다. 유럽인들이 가장 무서워하고 경계하는 것이기도 한데요. 신들을 몰락시킬 만큼 대단한 힘을 지니고 있어 부적으로도 쓰인다고 합니다.]

확실히 모든 게 변해 있었다. 아영은 악신과 관련된 내용을 찾다가 집 근처에서 악신 박물관이 오픈했다는 걸 알게 되었다. 악신 신화와 관련된 것들을 전시한 박물관이었다.

아영은 옷을 챙겨입고 집 밖으로 나왔다. 그녀의 자취방은 원룸이었다. 5천억이 있었지만 당장 체감되지는 않았다. 아영은 차원 금화를 하나 꺼내보았다. 엄지손가락 크기만 한 금화가 그녀의 손에 들려졌다.

금화에는 악신의 얼굴이 새겨져 있었다.

그녀는 차원 상점을 열어보았다.

'우주선?'

차원 상점에는 엄청나게 많은 물건이 있었는데, 그중에는 거대한 함선도 존재했다. 그녀가 가진 돈이라면 사고도 남았다. 상식을 초월하는 물건에 그녀는 잠시 생각하는 것을 멈추고 차원 상점을 닫았다.

원룸 밖으로 나와 박물관으로 향했다. 가는 길에 커다란 교회가 보였다. 저 교회에 다니던 이들은 극성이었다. 거의 매일 찾아와 현관문을 두드렸다. 전도하기 위해서였다.

전도를 하는 사람들이 보였다. 그런데, 복장이 조금 특이했다. 모두 검은 로브를 걸치고 있었다.

아영이 지나가자 그녀에게 다가왔다.

"자매님, 악신님을 믿으세요. 현세에서 좋은 일을 하면 천국에 갑니다. 악신께서 올바른 길로 인도해 주실 겁니다."

"교회에 나오세요! 온 가족이 구원을 받을 것입니다."

"열심히 돈을 버시고 본인과 가족을 위해 쓰세요! 돈을 요구하는 종교는 사이비입니다!"

아영은 평소라면 짜증을 내며 지나쳤겠지만 그럴 수 없었다. 그녀는 고개를 돌려 마이크를 잡은 목사를 바라보았다.

검은 로브를 입은 목사가 두 팔을 벌리자 전도를 하던 신도들이 그를 바라보았다.

"악신께서 세상의 모든 악과 어둠을 짊어지시고 우리에게 선과 빛을 베푸심을 기억하십시다. 악멘"

"악멘."

"오늘은 악신님의 대천사 페로 님이 우리의 곁에 있음을 기억하는 날입니다. 페로 님께서는 악신의 명을 받아 저승을 다스리고 계십니다. 올바른 삶을 살아가고 있는 우리에게 천국을 약속하셨습니다."

악멘은 여러 나라에서 섞인 언어로 '악신을 믿으면 반드시 그렇게 되리라'라는 뜻이었다. 예전에 아영이 보았던 풍경과는 아주 많이 달랐다.

교회의 외견도 달라져 있었다. 교회를 상징하는 것은 X자로 겹쳐져 있는 아스트라페와 궁니르였다.

멍하니 그 광경을 바라보던 아영은 결국 전도하는 사람들이 나눠주고 있는 교회 신문을 받을 수밖에 없었다.

'……나는 진짜 봤는데.'

오랫동안 같이 지냈고, 돈까지 받았다. 심지어 자주 연락을 하라고까지 했다.

스마트폰으로 검색을 해보니, 세계 악신교인 숫자는 약 26

억 명가량 된다고 한다. 악신교가 국교인 나라도 꽤 많았다. 그녀가 알고 있던 교황도 악신교에 속해 있었다.

여러 문화권에서 발견된 성경은 모두 놀랍도록 내용이 유사해서 많은 학자들도 미스터리로 여기고 있다고 한다. 연구를 하면 할수록 악신교인이 될 수밖에 없었다.

미국 대통령도 열렬한 악신교 신자였다.

아영은 정신을 추스르고 다시 박물관으로 향했다. 박물관은 굉장히 컸다. 세계수 앱을 만든 출판사에서 투자를 했다고 한다. 오전임에도 불구하고 박물관에는 꽤 많은 사람들이 있었다. 주로 타지에서 온 악신교인들이었지만 유치원과 초등학생들도 있었다. 단체로 소풍을 온 것 같았다.

아영은 책자를 꺼내 살펴보았다. 악신 신화는 그리스, 북유럽, 이집트에서 공통적으로 나타난 신화였다. 악신교인들은 신화가 아니라 실제 역사라고 주장하고 있었다. 실제로 박물관에서는 신화라는 말 대신 역사라는 말을 썼다.

그녀는 책자의 안내에 따라 박물관을 둘러보았다. 세계 각지에서 온 유적들이 전시되었다. 제우스와 포세이돈까지는 그녀가 아는 신화와 똑같았다.

북유럽 쪽과 이집트 쪽은 완전히 바뀌어 있었다.

상형문자가 쓰여 있는 파피루스가 보였다.

[돈은 빌리지도 말고 빌려주지도 말 것. 그러나 정 돈이 급하다면 악신교의 인증을 받은 은행을 이용하도록 하자.]

그런 해석이었다.

거대한 크기의 그림도 있었다. 색이 있는 돌조각들로 붙여 만든 그림이었다. 원본은 아니었고, 원본을 재현한 것이었다.

아영은 그림을 바라보았다. 악신이 두 팔을 벌리고 있었고, 오딘이 무릎을 꿇고 있었다. 그리고 그 옆에 여전사가 보였다.

[제목: 축복받은 여전사]

기원전 2세기경(추정)

악신의 여전사. 악신 신화에서 인간의 위치를 대변하고 있는 전사이다. 오딘의 계략에 어려움을 겪었지만, 악신의 도움으로 전쟁을 승리로 이끌었다. 승리 후 그녀는 오딘과 여러 사악한 신족들에게 영원토록 인간을 위해 봉사를 할 것을 명했다. 전쟁에서 승리 후 여전사는 악신에게 소원을 빌어 고향으로 돌아갔다고 알려져 있다. 현재 아시아권에서 여전사의 흔적이 발견되고 있는 중이다.

아영은 눈을 깜빡였다.

'이거…….'

아영은 단번에 저 여전사가 자신임을 알아차렸다. 여전사의 이름은 알려져 있지 않지만, 악신교에서는 성녀로 추앙받고 있다고 한다.

스핑크스와 토르의 이야기도 있었다. 관련 유물과 벽화들이 전시되어 있었다. 수수께끼 배틀은 북유럽과 이집트 쪽에 아직까지 남아 있는 전통이라고 한다. 짚으로 만든 망치로 배틀을 하는데도 불구하고 매년 사상자가 발생하고 있었다. 일부 국가에서는 무려 프로 스포츠의 형태로 발전했다. 한국으로 치면 씨름 같은 전통 스포츠였다.

'이제 뭐가 나와도 놀라지 않을 것 같아.'

전시된 유물과 재현된 이야기를 보는 것만으로도 힘이 쭉 빠졌다. 이제는 뭐가 나와도 놀라지 않을 것 같았다. 안내 책자를 살펴보니 이집트 쪽에서 가장 유명한 유물이 있다고 한다. 모든 교과서에 실릴 정도로 유명한 유물이었다. 그리스로마신화와 북유럽 신화 그리고 이집트 신화가 악신 신화로 통합되는 데 가장 결정적인 역할을 했던 조각상이었다.

그녀는 그쪽으로 가보았다.

"아……."

더는 놀랄 것이 없다고 여겼던 아영은 또다시 정신이 멍해지고 말았다. 거대한 조각상이 있었다. 이집트나 북유럽 신화 쪽과는 전혀 다른 양식의 옷을 입고 있었다. 고대 그리스 복장이었다.

"우, 우라노스?"

우라노스는 당당한 자세였다. 허리에 손을 올려놓은 채로 하반신을 앞으로 내밀고 있었다. 하반신에 자동으로 눈이 갔다. 길고 거대한 것이 솟아 있었다. 마치 대포처럼 보였다.

더욱 놀라운 것은 우라노스 주변의 조각상이었다. 이집트 복장을 하고 있는 이들도 우라노스와 같은 포즈를 잡고 있었다. 우라노스에 비해 작기는 하지만 그들의 그곳에도 커다란 대포가 달려 있었다.

[제목: 우라노스의 축복]

'우라노스와 이집트 전사들이 남성의 기운을 발사하여 악령을 정화하고 대지를 축복하고 있다.'

다행히 다비드상을 보는 것처럼 외설적이게 보이지는 않았다. 어딘가 성스러워 보일 정도였다. 그랬기에 유명한 것이었다. 열심히 초등학생들에게 설명을 하고 있는 직원이 보였다. 외국인으로 보였는데 한국말이 유창했다.

'프, 프레이야?'

그녀는 아스가르드의 신인 프레이야였다. 멍한 표정으로 집으로 돌아온 아영은 차원 상점을 열어보았다. 그녀의 차원 상점에는 악신에게 메세지를 보내는 기능도 있었다. 아영은 악신에게 메세지를 적어 보내보았다.

[악신님.]

[오, 잘 들어갔냐?]

[……악멘.]

[뭐야, 그건.]

아영은 잠시 망설이다가 메세지를 적었다.

[정말 우라노스의 그곳에 그게 달려 있나요?]

[그건 어떻게 알았어?]

[박물관에…….]

[아…….]

꽤 긴 침묵이 내려앉았다. 한동안 메세지가 오가지 않았다.

북쪽 세계는 진우의 것이 되었다. 오딘과 아스가르드의 모든 신들은 능력이 모두 봉인되어 지구로 보내졌다. 그들이 가진 유일한 능력은 불멸이었다. 혹시 사고를 당해 죽는다고 하더라도 저승세계에서 바로 다시 지구로 보내지게 된다.

빚을 갚을 때까지 일할 수밖에 없었다. 아스가르드의 모든 신족들이 납치와 전쟁에 동의했기 때문에, 모두 공범이었다.

진우는 리처드에게 그들의 신변을 맡기고 혹독하게 굴려달라고 했다.

'신화가 바뀌었네.'

아영에게 온 메세지를 보고, 인터넷을 통해 살펴보니 그리스로마신화 때처럼 신화가 완전히 바뀌어 있었다. 게다가 자신을 믿는 종교가 지구 상에서 가장 큰 종교가 되어 있었다. 예상했던 것보다 훨씬 많은 것들이 바뀌어 있었다.

긍정적인 면도 많았다. 예전에 비해서 테러와 불법 사채가 많이 없어졌다. 광신도가 문제이기는 하지만, 악신의 교리에 따라 사회생활을 열심히 하고 있으니 크게 문제가 되지 않았다.

유나가 진우를 바라보며 웃었다.

"세상의 모든 악과 어둠을 짊어지신 기분은 어떻습니까?"

"나쁘진 않아."

나쁜 기분은 아니었다. 오래전에 신이 되었지만, 크게 와닿지는 않았다. 그러나 지구에서 숭배를 받으니 진짜 신이 된 것 같은 기분이었다.

진우는 오랜만에 지구로 돌아와 일정을 소화하고 있었다. 얼마 전에는 유인 화성 탐사선이 발사되었다. G&P의 이름을 달고 화성 개발이 이루어지게 되었다. 탐사선의 표면에는 악신의 눈동자 문양이 새겨져 있었다. 고대부터 지금까지 쓰인 문양이라고 한다. 주로 안전을 빌기 위해 쓰였다.

함선을 동원한다면 화성을 지구처럼 바꾸는 건 일도 아니었지만, 진우는 천천히 일을 진행하고 싶었다.

"갔다 올게."

"네, 다녀오십시오."

진우는 일단 서쪽 세계로 이동했다. 니토크리스가 다스리고 있기는 하지만, 진우에게 복속된 것이나 마찬가지였다. 진우는 크게 개입하지 않고 그냥 지원만 해주었다. 귀찮았기 때문이다.

호루스는 완전히 하계로 내려와 백성들을 도와주고 있었다. 서쪽 세계 백성들을 구제하는 사업은 순조롭게 진행되고 있었다. 진우가 식량을 풀자 굶어 죽는 백성들은 없어졌다. 다만 여전히 음기가 충만한 것이 문제이기는 했다.

진우의 눈에 잼식과 로키, 미궁, 루나 그리고 니토크리스가 모여 있는 게 보였다. 색다른 조합이면서도 굉장히 어울렸다. 로키는 한동안 우울해 보였는데, 잼식과 니토크리스 덕분에 꽤 밝아졌다.

"하하하! 내가 바로 장난의 신이자 불과 바람의 신, 로키다!"

다섯이 모여서 보드게임을 하고 있었다. 그럭저럭 보기 좋았다. 진우가 갑자기 나타나자 나쁜 짓을 하다가 들킨 사람들처럼 다급히 보드게임을 엎었다.

"오, 오셨습니까?"

니토크리스가 식은땀을 흘리며 진우를 바라보았다.

"이, 일은 전부 끝냈습니다."

진우는 피식 웃으면서 고개를 끄덕였다.

진우의 손에는 트리아이나가 들려 있었다. 서쪽 세계는 늘 물이 부족했는데, 그걸 해결하기 위해서였다.

진우가 서쪽 세계에 온 이유였다.

파아아앗!

진우가 트리아이나를 휘두르자 사막을 가르는 거대한 강이 생겼다. 그리고 바다가 나타났다. 악신의 기적이 또 하나 추가되었다.

[악신께서 지팡이를 들어 올리시자 홍해가 나타났고, 나일강이 흐르게 되었다.]

홍해와 나일강이 탄생한 것이 악신 때문이라는 신학자들의 주장이 생겨났다. 나름대로 근거 있는 주장이었다.

'헤파이스토스에게 가야겠군.'

신의 세계에서 모을 수 있는 마신의 힘은 모두 모은 상태였다. 헤파이스토스라면 무구들에서 마신의 힘을 빼 본래 모습으로 만들 수 있었다. 마신의 힘이 모이게 되면 동쪽 세계가 자동으로 열리게 된다고 하니 대비를 해야 했다.

마신의 육체가 있는 그곳은 결코 평범한 곳이 아닐 것이다. 또다른 골칫거리가 나타날 것 같은 예감이 들었다.

진우는 올림포스로 이동했다. 올림포스는 올 때마다 풍경이 바뀌어 있었다. 이제는 고대 신전 같은 분위기는 찾아볼 수 없었고 제법 현대적인 모습이 되었다. 구름 위에 높은 건물이 늘어선 풍경은 꽤나 독특했다. 현대화하는 편이 훨씬 편리하니 굳이 예전 모습을 고수할 필요는 없었다.

지구에서 교육을 받던 올림포스 신들도 복귀했는데, 지구

문물에 완전히 물들어 누구보다도 현대적인 모습으로 바뀌어 버렸다.

진우가 올림포스에 도착하니 디오니소스가 다가왔다.

"모든 신들의 주신이시여!"

"음?"

"찬양가를 만들어보았습니다. 한 곡 올려도 되겠습니까?"

그의 복장은 특이했다. 무슨 영향을 받았는지는 모르지만, 가죽 자켓에 딱 달라붙는 바지를 입고 있었다. 진우가 고개를 끄덕이니 디오니소스가 일렉 기타를 들었다. 굉장한 고음으로 노래를 부르기 시작했다.

곡명은 '악신의 파워'였다. 요즘 음악 스트리밍 사이트 헬롱에서 굉장한 인기를 끌고 있는 곡이었다. 악신을 찬양하는 가스펠 락이었고 작사, 작곡 모두 디오니소스가 했다고 한다. 가스펠 락이지만 분위기 자체는 데스메탈이었다.

'잘생기기도 했고, 노래도 잘하니 인기가 많을 수밖에 없긴 한데…….'

디오니소스는 벌써 단독 콘서트를 할 정도로 유명했다.

오랜만에 등장한 엘론티 엔터테인먼트의 새로운 가수였다. 노래 자체는 진우의 취향이 아니었지만 디오니소스의 실력이 워낙 좋다 보니 들어줄 만했다.

다른 신들도 저마다 일을 했다. 아르테미스는 모델 일을 시작했고, 아프로디테는 악신교 확장 사업에 매진하고 있었다. 아프로디테는 수완이 워낙 좋아 그녀의 회사는 순식간에 거대해졌다. 아프로디테의 성격이 좋다고 말할 수는 없었지만, 그래도 진우에게만큼은 충성을 바치니 그냥 놔두는 중이었다.

진우에 대한 집착은 굉장히 위험한 수준이었는데, 진우가 악신이다 보니 독실한 신앙심을 지닌 사업가로 보일 뿐이었다. 악신교의 교황과 회담까지 했다고 한다.

하데스와 페르세포네는 여전했다. 진우는 헤파이스토스를 찾아갔다. 헤파이스토스는 저승세계, 뉴월드와 올림포스를 오가며 기술을 흡수했다. 본래부터 무구를 만드는 기술은 누구도 따라올 수 없는 수준이었는데, 지금은 훨씬 발전한 상태였다. 뉴월드 플레이어들에게는 가끔씩 나타나서 무기를 파격적으로 업그레이드해주는 이벤트 NPC 정도로 알려져 있었다.

헤파이스토스 앞에 그동안 모은 무기들을 꺼내놓았다. 아스트라페와 트리아이나, 궁니르, 묠니르 등 모두 최고라고 불러도 무방한 무기들이었다.

"바로 작업을 시작하겠습니다."

올림포스에 헤파이스토스의 작업장이 있었지만, 그곳에서 작업을 할 수 없었다.

"이 무기들을 모두 녹이려면 막대한 열이 필요합니다. 아무래도 우주세계 쪽에서 해야 할 것 같습니다."

"얼마나 걸리지?"

"우주에서 가장 뜨거운 항성에서 작업한다고 해도 녹이는 데만 100일이 넘게 걸립니다."

진우의 예상보다 훨씬 오래 걸렸다. 항성 안에 들어가서 작업을 해야 하는 헤파이스토스가 가장 고생이 심했다.

현재 동쪽 세계의 문은 조금씩 열리고 있는 중이었다. 진우는 동쪽 세계의 문이 완전히 열리기 전에 작업을 끝냈으면 했다. 어떤 변수가 있을지 몰라서였다.

"바로 녹일 수 있다면 얼마나 걸리지?"

"하루면 됩니다."

진우는 고개를 끄덕였다.

항성보다 뜨거운 장소가 있었다. 지금은 비록 불이 많이 사라지기는 했지만 그래도 여전히 존재했다. 바로 무스펠하임이었다.

"짐 챙겨."

"네? 아, 알겠습니다."

진우의 말에 헤파이스토스는 허겁지겁 작업도구를 챙겼다. 헤파이스토스가 등이 짐을 가득 짊어지고 오자 진우는 바로 무스펠하임으로 향하는 포탈을 열었다. 헤파이스토스는 큰 덩치에 어울리지 않게 의외로 겁이 많았다. 항성 안에서도 버틸 수 있는 신체를 가지고 있었는데도 그러했다.

화르륵!

일반 포탈과는 다르게 포탈의 주변에 불길이 일자 헤파이스토스가 흠칫하며 물러났다.

진우가 그의 어깨를 잡고는 안으로 밀어 넣었다.

"으, 으아악!"

진우는 헤파이스토스의 비명과 함께 무스펠하임에 도착했다. 무스펠하임은 예전에 왔을 때와는 많이 달라져 있었다. 불길이 많이 꺼져 있었고, 무언가 폭탄이라도 떨어진 듯 완전히 박살이 나 있었다. 손바닥만큼 작아진 수르트가 바닥에 털썩 주저앉아 눈물을 흘리고 있었다. 눈물은 불똥이었다.

진우가 다가가자 수르트가 화들짝 놀라며 자리에서 일어났다.

"도대체 무슨 일이 있었길래 이 지경이 되었지?"

"흐어엉, 갑자기 번쩍하더니 폭발했어요."

"음……."

수르트는 작아져서 그런지 성격이 많이 달라져 있었다. 진우는 폭발의 흔적을 살펴보았다. 흔적에 남아 있는 기운이 불길을 잡아먹고 있었다. 진우는 그 기운이 너무나 익숙했다. 자신의 기운이었기 때문이다.

"아……."

그제야 범인이 누구인지, 어떻게 된 일인지 알 수 있었다. 크로노스를 처리할 때의 여파가 여기까지 미친 것 같았다.

진우는 기운을 회수하고 마정석을 잔뜩 꺼내 바닥에 내려놓았다. 그러자 무스펠하임이 어느 정도 복구가 되었다.

수르트의 몸에도 다시 불꽃이 일기 시작했다. 헤파이스토스가 수르트를 조심스럽게 들었다.

"오, 오오! 불의 근원이군요! 이거라면 바로 작업이 가능합니다!"

수르트가 헤파이스토스를 물끄러미 바라보았다. 헤파이스토스와 수르트는 금세 친해지게 되었다. 무기들을 작업대 위에 올려놓자 수르트가 그 위로 올라가 불꽃을 토해냈다.

탕! 탕!

무기들이 녹기 시작하자 헤파이스토스가 망치질을 했다. 모든 불의 근원인 수르트가 내뿜는 불꽃으로도 잘 녹지 않았다. 어째서 하루가 꼬박 걸리는지 이해가 되었다.

진우는 푹신한 소파를 꺼내놓고 기다렸다. 무스펠하임은 온통 불꽃투성이라 굉장히 밝았다. 진우는 수면 안대까지 착용하고 소파에 몸을 묻었다.

한숨 푹 자고 일어나자, 거의 완성된 것을 볼 수 있었다.

"오……."

무기들이 모두 녹아 손바닥만 한 크기로 변해 있었다. 헤파이스토스가 망치를 내려치고 이런저런 작업을 하자 모양이 잡히더니 드디어 완성이 되었다.

진우와 헤파이스토스, 그리고 수르트가 완성품을 내려다보는 순간이었다. 막대한 기운이 뿜어져 나왔다.

"으억!"

"으아아!"

헤파이스토스와 수르트의 몸이 붕 뜨더니 뒤로 날아갔다.

다소 밋밋하게 생긴 열쇠였다. 그것이 무기들의 본래 모습이었다. 진우는 열쇠를 마신의 눈으로 바라보았다.

[측정불가]진리의 열쇠

진리를 열 수 있는 열쇠. 신들이 사용하는 무구들의 원형이다. 열쇠의 소유자는 불과 물, 바람과 대지, 빛과 어둠 등 모든 힘을 다룰 수 있다.

진우가 열쇠를 손에 쥐자 열쇠가 진우의 손으로 빨려 들어왔다. 성소와 합쳐지며 진우에게 막대한 권능을 부여했다.

[진리의 열쇠를 얻어 모든 근원의 힘을 사용할 수 있습니다. 축하합니다. 랭크가 측정할 수 없는 수준까지 상승하였습니다. 이는 신의 세계를 포함하여 이 세상에 존재하는 모든 차원이 감당할 수 없는 힘입니다.]

이제 진우에게 랭크는 무의미했다. 랭크 측정은 차원에 얼마나 영향을 끼칠 수 있는지가 기준이었다. 측정이 불가능하다는 말은 모든 차원을 소멸시킬 정도로 강력한 힘을 얻었다는 말이었다.

그러한 힘을 얻었지만 크게 체감이 되지는 않았다. 다만 아스트라페나 트리아이나 같은 무기가 없더라도 권능을 자유롭게 사용할 수 있어 편하게 느껴질 뿐이었다.

진우가 손가락을 튕기자 무스펠하임이 불길로 뒤덮였다. 무스펠하임이 본래 모습으로 돌아갔지만, 수르트는 여전히 작았다. 진우의 공격에 맞았기 때문에 회복하려면 백 년은 걸릴 것이다.

"수고했어."

헤파이스토스와 수르트가 눈을 깜빡이다가 동시에 웃었다. 헤파이스토스가 잠시 망설이며 진우를 바라보았다.

할 말이 있는 것 같았다.

"저…… 아, 악신이시여. 부탁 하나만 드려도 되겠습니까?"

"말해봐."

"그…… 무스펠하임에서 이성을 지닌 존재라고는 수르트뿐입니다. 억겁의 세월 동안 이곳에 있었던 것 같습니다……."

진우는 고개를 끄덕였다.

수르트는 불의 근원이었다. 진우가 오기 전만 해도 무스펠하임을 가득 채울 정도로 거대했었다. 그런 존재가 밖으로 나갔다가는 신의 세계가 멸망해 버릴 것이다.

"그, 그래서 말인데 데리고 나가도 될까요?"

"데리고 나간다고?"

지금은 손바닥만 해졌으니 괜찮았다.

그러나 수르트가 고개를 저었다.

"오래전에 예언이 있었는데요. 제, 제가 밖으로 나가면 아스가르드가 며, 멸망한다고 해요."

"그래서 계속 여기에 있었나?"

수르트가 고개를 끄덕였다. 자신이 멸망을 일으킨다는 예언을 받고 나서 꽤 충격이 심했던 모양이다. 그래서 들어오는 모든 이들을 적대하고 있었다.

"나가도 상관없어."

"하지만……."

"아스가르드는 이미 멸망했거든."

"네?"

수르트가 눈을 깜빡였다. 아스가르드는 빛에 의해 멸망한 상태였다. 세상의 모든 것을 태울 수 있는 불보다 강한 것이 바로 빛이었다.

수르트는 무스펠하임 밖으로 나올 수 있었다. 헤파이스토스는 수르트가 들어갈 집을 만들었는데, 무한한 에너지가 계속해서 생성되었다. 무한동력이었다!

김대진 박사가 그걸 보더니 수르트를 이용하여 거대한 엔진을 만들기 시작했다.

[동쪽 세계의 문이 천천히 열리기 시작합니다.]

정보창이 떠올랐다. 마신의 눈은 정보의 마안보다 많은 정보를 진우에게 알려주었다.

'동쪽 세계 쪽으로 가봐야겠군.'

동쪽 세계의 문은 북쪽 세계와 이어져 있었다. 정확하게 말하면 아홉 세계 중의 하나인 미드가르드와 연결되어 있었다. 미드가르드의 주변은 요르문간드가 감싸고 있었고 그 끝에 동쪽 세계와 이어진 거대한 문이 있었다.

동쪽 세계에 양기가 없고 음기가 많은 이유였다. 동쪽 세계로 향하는 문이 모든 양기를 흡수하고 있어서였다.

진우는 미드가르드 끝으로 이동했다. 진우가 도착하자 요르문간드가 거대한 고개를 들고 진우를 바라보았다. 요르문간드는 지구 태생이었다. 그것도 한국에서 왔다. 흔히 까치살모사, 칠점사라 불리는 종이었다.

'예전에 산에서 본 적이 있었지.'

그래서 그런지 꽤 친숙한 외견이었다. 요르문간드는 동쪽 세계로 향하는 문을 경계하고 있었다.

진우는 가볍게 도약해 문 앞에 내려섰다. 거대한 쇠사슬이 바닥에 떨어져 있었고, 문이 조금 열려 있었다. 문의 틈에서 검은 기운이 뿜어져 나왔다. 아직까지는 주변으로 퍼지지 않고 문 주위에서만 맴돌고 있었다. 요르문간드의 독 덕분이었다. 저 문 너머에 마신의 육체가 있었다. 마신의 육체가 얌전히 있을 것 같지는 않았다.

'들어가 봐야겠어.'

진우는 문틈으로 들어가 보았다. 문이 조금 열려 있었지만 워낙 컸기 때문에 진우가 들어갈 수 있는 수준은 되었다.

문 안으로 들어가자 보이는 것은 붉은빛이었다. 아주 멀리 떨어진 곳에 마치 석양과 피를 섞어놓은 듯한 노을이 펼쳐져 있었다.

진우는 아래를 바라보았다. 온갖 괴물들이 바글바글했다. 인간 형상을 한 괴물도 있었고, 동물을 섞어놓은 듯한 것들도 많았다. 마치 악몽 그 자체를 재현해 놓은 것 같았다.

그 숫자는 너무 많았다. 당장 마신의 눈으로 파악한 숫자만

해도 수십억이 넘어갔다. 진우는 자신에게 달려드는 괴물을 손을 휘저어 없앴다. 바닥에서 뿜어져 나온 기운이 소멸된 괴물을 다시 부활시켰다.

'이건…….'

단순한 괴물이 아니었다.

그때였다.

콰가가가가!

진우는 엄청난 존재감을 느낄 수 있었다. 자신과 비교해도 전혀 밀리지 않았다.

천천히 고개를 들어 존재감이 느껴지는 곳을 바라보았다. 바닥을 뚫고 거대한 손이 뿜어져 나오더니 몸을 일으켰다. 대지와 하늘이 갈라졌고 피를 보는 듯한 노을도 조각이 나서 떨어져 내렸다.

모습을 드러낸 것은 머리가 없는 검은 거인이었다. 검은 몸체에는 마치 은하를 보는 것 같은 빛무리가 잔뜩 박혀 있었다. 그리고 그 몸에서 괴물들이 끊임없이 뿜어져 나왔다.

[측정불가]마신의 육체

진리를 지키는 존재.

악신이 마신의 힘을 흡수하여 머리가 없는 상태이다.

그것은 마신의 육체였다. 진우가 마신의 힘을 일부 흡수한 덕분에 머리가 없었지만, 몸체는 여전히 남아 있었다. 괴물들이 문 쪽으로 몰려오기 시작했다. 저런 것이 밖으로 나왔다가는 신의 세계는 물론이고 전 차원이 사라질 수도 있었다. 괴물들은 진우의 상대가 될 수 없었지만 마신의 육체는 아니었다. 아무리 진우라고 할지라도 마신의 육체 하나만으로도 벅찼다. 마신의 육체를 상대하면서 저 무수히 많은 괴물까지 신경 쓸 수는 없었다.

'이런……!'

마신의 육체가 진우를 감지했다. 마신의 육체가 움직이기 시작하자 괴물들도 진우 쪽으로 몰려왔다.

진우는 재빨리 문밖으로 나왔다. 문을 잡고 그대로 밀었다.

그그그극!

미드가르드가 진우의 힘을 감당하지 못하고 뒤로 밀려나기 시작했다. 문이 조금씩 닫히기 시작했는데, 금방이라도 괴물들이 빠져나올 것만 같았다.

키에에에엑!

요르문간드가 거대한 몸을 일으켰다. 공중을 향해 머리를 치켜들더니 문으로 돌진했다.

콰앙!

요르문간드 덕분에 간신히 문을 닫을 수 있었다. 진우는 숨을 몰아쉬며 요르문간드를 바라보았다. 진우가 엄지손가락을 치켜올리자 요르문간드가 거대한 혓바닥을 이용해서 하트 모양을 만들었다.

요르문간드가 없었다면 대비를 하기도 전에 신의 세계가 쑥

대박이 될 뻔했다. 문이 완전히 닫힌 게 아니었지만, 그래도 시간을 벌 수 있었다.

"그러고 보니 로키가 너를 데려왔지?"

요르문간드가 고개를 끄덕였다.

로키의 트롤링이 세상의 멸망을 막은 순간이었다.

대책 마련이 시급했다. 모든 차원의 위기였다. 진우는 간부급 부하들을 올림포스로 불러들였다. 이렇게 모두 모이는 것은 굉장히 오랜만이었다. 부하들도 예전보다 많아져서 올림포스 신전이 꽉 찼다.

진우가 상황을 설명해 주자 김대진 박사가 심각한 표정으로 입을 뗐다.

"그 정도 규모라면 모든 걸 동원해야 합니다."

"동면 상태에 들어간 일족을 불러와야겠군요."

김대진 박사의 말에 페로가 고개를 끄덕이며 대답했다.

기존의 뉴월드 플레이어들까지 동원해도 아슬아슬했다. 더 많은 인원이 필요했다.

유나는 루나와 짧게 이야기를 나누었다.

그러고는 진우를 바라보았다.

"악신교를 이용해 보는 것이 어떻습니까?"

"악신교?"

"네, 또 다른 지구에서만 26억 명가량이 악신교 신자입니다. 뉴월드 플레이어가 있는 지구에서도 마찬가지이고요. 그들을 불러들이는 것이 어떻습니까?"

뉴월드 플레이어나 본래 지구는 괜찮았지만, 또 다른 지구의 사람들은 일반인들이었다. 싸울 수 있는 능력이 없었다.

루나가 보충 설명을 해주었다.

"신앙심은 무한한 힘을 지니고 있어요. 희망과 믿음에서 나오는 영혼의 힘이에요. 지금이라면 신앙심에 따라 힘을 하사하실 수 있을 거예요. 신탁을 이용하면 가능해요. 제가 도와드릴게요."

이쪽 방면은 루나가 가장 잘 알았다. 전 차원의 위기이니만큼 이용할 수 있는 모든 것을 이용해야 했다.

진우는 고개를 끄덕이며 유나를 바라보았다.

"유나, 모든 차원에서 전투가 가능한 이들을 모두 모으도록."

"알겠습니다."

"루나, 그리고 잼식. 너희들은 나를 따라와."

멍하니 앉아 있던 잼식이 화들짝 놀라며 진우를 바라보았다. 잼식은 성경에 자주 나올 정도로 엄청나게 유명한 여신이었다.

바티칸 시국. 바티칸은 이탈리아 로마에 있는 도시국가이다. 악신교의 유구한 역사와 문화가 온전히 남아 있는 곳이기도 했다. 악신교에 있어서 교황청의 명령은 절대적이었다. 악신교는 수많은 분파로 나뉘어져 있지만 모두 교황청에 소속되어 있었다.

교황청이 있는 바티칸은 악신교 신자라면 모두가 가보고 싶어 했다. 교황청이 있었고, 무엇보다 악신교의 정점이라 부를 수 있는 교황이 그곳에 있었다. 교황은 악신께 저녁 미사를 올렸다. 닭 다섯 마리와 술 두 병으로 오천 명을 먹이신 오계이주의 기적을 기념하는 미사였다.

미사는 늘 악신이 모든 어둠과 악을 짊어지고 세상에 광명을 가져다주신 것을 감사하는 기도로 끝났다.

"악멘."

미사를 끝낸 교황이 그의 방으로 돌아왔다. 교황은 그의 방에서 무릎을 꿇고 악신께 기도를 올렸다. 저녁 기도를 마친 교황이 잠자리에 들려는 순간이었다.

"으, 음?"

천장에서 밝은 빛이 쏟아져 내렸다.

교황의 눈이 커지며 입이 벌어졌다.

"아, 아아……."

너무나 신성한 빛이었다. 빛과 함께 등장한 자는 너무나 아름다운 여신이었다. 여신 이재미가 인자한 미소로 교황을 바라보고 있었다.

교황은 정신을 차릴 수 없었다. 여신 이재미가 눈앞에 있었기 때문이다. 이재미가 그려진 수많은 성화를 보았지만 눈앞의 성스러운 모습에는 비할 수 없었다. 아니, 비교조차 되지 않았다.

교황은 감격하여 눈물이 흘렀다.

"아아! 여신이시여! 악신의 종이 여기 있나이다."

"가자. 악신께서 기다리신다."

여신이 손을 뻗자 교황은 그녀의 손을 잡았다. 교황의 몸이 붕 뜨더니 여신과 함께 빛무리로 빨려 들어갔다. 강렬한 빛 때문에 교황은 눈을 질끈 감았다. 눈이 부셔 도저히 눈을 뜰 수 없었다.

잠시 기다리자 빛무리가 잦아들었다. 교황은 발에서 푹신한 감촉을 느꼈다. 너무나 부드러워 발이 녹아버릴 것만 같았다.

교황은 천천히 눈을 떴다.

'이, 이곳은……?'

하늘 위였다. 아름다운 구름이 보였고 신성한 빛이 가득했다. 아름다운 천사들이 하늘을 날아다녔다.

천국! 선을 행하여 페로의 심판을 통과한 자들만이 들어갈 수 있는 약속의 땅, 천국이었다. 성경에 나와 있던 것과 똑같았다. 악신교 신자라면 누구라도 도달하고 싶은 곳이었다.

교황은 바로 무릎을 꿇고 악신을 향해 기도를 올렸다.

여신 이재미가 그런 그를 바라보며 인자한 미소를 지었다.

"이쪽으로."

교황은 이재미를 따라 신전 안으로 들어갔다. 아름다운 옥좌에 앉아 있는 존재가 보였다. 빛에 둘러싸여 있어 얼굴은 보이지 않았다. 다만 엄청난 존재감과 신성함이 그가 누구인지 알려주었다. 악신이었다.

교황은 황홀함과 감동에 젖어 그 어떤 말도 할 수 없었다. 그가 할 수 있는 일은 그저 넋을 잃고 악신을 바라보는 일뿐이었다. 그도 인간이었다. 굳건한 믿음을 지키고 있었지만, 신의 존재에 대해 의문이 드는 건 어쩔 수 없었다.

이제 그런 의문과 의심은 모두 사라졌다! 그의 신앙심은 이제 이루 말할 수 없을 정도로 굳건해졌다.

"가까이 오너라."

"아, 아아……."

악신의 위엄이 넘치는 목소리가 교황의 몸을 움직이게 했다. 교황은 악신을 향해 다가갔다.

악신의 주변에는 수많은 천사와 성경 속에 기록되어 있는 악신의 충성스러운 신하들이 서 있었다. 너무나 아름다워 이성이 마비되는 느낌이었다.

하나하나 모두 눈에 담고 싶었지만, 교황은 악신에게서 눈을 돌릴 수 없었다. 그는 신앙심으로 이성이 마비되었다. 오로지 악신에 대한 믿음만이 그의 머리와 마음에 가득 차 있었다.

'생각보다 더 심하군.'

진우는 그런 교황을 바라보며 잠시 흠칫했다. 마치 총지배인을 보는 것 같은 느낌이었다. 자신을 숭배하는 건 좋았지만, 저 눈빛은 위험하게 느껴졌다.

진우는 급한 대로 성경을 좀 훑어보고 그에 맞춰서 준비했다. 천계 쪽에 신전을 세우고 제법 분위기를 맞춘 다음 교황을 불러온 것이다. 효과는 대단했다. 마신의 눈으로 보니 교황의 신앙심은 총지배인과 비슷한 수준이었다.

진우는 잼식을 힐끔 바라보았다. 진우의 얼굴에서는 빛이 뿜어져 나오고 있었기에 교황이 진우의 표정을 보는 것은 불가능했다.

하지만 잼식은 아니었다. 잼식은 성스럽고 인자하지만 용맹한 여신을 연기해야 했다. 잼식의 입꼬리가 미세하게 흔들리고 있었다. 굉장히 힘들어 보였다.

진우는 목소리를 깔았다. 그의 목소리는 천둥으로 변해 있었다. 역시 신의 권능은 제법 편리했다.

"네가 해줄 일이 있다."

"드디어……."

진우가 말을 하지도 않았는데, 교황은 무언가 짐작했는지 벌써 사명감으로 불타올랐다.

"드디어 묵시록에 적힌 예언이 실현되는 것입니까?"

묵시록? 처음 듣는 이야기였다. 진우가 부하들을 바라보자 부하들이 어디론가 연락하더니 책 하나를 가지고 왔다. 책의 제목은 '어둠의 묵시록'이었다.

진우는 마신의 눈으로 책을 바라보았다.

[B+]어둠의 묵시록

'종말이 온다!'

'종말은 반드시 온다!'

'언젠가 온다!'

총지배인이 작성한 예언서. 인간을 멸망시키는 어둠이 등장하지만, 악신의 힘으로 물리치게 된다. 그 후 영원한 행복이 펼쳐진다는 내용이다. 총지배인의 사실감 넘치는 묘사와 전개가 압권인 소설이다.

어둠의 묵시록은 차원과 시간의 틈을 떠돌다가 중세시대에 발견되어, 성경과 함께 믿음의 상징으로 여겨지고 있다.

[B]신앙: 묵시록을 읽은 자들의 신앙심이 대폭 상승한다.

총지배인이 쓴 예언서였다. 소설이라고 볼 수 있었지만, 지금의 상황과 맞아떨어졌다.

"……그렇다. 묵시록의 때가 왔다."

"오, 오오오!"

교황의 눈이 부릅떠졌다. 눈이 붉게 충혈되었다.

눈물이 고여 있었고, 핏줄까지 터져 굉장히 섬뜩했다.

[교황의 신앙심이 최고치가 되었습니다.]

[S+]절대적인 믿음 : 오로지 믿음만을 위해 살고, 믿음을 구현하기 위해 움직인다. 그 무엇도 그의 불타는 신앙심을 막을 수 없다.

어쨌든, 덕분에 이야기하기가 편리했다.

"예언을 준비하라. 충성스러운 사제들이 필요하다."

"모든 것이 뜻대로 이루어질 것입니다."

별말 하지 않아도 알아서 척척 일이 진행되었다. 역시 교황은 아무나 하는 것이 아니었다. 악신교 신자들을 모두 불러오는 건 불가능했지만, 적어도 신앙심이 넘치는 사제들은 불러올 수 있었다. 루나가 알려준 '계시'는 신앙심에 따라 능력을 부여할 수 있었다.

"너에게 어둠에 대항할 힘을 주겠다."

진우가 손을 뻗어 교황에게 권능을 부여했다. 연출에 신경을 쓴 덕분에 아름다운 빛무리가 진우의 손에서 뿜어져 나왔다.

교황에게 닿는 순간, 몸이 공중으로 떠올랐다.

[악신의 권능이 교황에게 깃들기 시작합니다!]

교황의 옷자락이 펄럭였다. 꽤 성스러운 모습에 잼식도 살짝 놀라 눈이 휘둥그레졌다. 진우의 옆에서 지켜보고 있던 루나도 마찬가지였다.

'음……. 아무래도 성직자니까 힐러 쪽이겠지.'

보통 직업과 특성에 맞춰서 권능이 부여된다고 한다.

뉴월드에는 힐러가 부족했다. 뉴월드 플레이어들은 너무 파괴적인 성향이었다. 성직자들이 뉴월드 플레이어들과 조합된다면 굉장한 시너지 효과를 얻을 수 있을 것 같았다.

진우가 그렇게 생각하며 고개를 끄덕일 때였다.

불끈!

'음?'

교황 쪽에서 뼈와 근육이 비틀리는 듯한 소리가 났다. 진우와 잼식은 고개를 갸웃하며 교황을 바라보았다.

루나도 마찬가지였다. 수많은 계시를 내렸지만, 그녀도 저런 변화를 본 적이 없었다. 교황의 옷이 부풀어 오르기 시작했다. 정확히 말하면 그의 근육이 부풀어 오른 것이다. 교황은 키가 그럭저럭 큰 편이기는 하지만 검소한 생활 탓에 상당히 마른 편이었다. 그러나 지금은 아니었다.

찌지지직!

근육이 부풀어 오르더니 옷이 가볍게 찢어졌다. 교황이 주먹을 불끈 쥐자 푸른빛의 전기가 그의 팔을 타고 전신으로 퍼져 나갔다.

쿵!

교황의 몸이 바닥에 내려앉았다.

묵직한 소리가 울려 퍼졌다.

교황이 천천히 몸을 일으켰다. 찢어진 옷 사이로 보이는 거대한 근육은 진우를 당황하게 했다.

"이것이 악신께서 내려주신 권능……!"

교황의 전신에서 뜨거운 공기가 뿜어져 나왔다.

근육의 움직임이 공기를 가열하고 있었다! 남자는한손검을 뛰어넘는 근육이었다. 핏줄이 꿈틀거릴 때마다 푸른빛의 전기가 주변에 감돌았다.

교황의 인상이 확 달라져 버렸다. 성직자의 모습은 찾아볼 수 없었다. 마치 세기말 전사와 같은 분위기가 흘렀다.

진우는 정보의 마안으로 교황을 살펴보았다.

[교황이 악신의 권능을 얻어 전직하였습니다. 새로운 직업군이 탄생하였습니다!]

[S+]빛나는 신앙의 물리치료사

모든 힐러의 정점. 그의 주먹은 아군을 치료하고 적군을 물리치는 기적의 도구이다. 신성한 힘이 깃든 강력한 물리치료 요법을 사용하며, 그 힘은 일반적인 치료 마법을 가볍게 능가한다.

[S+]불타는 신앙의 물리치료: 다친 곳을 때려 순식간에 회복시킨다. 회복될 때마다 광기를 부여한다.

[S+]근육의 외침: 신성한 기도문으로 주변에 있는 아군의 힘과 내구력을 증가시킨다.

[S+]광기의 전도: 신앙심으로 이루어진 광기를 퍼뜨려 광전사 속성을 부여한다.

[S+]성스러운 힘: 신앙심의 힘을 공격으로 구현한다. 신앙심이 강할수록 능력치가 상승한다.

힐러가 맞기는 했다. 랭크만 보자면 엄청나게 뛰어난 힐러였다. 무려 군주급 힐러였다. 그러나 일반적인 힐러와는 거리가 멀었다. 무려 때려서 치료하는 힐러였다. 힐과 버프, 그리고 우수한 공격 능력까지 지니고 있었기에 대단하다고 볼 수 있기는 했다.

그러나 외형이 너무 파격적이라 그런 장점이 하나도 떠오르지 않았다.

"……음, 준비하도록 하라."

진우의 말에 교황이 깊게 고개를 숙였다.

진우가 손을 휘젓자 교황이 본래 있던 곳으로 귀환하였다. 잼식과 루나가 흔들리는 시선으로 진우를 바라보았다.

"교, 교황이 이, 이상해졌는데요?"

"어, 엄청난 능력이 생긴 것 같기는 하네요."

예상과는 다른 모습에 크게 당황한 것 같았다.

인간의 잠재력은 대단했다. 괜히 오딘이 지구인들을 전사로 만든 게 아니었다. 어쨌든, 굉장한 능력을 지닌 힐러가 생긴 순간이었다.

"그래도 능력은 출중하니……."

진우는 그렇게 말하며 고개를 끄덕였다.

역시 외견보다는 능력이었다. 아주 많은 도움이 될 것이다.

교황은 지구에서 기적을 일으키며 많은 사제를 모았다. 모두 교황만큼이나 독실한 신앙심으로 가득 찬 사제들이었다. 진우는 교황청으로 소집된 사제들에게 계시를 내렸다. 모두 교황과 흡사한 모습이 되었다! 물리치료사 군단이 탄생한 순간이었다.

5천 명의 주교는 교황과 비슷한 수준의 랭크였다. 30만 명에 이르는 사제들은 그보다 조금 떨어지기는 하지만, 신앙심으로 극복할 수 있었다. 모두 특별하게 선발된 이들이었다.

진우는 그들을 미드가르드로 불러왔다. 미드가르드에는 현재 괴물들만 남아 있는 상태였다. 아스가르드의 신들이 사라졌기 때문에 관리가 제대로 되지 않아 괴물들이 넘쳐났다.

진우는 발키리들을 보내 그들을 보호해 주려고 했지만 그럴 필요가 없었다. 조용히 기도를 올리고 있는 사제들 뒤에 늑대들이 나타났다. 지구인들을 무참히 죽인 늑대보다 훨씬 큰 체격이었다. 늑대가 사제들을 잡아먹기 위해 거대한 입을 벌렸다.

치이익!

산성 성질의 침이 바닥에 떨어지며 돌을 녹였다.

늑대가 달려드는 순간이었다.

덥썩!

사제의 몸이 흐릿하더니 늑대의 앞에 나타났다. 그의 거대한 손바닥이 늑대의 턱을 붙잡았다. 한 손으로 늑대의 턱을 붙잡고 다른 한 손으로는 성경을 들고 있었다.

"악신께서 말씀하셨다."

콰직!

손에 힘이 들어가자 늑대의 턱이 부서졌다. 늑대가 깨갱 하며 뒤로 물러났다. 사제는 여전히 성경에서 시선을 떼지 않았다.

"왼뺨을 맞으면 오른뺨을 부서뜨려라. 오른뺨을 맞으면 왼뺨과 갈비뼈를 부숴라. 갈비뼈를 맞으면 전신을 갈아버려라. 복수는 복수로, 피는 피로……."

사제가 성경을 덮으며 늑대를 바라보았다. 늑대가 움찔거리며 사제와의 거리를 벌리려는 순간이었다.

푸슉!

사제의 손이 늑대의 갈비뼈를 부수고 심장을 움켜쥐었다.

"악멘."

퍼석!

사제의 손에서 심장이 터져 버렸다. 거대한 늑대가 그대로 바닥에 쓰러졌다. 사제는 빙긋 웃고는 늑대의 가죽을 벗겼다.

"오늘도 일용할 양식을 주셔서 감사합니다."

사제는 감사의 기도를 올렸다. 주변에 있는 다른 사제들도 마찬가지였다. 늑대나 괴물들이 그들을 습격했지만

"보아라! 이것이 이교도의 심장이다. 진실된 신앙이 없는 심장은 이토록 연약하다!"

"오로지 악신께서 만물의 주인이시니……!"

"어둠조차 악신께 굴복하였다."

"악멘!"

육체의 파편이 흩날렸다. 교황과 추기경은 괴물을 이교도라 부르며 모조리 학살했다. 모두 믿음이라는 광기에 휩싸여 있었다. 거대한 소 머리를 지닌 괴물, 거미와 인간을 섞어놓은 듯한 괴물, 돼지머리를 달고 있는 괴물까지. 모두가 교황 앞에 묶

여 있었다.

추기경이 교황을 바라보며 고개를 숙이자 교황은 하늘을 향해 손을 펼쳤다.

"악신이시여. 사악한 이교도의 목숨을 바칩니다. 모든 것은 악신의 뜻대로……."

"악멘."

경건한 음성이 울려 퍼졌다. 교황이 손을 뻗자 사제들이 들고 있던 횃불을 던졌다.

화르르륵!

괴물들이 불타올랐다.

키에에엑!

크아아악!

카악!

괴물들이 비명을 질렀다. 많은 지구인을 잡아먹은 괴물이었지만 고통을 느끼는 건 똑같았다.

"후후후……."

"하하하!"

사제들이 그 광경을 보며 낮게 웃었다.

이교도 숙청은 너무나 즐거운 일이었다!

짙게 깔린 어둠 속에서도 사제들의 눈빛은 푸른빛으로 일렁였다. 광기와 살기가 섞여 진득한 공기를 만들어냈다.

교황은 그 자리에서 미사를 올렸다. 미사가 끝나자 미드가르드에 있는 산을 가리켰다.

"악신께 선택받은 전사들이 올 것이다. 그들이 악신께 기도를 바칠 수 있는 신전을 만들도록 하라!"

교황의 명령이 떨어지자 사제들이 산으로 이동했다. 사악한 이교도들을 모조리 학살하고 나무와 돌들을 뽑아 신전을 만들기 시작했다. 이 모든 게 교황과 사제들이 미드가르드로 온 첫날에 벌어진 일이었다.

진우는 계시를 내린 후 바로 뉴월드에 광고를 냈다. 교황이 말했던 묵시록 컨셉으로 가기로 했다. 지금까지 경험했던 그 어떤 전쟁보다도 스케일이 큰 전쟁이었다.

진우의 부하들이 바로 티저 영상을 만들었다.

평화로운 대지가 보였다. 아이들이 뛰어노는 모습은 흐뭇한 미소를 짓게 했다. 커다란 꽃으로 손을 뻗던 아이가 고개를 갸웃하며 하늘을 바라보았다.

푸른빛으로 가득했던 하늘에 거대한 먹구름으로 물들었다.

두드드드드!

대지가 부서지며 어두운 연기가 주변을 뒤덮었다.

꽃이 떨어지고 대지가 말라갔다.

[묵시록의 때가 왔다!]

음침한 음성이 흘러나왔다. 대지를 뚫고 수많은 괴물이 나오더니 멀리 떨어져 있는 도시로 진격했다. 비명이 울려 퍼졌다.

[절망이 다가온다.]

두둥! 두둥!

거대한 북소리가 들려왔다. 아니, 그것은 북소리가 아니었다. 검은 거인의 발걸음 소리였다.

쿠아아아아!

거인의 손이 휘둘러지자 도시의 반이 날아가 버렸다.

절망적인 상황이었다.

잔해들 사이에서 아이가 엄마를 찾으며 울었다.

거인이 다시 한번 더 손을 휘두르려 할 때였다. 바닥에서 빛이 뿜어져 나오더니 뉴월드 플레이어가 나타났다.

뉴월드 플레이어들은 서로를 바라보며 고개를 끄덕이고는 무기를 꺼냈다.

지잉!

빔소드가 치솟았다! 영상이 바뀌며 거대한 전함 내부를 비췄다. 함장이 연락을 받더니 고개를 끄덕이고 손을 펼쳤다.

함장을 비추던 영상이 전환되며 웅장한 함대를 비추었다.

투우! 투우! 투웅!

함대가 모두 워프 드라이브를 작동하자 거대한 거인의 주변에 나타났다.

[응답하라, 전사들이여!]

함장이 손을 휘저으며 소리쳤다. 함대에서 빔이 쏟아져 나오며 거인에게 꽂혔다. 거인의 몸이 분해되며 무너졌다.

그러나 함장은 웃을 수 없었다.

콰드드드득!

다시 바닥이 갈라지며 무수히 많은 괴물이 뿜어져 나왔기 때문이다. 너무나 끔찍한 광경이었다.

뉴월드 플레이어들이 비장한 표정으로 돌격하기 시작했다. 마장기가 떨어져 내리고 여기저기서 폭발이 일어났다.

[세상을 잠식할 어둠을 막아라!]

화면이 전장을 위에서부터 비추었다. 뉴월드 플레이어와 괴물들이 격돌하는 순간 화면이 암전되었다.

허억! 허억!

누군가의 숨소리가 들려왔다.

암전된 화면이 어딘가를 비추었다.

쿠오오오오!

전과는 비교도 되지 않은 거대한 거인이 등장했다.

[지금 사전예약하세요!]

그런 문구와 함께 영상이 끝났다.

◆ Chapter7 ◆
최후의 결전

티저의 반응은 뜨거웠다!

저번 악신 신화를 바탕으로 한 올림포스 전쟁은 뉴월드의 많은 이벤트 중에서도 역대급이라는 찬사를 받았다. 북유럽 신화와 이집트 신화를 정복하고 역사가 바뀌면서 그 평가는 더더욱 올라갔다. 성경 속의 이야기들이 눈 앞에 펼쳐진 것이다! 일반 게이머들뿐만 아니라 신학자들도 감탄하며 극찬을 할 정도였다.

뉴월드에 접속해서 올림포스 산에 가보면 고증이 너무나도 잘 된 유적지들이 널려 있었다. 교황청에서 뉴월드 개발자들에게 감사의 인사까지 전해왔다. 또 다른 지구뿐만 아니라 진우가 있던 본래의 지구 역시 악신교가 제일 큰 종교였다. 마법과 능력이 있는 세상이니 또 다른 지구보다 더욱 신도들이 많았다.

모든 능력의 근원은 악신의 축복이라는 주장이 거의 정론으로 받아들여지고 있었다. 그도 그럴 것이 상위권 능력자들은 모두 악신을 믿는 이들이었기 때문이다.

이러한 상황 속에서 이번 '뉴월드 : 어둠의 묵시록' 업데이트는 엄청난 기대를 받을 수밖에 없었다. 신학교에서도 반드시 체험해야 한다며 특별 과목으로 지정하기까지 했다. 그 소식을 들은 G&P는 모든 신학교에 무료로 접속기를 제공했다. 진우는 뉴월드 플레이어들을 맞이할 준비를 했다.

우선 아스가르드를 꾸며야 했다. 현재 아스가르드는 텅텅 비어 있는 상태였다. 압류 딱지가 붙어 모두 진우의 차원 상점으로 이동했기 때문이다. 대지만 달랑 있다고 봐도 무방했다. 그 대지조차 진우의 것이었다.

진우는 아스가르드로 이동했다. 텅 비어 있는 아스가르드에는 이미 진우의 부하들이 도착해 있었다. 로키도 있었는데, 어딘가 좀 불편해 보였다. 진우는 그가 걱정되었다.

니토크리스, 루나, 잼식 그리고 미궁과 어울리기 시작하면서 표정이 좋아지는 듯했지만, 최근에 급격히 안 좋아지기 시작했다. 미궁과 루나, 잼식의 트롤링은 엄청났다. 게다가 니토크리스도 은근히 한몫하니 수습은 언제나 로키가 해야 했다. 수습만 하면 다행이었지만 잦은 부상마저 당했다.

최근에는 큰 부상을 입어 아직까지 후유증을 앓고 있었다.

얼마 전에 벌어진 일이었다.

로키는 잼식을 따라 우주세계에 갔다 왔다고 한다. 가지 않으려 했지만, 미궁의 제안으로 니토크리스가 수면제를 먹여서 끌고 갔다고 한다.

우주선을 타고 우주 세계를 여행했는데, 미궁이 버튼을 잘못 눌러 로키가 우주로 사출되어 버렸다. 그냥 우주 공간으로 사출되었다면 우주선으로 복귀할 수 있었을 것이다. 하지만 로키는 근처에 있던 얼음 행성에 처박혀 버렸다. 얼음 깊숙한 곳까지 들어가 그대로 얼어버렸다.

며칠 동안 찾지 못하다가 결국, 바퀴벌레 일족까지 동원해서 겨우 찾아냈다. 발견 당시 로키의 몸은 꽁꽁 얼어붙어 있었다. 그걸 또 니토크리스가 녹인다고 마력 엔진에 가져다 댔다가 화상을 입고 말았다. 현재 로키의 눈썹은 사라지고 없었다.

'……미안하군.'

미궁을 억제할 수 있는 자는 많지 않았다. 잼식과 미궁이 같이 다니기 시작하니 허영조차 나가떨어졌다. 그나마 로키가 있어서 다행이었다. 솔직히 골치가 아파 로키에게 맡긴 감도 없지 않아 있었다.

진우는 로키가 걱정되어 휴가를 보냈는데, 벌써 복귀를 했다. 역시 로키는 정말 믿음직한 부하였다.

"로키, 몸은 어때?"

"괘, 괜찮습니다."

"좀 더 쉬고 오지."

로키의 얼굴이 급격히 어두워졌다.

"일을 하는 게 더 편합니다. 제 숙소는 이미……."

"음?"

"넷이 매일 찾아오더군요. 매일 찾아와서…… 크흑……."

어떤 상황인지 이해가 되었다. 진우는 로키에게 아주 좋은 숙소를 주었는데, 이미 그녀들의 아지트가 되어버렸다.

진우는 로키의 어깨를 두드려 주었다.

"원하는 게 있으면 말해봐. 들어줄게."

"네? 아…… 그, 그럼……."

진우는 로키가 바라는 게 무엇이든 웬만하면 들어주고 싶었다. 로키는 대답하지 못하고 우물쭈물했다.

사실 로키가 몸이 회복되지 않았음에도 불구하고 나타난 것은 진우가 아스가르드에 간다는 소식을 들어서였다. 아스가르드만큼은 온전한 모습으로 지키고 싶었다. 그래야만 했다.

'빚을 갚고 올 모두를 위해…….'

그래도 오딘이라면 언젠가 빚을 모두 갚지 않을까? 아주 힘들겠지만, 거의 불가능했지만 로키는 그런 희망을 품고 아스가르드에서 신족들을 기다리고 싶었다. 그런 희망마저 없다면 버티기 힘들 것이다.

로키는 침을 꿀꺽 삼켰다. 결심이 선 표정으로 진우를 바라보았다.

"그……."

"준비가 다 되었습니다."

로키가 입을 열 때 유나가 뒤에서 다가오며 그렇게 말했다. 로키는 말을 멈출 수밖에 없었다.

"천천히 생각해 봐."

"네, 아, 알겠습니다."

그렇게 말해주자 로키는 침을 꿀꺽 삼키며 대답했다.

진우는 일단 일부터 하기로 했다.

유나가 태블릿PC를 진우에게 건네주었다.

"이번 기획의 컨셉 아트입니다. 묵시록에 맞게 분위기를 맞춰보았습니다."

태블릿PC에는 부하들이 만든 컨셉 아트가 들어 있었다.

진우는 컨셉 아트를 살펴보고는 고개를 끄덕였다.

'세기말적인 분위기네.'

아스가르드의 화려한 모습은 없었다. 묵시록을 컨셉으로 한 만큼, 세기말적인 분위기가 흐르고 있었다. 다소 고어한 부분도 있었는데, 꿈도 희망도 없는 다크 판타지를 보는 것 같았다. 꽤 마음에 들었다.

지금까지의 뉴월드와는 완전히 다른 분위기였다. 긴장감을 심어주는 데도 좋을 것 같았다.

"좋군. 이 컨셉대로 가자."

"네, 알겠습니다."

"그럼……."

진우는 차원 상점에 귀속된 발할라 궁전을 본래 자리에 꺼냈다. 궁전뿐만 아니라 아스가르드의 모든 것들이 다시 나타났다.

옆에 서 있던 로키는 그 광경을 보며 눈시울이 붉어졌다. 다시는 못 볼 것이라 여겼던 고향이 다시 나타났다. 꿈에서만 아른거렸던 광경이었다.

아스가르드의 신들이 없지만 아스가르는 아직 존재했다! 아스가르드가 있다면 희망을 품을 수 있었다.

'아! 발할라…….'

로키는 아름답고 웅장한 궁전을 바라보았다. 온갖 보석과 값진 재료들로 지어진 발할라 궁전은 신의 세계에서 손꼽히는 보물 중 하나였다. 오딘이 북쪽 세계의 권위를 나타내고자, 미드가르드의 자원을 끌어모아 무리하게 지은 것이었다.

발할라 궁전 주변에는 신들이 기거하는 건물들이 조화롭게 늘어서 있었다. 로키의 별장도 그곳에 있었다.

로키가 아스가르드를 보며 눈시울을 붉히고 있을 때, 진우의 부하들이 바로 작업에 들어갔다.

마족들이 아바타들을 질질 들고 오더니.

푸직! 푸직! 서걱!

아바타를 부수며 여기저기 장식을 하기 시작했다. 처참하게 죽은 아스가르드 신족들을 표현한 것이었다.

마족들이 도안을 보면서 진지하게 토론했다.

"음, 여기에 내장을 뿌려놓는 게 좋지 않을까요?"

"그건 너무 고어한데요. 차라리 피칠갑을 하고 불에 탄 해골을 배치하는 게 나을 것 같네요. 일단 다 해보죠."

"절단된 거인 팔을 가지고 왔습니다!"

"그건 여기…… 아! 저쪽은 톱날로 썰어서 자연스럽게 튀긴 느낌을 주도록 해요."

로키는 경악했다. 아름다웠던 아스가르드가 끔찍한 지옥으로 바뀌고 있었다. 그 광경을 도저히 볼 수 없어 눈을 돌려 정원을 바라보았다.

프리그의 정원은 신의 세계에서 가장 아름다운 정원이었다. 희귀한 꽃들이 많아 요정들이 자주 날아왔다. 하지만 이제는 아니었다.

화르르륵!

방독면과 작업복을 입은 마족들이 정원에 불을 질렀다. 아스가르드로 날아왔던 요정들이 비명을 지르며 흩어졌다. 거대한 나무가 타오르고, 이그드라실의 줄기마저 불길에 휩싸였다. 마족들은 불이 붙은 드럼통을 여기저기 배치했다.

드럼통 주변에는 말라비틀어진 아바타들을 눕혀놓았다.

"이, 이게 무슨……."

로키의 몸이 비틀거렸다. 프리그의 정원은 어린 시절 추억이 가득 담긴 곳이었다. 장난을 치고 난 다음에 늘 숨어 있던 곳이었다. 방보다 정원에 더 많이 있을 정도였다. 그런 추억이 깃든 아름답던 정원은 순식간에 처참한 묘지가 되어버렸다.

로키는 진우에게 이게 도대체 무슨 일이냐고 묻고 싶었다. 요양을 하는 동안 접한 정보가 하나도 없었기 때문이다. 부하들은 로키라면 뭐든 다 알겠지 하면서 그냥 로키를 놔뒀을 뿐이었다.

로키가 절박한 심정으로 진우를 바라보았다.

"아, 그……."

"음?"

"구, 궁전은……."

로키는 말이 제대로 나오지 않았다. 궁전만은 남겨달라고 말하고 싶었다. 하지만 진우는 그런 로키를 보며 고개를 끄덕였다.

"역시 좀 안 어울리기는 하지?"

"네? 아…… 그……."

"아깝기는 하지만 어쩔 수 없지."

진우는 로키의 의도를 잘못 이해했다. 역시 궁전만 멀쩡하니 분위기가 살지 않았다. 아깝기는 했지만, 나중에 오딘을 시켜서 다시 만들면 그만이었다.

진우가 손을 뻗자 하늘에서 거대한 운석이 떨어져 내리기 시작했다.

콰앙! 콰가가가!

우주세계에서 직접 소환한 운석이 아름다운 궁전에 꽂혔다. 화려하게 치솟아 있는 탑이 무너졌고, 푸른 보석들로 장식되어 있는 지붕이 주저앉았다. 아스가르드의 상징이었던 발할라 궁전이 무너져 내린 것이다! 너무나 처참하게 망가져서 폐허라고 부르는 편이 어울릴 정도였다.

무너진 발할라 주변에 분해된 아바타들이 장식되었다.

로키의 추억은 모조리 박살 나 사라졌다. 추억 대신 악몽만 남아 있을 뿐이었다.

"아, 아아……."

로키는 바닥에 주저앉을 뻔했다. 진우는 아스가르드를 완전히 바꿔놓았다. 압류했던 방어구들은 처참하게 깨져 장식물로 쓰였다. 모두 아스가르드의 유구한 역사가 담긴 보물들이었다. 그렇게 작업이 빠르게 진행되었다.

진우는 그 자리에서 움직이지 않고 작업을 바라보는 로키의 모습에 또 한 번 감탄했다. 역시 참모다운 모습이었다.

진우의 부하들도 큰 자극을 받았다.

"참모님이 보고 계신다!"

"저 감정이 없는 눈빛…… 두렵군. 마음에 안 드신 것 같다! 더 잔혹하게 표현해!"

"저, 정원을 바라보고 계시는데……."

"불을 더 질러라!"

로키가 중심을 딱 잡아주고 있으니, 부하들도 쉬지 않고 열심히 작업했다.

진우가 손을 휘젓자 청명했던 하늘에 먹구름이 가득 꼈다. 컨셉 아트보다 더 과해진 것 같았지만 분위기 하나만큼은 끝내줬다. 연기 훈련을 받은 부하들을 배치하자 더욱 완벽해졌다.

진우는 로키를 바라보았다.

"이 정도면 어때?"

"조, 조, 좋은 것 같습니다."

"음……."

진우는 로키의 표정을 살폈다.

그의 표정은 좋지 않았다. 언제나 완벽을 추구하는 로키였다. 역시 조금 더 신경을 써야 할 것 같았다.

진우가 부하들에게 그렇게 말하자 부하들이 더욱더 열심히 움직이며 아스가르드를 끔찍한 지옥으로 만들었다.

로키는 눈물을 삼키며 아스가르드를 포기했다.

하지만 아직 희망이 있었다. 아스가르드를 부활시킬 수 있는 권능을 지닌 존재가 남아 있었다!

"악신이시여! 부, 부탁드릴 것이 생각났습니다."

"그래? 뭐든지 말해봐."

"그…… 토르를 부하로 받아들여 주십시오."

추억 속 아스가르드는 없어졌다. 하지만 그에겐 같이 추억을 공유했던 형제가 있었다. 장난을 많이 쳐서 사이가 그다지 좋지는 않았지만 그래도 정이 많이 들었다.

오딘과 아스가르드 신들은 모두 열심히 빚을 갚는 중이었다. 토르만 유일하게 따로 교육을 받고 있었다.

진우는 로키의 부탁으로 토르를 제갈미현에게 보낸 것이 떠올랐다. 그 정도는 무척이나 쉬운 일이었다. 진우는 고개를 끄덕이며 유나에게 토르를 데려오라고 말했다.

"제갈미현과 같이 오면 되겠군요."

"잘됐네."

모든 부하들이 이곳으로 집결할 예정이었다. 제갈미현도 예외는 아니었다.

마침 달 기지 쪽에서 포탈이 열렸다. 진우는 로키와 함께 포탈 쪽으로 다가갔다. 토르는 오딘만큼이나 강한 신이니 그럭저럭 도움이 될 것이다. 로키에게 해줄 것이 있어서 다행이었다.

휘익!

포탈이 열리며 달 기지 쪽 부하들이 나오기 시작했다. 로키가 반색하며 포탈 앞으로 다가갔다. 저렇게 기뻐하는 로키를 보는 건 굉장히 오랜만이었다.

진우는 그런 로키의 뒷모습을 흐뭇하게 바라보았다. 유나도 마찬가지였다. 정말 사이가 좋은 형제가 아닐 수 없다.

부하들이 나오고 마지막으로 제갈미현과 토르가 나왔다.

로키의 표정이 멍해졌다.

"토르……?"

반가워해야 했지만 그럴 수 없었다. 토르는 예전의 그 토르가 아니었다. 마치 남자는한손검을 보는 것처럼 팬티만 입고 있었다. 검은색 유광팬티였다. 마치 말이라도 된 듯, 제갈미현을 태우고 있었다.

팔과 다리에서 번개가 뿜어져 나오며 날렵하게 움직였다.

번개 같은 움직임이었다.

토르는 제갈미현의 탈 것이 되어 있었다! 신의 세계에 존재하는 그 어떤 말보다도 빨랐다.

"그르르르……."

토르가 낮게 으르렁거렸다. 입마개마저 채워져 있었다. 그에게서 이성이라고는 찾아볼 수 없었다.

"가만히 있어."

차악!

제갈미현이 그렇게 말하며 채찍질을 하자 토르가 멈춰 섰다. 토르는 채찍질 앞에서 얌전해졌다. 토르의 엉덩이는 이미 빨갛게 달아올라 있었다.

털썩!

로키는 바닥에 주저앉았다. 꿈이라도 꾸는 걸까? 이 무슨 광경이란 말인가!

토르가 무식하기 이를 데 없었지만, 저 정도는 아니었다.

진우도 멍해지기는 마찬가지였다. 아무리 교육을 했다고는 하지만 저렇게 될 줄은 예상하지 못했다.

유나는 고개를 끄덕였다.

"제갈미현의 교육이 잘 통한 모양입니다."

저걸 교육이라고 해야 할지 판단이 되지 않았다.

진우는 마신의 눈으로 토르를 바라보았다.

[-SSS]뇌신 토르(탈 것)

'히이이잉!'

'진정한 나를 깨달았어.'

토르가 제갈미현의 교육에 의하여 각성하였다. 신의 위엄을 지키려 억제하고 있던 모든 것들이 해제되어 신체 능력과 권능이 비약적으로 상승하였다.

뇌신이라는 이름답게 번개 그 자체가 되어 엄청난 속도로 질주할 수 있다. 다만, 지능이 크게 하락한 상태이기 때문에 누군가 탑승하여 제어를 해줘야 한다.

[-SSS]질주: 번개를 방출하며 엄청난 속도로 질주한다.

[-SSS]사랑의 채찍질: 채찍을 맞으면 모든 랭크가 한 단계 올라간다.

[A]몸은 두 개지만 머리는 하나: 전적으로 탑승자의 지시를 따른다. 마치 일심동체처럼 움직일 수 있다.

토르의 정보를 보니 고개가 절로 끄덕여졌다. 엄청난 탈 것이 되어 있었다.

'……교육한 게 맞군.'

제갈미현의 교육은 대단했다. 부족한 지능을 포기하고 다른 쪽을 극대화시킨 것이 토르를 각성시킨 것 같았다.

도대체 어떤 교육을 한 것일까? 딥다크한 영역이 분명했다.

"하, 하, 하하……."

로키가 허탈한 표정으로 웃었다. 실성한 사람처럼 보였다.

로키의 마음은 완전히 꺾여 버렸다.

진우는 할 말이 없었다. 피가 이어지지는 않았지만 어쨌든 둘은 형제였다.

"……이건 무효로 하자. 원하는 걸 말해봐."

"없습니다. 크흑, 열심히 일하겠습니다."

"그, 그래."

로키가 비틀거리며 일어나더니 일을 하러 갔다. 반쯤 넋이 나갔는데, 그가 작업에 개입하자 아스가르드가 더욱 황폐해졌다. 어쨌든, 결과만 본다면 좋은 일이긴 했다.

'그래도 얼추 준비가 되었군.'

미드가르드는 원래 황폐하니 크게 준비를 할 건 없었다.

진우는 문 쪽을 바라보았다. 시간은 많지 않았다. 문이 천천히 열리고 있었다. 최후의 결전이 다가왔다!

이 길고 길었던 대장정의 끝을 보도록 하자.

드디어 뉴월드 : 어둠의 묵시록 오픈 날이 되었다. 오픈 시간이 되자 뉴월드 플레이어들이 아스가르드와 미드가르드에 몰려왔다. 신규 유입도 많아 역대 최고의 접속 인원을 달성했다.

이번 업데이트가 굉장한 관심을 받고 있기도 했지만, 가장 크게 작용한 것은 이벤트로 신규 유저 보상 또한 역대급으로 퍼주었기 때문이다. 물론 기존 유저들도 만족할 만큼 퍼주었다. 이렇게 퍼줘도 되나 싶을 정도였다.

어차피 이번 싸움 때 대부분 소모할 것이고, 이번 싸움에서 지면 미래는 없었다. 조금 무리를 해서라도 뉴월드 플레이어들의 랭크를 올리는 게 급선무였다. 아스가르드에 있던 수많은 무구들은 아주 많은 도움이 되었다.

현재 진행하고 있는 이벤트의 이름은 '감사와 사랑, 믿음'이었다.

[감사와 사랑, 믿음에 보답하겠습니다!]

전사들이여!

묵시록에 대비하라!

종말을 막아라!

인류를 구원할 마지막 전쟁이 시작된다.

[기도를 하고 있는 이재미 사진.jpg]

지금 바로 합류하세요!

감사하는 마음을 담은 이벤트 하나!

-C랭크급 아이템 풀세트 무조건 지급!

풀강화 세트 무료 지급!

강화 확률 50% 상승!

항상 사랑하고 싶은 이벤트 둘!

권능 퀘스트 오픈!

퀘스트를 클리어하여 신화 속의 권능을 얻어보세요!

[권능 리스트]

[우라노스]천공의 힘, [여신 이재미]오게이주의 기적

[메두사]석화 빔, [티폰]거대화

믿음에 대한 보답! 이벤트 셋!

인류의 수호자가 되자!

어둠의 괴물 100마리 이상 처치 시 경품 이벤트 응모권을 드립니다!

[경품 목록]

13억 상당의 G&P 슈퍼카(20명 지급)

10,000 차원 금화(200명 지급)

JW게이트 초호화 여행권(1,000명 지급)

C+랭크 무장 풀세트(3,000명 지급)

이진우 대표와의 식사권(1명 지급)

-안농이: 진짜 이벤트 대박이네ㅋㅋ 경품 실화임?

-체스맨: 저 슈퍼카 돈 주고도 못 사는 거임. 13억이라고 하는데, 훨씬 비쌀걸. G&P 최신 기술이 다 들어가 있음. 3년 동안 풀 악셀로 밟아도 충전할 필요 없음ㅋ

└악신의부름: ㅇㅇ. 뉴월드 컨셉으로 커스텀 되어 있네. 미쳤다ㅋㅋ

-부르르: 진우 형님이랑 밥 한 끼가 제일 땡긴다. ㅋㅋ 용돈으로 건물 줄 것 같음.

└줄자: 그러고도 남을걸? 워낙 통이 크신 분이라…… 저번에 물난리 났을 때 이재민 돕는다고 마을 하나를 통째로 건설해 버렸잖아.

└털가루: ㄷㄷ스케일 보솔ㅋ

└줄자: 태평양 한가운데 해양도시 만드는 형님이야. 친해지면 분

양권도 줄 듯ㅋㅋ

경품은 파격적이었다. 오프라인 경품만 해도 수백억에 달했다. 뉴월드 플레이어들이 G&P를 걱정해 줄 정도였다. 그러면서 통이 엄청나게 큰 이진우에 대한 찬양을 이어갔다.

뉴월드 플레이어들이 가장 관심을 보인 경품은 진우와의 식사권이었다. 깜짝 이벤트로 넣어본 것이었는데 모두가 탐을 내고 있었다.

진우는 방송 리스트를 바라보았다. 각 나라의 주요 방송국에서 미드가르드를 중계하고 있었다. 외신 기자들도 미드가르드에 파견되어 실시간으로 상황을 전하고 있었다. 비록 게임이라는 형태를 띠고 있긴 하지만 지구의 운명이 걸린 싸움이었다. 모두가 알아야 했다.

진우는 아스가르드에서 미드가르드를 내려다보았다.

"준비는?"

"모두 끝났습니다. 뉴월드 플레이어들이 모두 미드가르드에 집결했습니다. 부하들도 대기 중입니다."

진우는 고개를 끄덕였다.

거대한 문 앞에 뉴월드 플레이어들이 모여 있었다. 수백 대의 함선이 공중을 수놓고 있었고, 마장기 군단도 대기 중이었다. 저마다 자신의 길드를 상징하는 깃발을 들고 있었지만 공통적으로 삽입된 마크가 있었다.

바로 '차원연합군'을 상징하는 마크였다.

[S+]악신의 차원연합군

'모든 생명을 위하여!'

악신의 이름 아래 모인 군단. 모든 차원의 존재들이 소속되어 있다. 악신이 존재하는 한 무한한 용기가 부여된다.

지구와 다른 차원, 그리고 신의 세계까지. 모든 차원의 존재들이 모인 군단이었다.

진우는 피식 웃으면서 고개를 저었다.

'잘도 여기까지 왔군.'

처음에는 그저 비참한 죽음에서 벗어나기 위해 노력했다. 차원을 하나둘씩 지배하게 되고, 군주를 휘하에 두면서 진우는 어떤 운명을 느꼈다. 그것은 소설 속 캐릭터인 이진우의 운명과는 다른 무언가였다. 저 문 너머에 있는 마신의 육체가 그것을 알려줄 것 같았다.

진우는 뒤를 바라보았다. 성소에 소속된 이들이 그의 뒤에서 있었다. 유나를 중심으로 서 있는 황금의 여성회 회원들과 여러 군주들이 보였다. 총지배인과 메이드군단, 그리고 무협세계에서 건너온 M룡회들도 자리했다. 대천사장과 천족, 그리고 타천사. 사라 브리악과 마족들이 한 곳에 뭉쳐 있었다.

그들에게서는 두려운 기색이 전혀 느껴지지 않았다. 진우에 대한 믿음이 가득했다. 진우는 지금까지 단 한 번도 패배하지 않았다. 앞으로도 그럴 것이다.

기기기기긱!

문 쪽에서 불쾌한 소리가 들려왔다. 칠판을 긁는 것 같은 끔찍한 소리였다. 그 소리는 너무나 커서 미드가르드뿐만 아니라 아스가르드에까지 울려 퍼질 정도였다.

문이 열리는 소리였다. 남자는한손검과 교황이 가장 선두에 서서 문을 바라보고 있었다. 그 뒤에는 팀 라그나로크와 사제들, 뉴월드 플레이어들이 서 있었다.

모두 합쳐 수억에 이르는 숫자였다. 패배라는 것이 도저히 떠오르지 않을 만한 군단이었지만, 문에서 들려오는 불길한 소리를 듣는 순간 미드가르드 전역에 긴장감이 퍼져 나갔다.

끼이이이익!

거대한 문이 지진을 일으키며 열렸다. 문틈 사이로 검은 연기가 뿜어져 나왔다.

"왔군."

진우는 나지막하게 말했다. 그것은 검은 연기가 아니었다. 거대한 괴물들의 파도였다. 문이 워낙 커서 그렇게 보이는 것일 뿐이었다. 입자 하나하나가 다 검은 괴물들이었다.

뉴월드 플레이어들은 전혀 걱정을 할 필요가 없었다. 그들은 저 검은 괴물들보다도 더 무서운 괴물들이었다. 그들의 눈빛에는 탐욕만이 가득했다. 검은 괴물들이 레벨업의 제물과 경품으로 보일 뿐이었다.

콰아앙!

천천히 열리던 문이 우그러지더니 그대로 떨어져 나갔다.

검은 파도들이 밀려왔다. 남자는한손검이 검을 들어 올렸다.

"돌격!"

"으아아아아아!"

"대박이네!"

남자는한손검이 명령하자 뉴월드 플레이어들이 돌격하기 시작했다. 하늘에 떠 있는 함대에서 빔이 뿜어져 나오며 검은 괴물들을 녹여 버렸다. 공기가 달궈지며 푸른 하늘에 노을이 생겼다. 대지가 박살 나며 끓어올랐다.

-한글안쳐짐: 와 뉴월드 뽕이 차오른다!

-부장을죽인다: 개많악ㅋㅋ 연기인 줄 알았는데 몬스터였어.

-막국수맛있쪙: 스케일 보솜ㅋㅋ

시청자들의 반응은 뜨거웠다.

채팅창이 폭발하고 있었다!

[마장기와 전투기를 투입해!]

[전 부대 출격!]

진우의 귀에 함대의 통신이 들려왔다. 함선의 밑부분이 열리더니 전투기가 뿜어져 나왔고, 마장기가 하늘을 가르며 떨어져 내렸다. 마장기의 마력 엔진에서 뿜어져 나온 빛이 긴꼬리를 그렸다.

쿠웅! 쿵!

마장기 군단이 착지하며 검은 괴물들을 쓸어버렸다. 마장기들 사이로 뉴월드 플레이어들이 진격하기 시작했다. 그들의 사기는 최고조에 달해 있었다.

그때였다.

구오오오오오오!

문 너머에서 소름 끼치는 소리가 들려왔다.

파아아앗!

괴물들이 서로 뭉치더니 거대한 탑이 되었다. 그 탑은 살아 움직이며 공중에 떠 있는 함선까지 도달했다.

[1번 엔진 다운! 2번 엔진도 나갔습니다! 통제가 불가능합니다! 추락합니다!]

[자폭 장치를 가동해!]

[자폭 장치 가동!]

함선들은 이탈하지 않았다. 검은 괴물들이 있는 곳으로 폭탄이 되어 떨어졌다. 막대한 폭발이 일어나며 검은 괴물들을 휩쓸었다.

-와이오이: 엄청나네. 빨리 접속하고 싶다.

-진텐: 경험치 개꿀ㅋㅋㅋ

-메두사팬티귀신: 함선 하나면 떨어져도 응모권 생기니 이득인가?

검은 괴물들이 끊임없이 몰려나왔다. 지형지물을 모조리 박살 내며 몰려오는 모습은 악몽 그 자체였다.

뉴월드 플레이어들이 계속해서 부활했지만 점차 뒤로 밀리기 시작했다.

문 너머로 마신의 육체가 빠져나오려는 것이 보였다.

거대한 손으로 문을 잡고는 몸을 들이밀었다.

-털복숭아: 얼ㅋㅋ, 저게 뭐야.

-악신교도: 묵시록은 대부분 추상적인 표현이기는 한데…… 아마도 저게 세상의 모든 악인 것 같음.

-고등학생아님: 아, 그 악신이 짊어졌다는?

마신의 육체가 등장한 것만으로도 미드가르드가 흔들렸다. 저것이 완전히 나오게 된다면 신의 세계는 멸망하고 모든 차원이 사라질 것이다.

'존재하는 모든 것을 지운다.'

'모든 존재가 두려움에 떨며 사라질 것이다!'

진우는 마신의 육체에서 그런 의지를 감지할 수 있었다.

"엄청 큰 거인이다!"

"우아아아아!"

"개쩐다!"

"크으!"

뉴월드 플레이어들은 마신의 육체를 보며 환호를 내지를 뿐이었다. 적들의 힘이 커질수록 오히려 축제 분위기로 변하고 있었다.

진우는 피식 웃었다.

진우는 비극이 될 수 있는 이 싸움이 축제가 되길 바랐다.

"가자."

진우는 그렇게 말하고는 아스가르드에서 미드가르드로 내려섰다. 하늘을 가르는 거대한 빛줄기가 전장의 한가운데에 떨어졌다. 빛이 사방을 휩쓸며 검은 괴물들을 날려 버렸다. 뉴월드 플레이어들이 깜짝 놀라며 하늘에서 떨어지는 빛을 바라보았다.

진우는 가장 큰 빛기둥에서 걸어 나왔다. 그가 나타나자 뉴월드 플레이어들은 그를 단번에 알아보았다.

"악신!"

"캬! 악신이 강림했다!"

"와! 대박! 이렇게 가까이에서 보다니!"

-하느님맙소사: 악멘

-할룽: 악신ㄷㄷㄷ

-바늘가는데실구경: 나 방금 무릎 꿇고 기도올림. 미쳤네.

-오랑캐: 악신교 신자로서 눈물 난다.

-초코사이다: 와……, 진짜 같아.

진우는 엄청난 인기를 자랑하고 있었다. 그도 그럴 것이 지구 상에 26억의 팬을 가지고 있었다. 또 다른 지구까지 합하면 50억이 넘어갔다.

진우를 위해 모든 고통을 감내할 수 있는 극성팬들도 결코

적지 않았다. 차원 최고의 아이돌이었다.

진우가 손을 뻗었다. 아무것도 없는 땅에서 거대한 해일이 생기더니 검은 괴물들을 쓸어버렸다. 하늘에서 벼락이 내리치며 주변을 휩쓸었다.

진우는 바다을 향해 손을 뻗었다. 그러고는 문을 비집고 나오려는 마신의 육체를 바라보았다.

“일단 들어가 있어라.”

진우가 마신의 육체를 향해 손을 휘두르자 대지가 공중으로 치솟았다. 함대를 전부 합친 것보다 더 큰 주먹이 형성되며 마신의 육체를 향해 뻗어갔다.

콰아앙!

거대한 주먹이 마신의 육체에 꽂혔다. 엄청난 소음과 함께 마신의 육체가 뒤로 밀려났다.

쿠쿵!

주변 공간이 진동했다.

‘열 받았나 보군.’

마신의 육체로부터 거대한 괴물들이 마구 뿜어져 나왔다. 하나하나 작은 함선만큼이나 거대했다. 앞에 나가 있던 마장기들을 종잇장처럼 찢어버리며 돌격해 왔다.

-흐엉엉: 와, 엄청 많네.

-예언자: 바글바글하네. 무슨 바퀴벌레를 보는 것 같아.

-타임업: 이거 지면 어떻게 되는 거임?

-이부자리: 뉴월드 섭종일듯ㅋㅋㅋ

진우는 유나 쪽을 바라보았다. 유나와 부하들이 검은 괴물들을 막고 있었다. 그러나 숫자가 워낙 많아 뒤로 밀리고 있었다. 진우는 마신의 육체를 상대해야 했다.

"유나, 내가 저놈을 처리할 때까지 버틸 수 있나?"

유나는 진우를 바라보며 고개를 끄덕였다.

"가능합니다."

유나가 씨익 웃었다. 그 미소가 너무나 시원하게 느껴졌다.

유나가 손가락으로 하늘을 가리켰다.

"조금 늦기는 했습니다만 지원군이 왔습니다."

진우는 하늘을 바라보았다. 뉴월드 플레이어들도 고개를 들어 하늘을 바라보았다. 푸르렀던 하늘이 순식간에 검게 물들었다. 갑작스럽게 먹구름이 몰려온 것만 같은 광경이었다. 물론, 먹구름 따위는 아니었다.

진우는 그게 무엇인지 단번에 알아보았다.

우주 최고의 포식자. 행성을 포식하며 종족을 불려온 거대한 바퀴벌레들이었다. 함선 크기를 훌쩍 뛰어넘은 바퀴벌레들이 날아왔다. 그 숫자는 감히 짐작할 수 없을 정도로 많았다. 뉴월드 플레이어들의 입이 벌어졌다. 소름 끼치는 광경이었다. 검은 괴물들이 착해 보일 지경이었다.

-홀리맨: 미친, 저게 뭐야.

-흐엉엉: 와…….

-연어참치피자: 무슨 벌레가 함선보다 더 크냐.

-악신교도: 묵시록에 나오긴 함. 악신의 수하로 악을 잡아먹는 존재라는데…….

바퀴벌레 일족들이 바닥에 내려섰다. 엄청난 크기와 무수히 많은 숫자에 주변 모든 이들이 압도당했다. 그중 가장 큰 크기를 지닌 존재가 있었다. 우주에 퍼져 있던 모든 바퀴벌레 일족들을 끌고 온 페로였다.

페로의 본모습을 보는 것은 상당히 오랜만이었다.

페로가 고개를 돌려 머리를 진우에게 가까이 가져다 대었다. 진우는 페로의 머리를 쓰다듬어 주고는 정면을 바라보았다. 오랜 동면에서 깨어난 바퀴벌레 일족들은 배가 아주 고픈 상태였다.

"모두 먹어치워."

진우의 명령이 떨어지자 바퀴벌레 일족들이 돌진했다. 거대한 입을 벌리며 괴물들을 잘근잘근 씹어먹었다. 그 뒤를 천족과 마족들이 따랐다.

남자는한손검이 검을 치켜들었다.

"밀리지 마라! 우리도 가자! 악신을 위하여!"

"가즈아! 악멘!"

"우아아아아! 악멘!"

뉴월드 플레이어들이 달려 나갔다. 마장기가 하늘 위로 치솟더니 바퀴벌레 일족들의 등에 착지했다. 마장기는 바퀴벌레를 말처럼 타며 돌진했다. 추락한 함선에서 빔 입자포를 들고 온 뉴월드 플레이어들도 있었다. 거대한 빔 입자포가 바퀴벌레 일족의 등에 달리게 되었다.

"쏴! 쏴버려!"

"크하하!"

"죽인다!"

-원심분리기: 엌ㅋㅋ 바퀴벌레 탱크다!

-멜론톡: 으엌ㅋㅋㅋ 개재밌겠다.

-줄자: 미쳤넼ㅋㅋ. 진짜 또라이들인듯.

-스트롱멘탈: 엌ㅋㅋ 누나랑 같이 보고 있었는데, 누나 기절함ㅋㅋ

공격력은 엄청났다. 바퀴벌레 일족의 몸에서 뿜어져 나오는 마력이 마장기와 빔 입자포를 획기적으로 강화시켰기 때문이다. 교황은 성직자들과 함께 바퀴벌레 일족의 위에 올라탔다. 부상당한 뉴월드 플레이어들에게 다가가 주먹을 꽂아 넣었다. 피를 토하더니 금방 회복되었다.

김대진 박사의 지원을 받은 팀 라그나로크도 본 실력을 발휘하기 시작했다. 신화에 기록된 우라노스의 그 공격은 조금 부끄럽기는 했다. 모두가 함께하자 문밖으로 몰려나오는 검은 괴물들을 어떻게든 막아낼 수 있었다.

"여기는 걱정 말고 다녀오십시오."

유나가 진우를 바라보며 고개를 숙였다. 그러고 보면 이진우가 되었을 때 가장 먼저 본 사람은 유나였다. 마지막 싸움도 그녀가 배웅을 해주었다. 진우는 고개를 끄덕이고는 문으로 이동했다.

문 안으로 들어가니 검은 공간이 펼쳐졌다. 우주를 담고 있는 듯한 마신의 육체가 진우 앞에 서 있었다.

소설 속 설정에 따르면 마신은 모든 군주를 낳은 존재였다. 모든 군주들의 정점이었던 탐욕의 군주조차 마신의 충성스러운 신하에 불과했다.

진우의 눈앞에 있는 마신은 온전한 상태가 아니었다. 머리가 없어 힘이 크게 약화된 상태였다. 진우가 마신의 힘을 흡수했기 때문이다. 하지만 머리가 없는 마신의 육체는 진우와 필적할 만큼 강대한 힘을 지니고 있었다.

진우와는 달리 자제하지 않고 모든 권능과 힘을 개방하고 있었다. 이곳을 떠나 밖으로 나가는 것만으로도 차원이 소멸해 버릴 것이다.

'이곳은 특이하군.'

마신의 육체에서 차원을 소멸시킬 만한 기운이 흘러나오고 있음에도 이곳은 멀쩡했다. 공간의 비틀림조차 존재하지 않았다. 미드가르드에 비하면 굉장히 작았다. 실내처럼 느껴질 정도였다. 모든 것이 굉장히 안정적이었다.

이곳이라면 진우도 힘의 제한을 둘 필요가 없었다. 진우는 모든 마력과 권능을 개방했다. 진우의 주변으로 몰려오던 검은 괴물들이 바스라지며 사라졌다. 세상에 존재하는 모든 권능이 진우의 손에 있었다.

"이제 좀 할 만하겠군."

마신의 육체가 움직이기 시작했다. 거대한 손이 진우를 향해 뻗어왔다. 단순한 공격이었지만 굉장히 위협적이었다. 진우는 뒤로 물러나며 마신의 손을 피했다.

행성 여러 개가 단번에 사라질 만한 공격이었다.

콰가가가가!

마신의 육체는 오로지 진우만을 의식하고 있었다. 마치 일생일대의 원수를 만난 것처럼 보일 정도였다. 진우를 지워버리겠다는 의지만이 가득했다. 거대한 손바닥이 진우를 뒤덮으려 했다.

진우는 주먹을 쥐었다. 거대한 손바닥과 진우의 주먹이 충돌했다. 충돌 순간 빛이 번쩍하더니 주변을 휩쓸며 퍼져 나갔다. 우주의 빅뱅을 보는 것 같은 광경이었다.

진우와 마신의 육체가 동시에 뒤로 날아갔다. 힘은 완벽하게 호각이었다.

'쉽지 않겠는데?'

진우는 거대한 손을 피하며 마신의 육체에 주먹을 꽂아 넣었다. 검은 육체가 폭발하며 파편이 날렸다. 육체는 금방 복구되었지만, 소모값은 분명히 존재했다.

진우는 여러 차원을 돌아다니며 많은 기술을 습득했다. 단순한 움직임 따위로는 그의 공격을 막을 수 없었다.

쾅! 쾅! 콰아앙!

진우의 공격이 마신의 육체에 쏟아졌다. 무협 세계에서 익힌 기술이 많은 도움이 되었다.

마신의 육체가 터져 나가며 비틀거렸다.

"음?"

미친 듯이 달려들었던 마신의 육체가 갑자기 움직임을 멈추었다.

스르륵!

마신의 거대한 육체가 녹아내리기 시작하더니 진우만큼이나 작아졌다. 여전히 머리가 없었지만 진우의 신체와 완벽히 똑같은 모습이 되었다.

'흉내 내는 건가.'

작아진 마신의 육체가 먼저 공격을 해왔다. 진우의 기술과 똑같은 기술을 구사했다.

진우가 기술을 꺼낼 때마다 모조리 따라 했다. 보고 익히는 것이 아니라 마치 정보를 복사하여 붙여넣기를 한 것 같았다.

콰아앙! 쿠웅!

주먹과 주먹, 몸과 몸이 부딪혔다. 진우와 마신의 육체가 동시에 튕겨 나가며 바닥으로 떨어졌다. 검은 대지를 뚫고 한참이나 밑으로 향했다.

'여긴……?'

어디가 위인지, 아래인지 분간할 수 없었다. 우주 공간과 비슷한 느낌이었다. 그저 어두운 공간에 마신의 육체와 진우만 있을 뿐이었다. 진우가 번개의 힘을 방출하자 마신의 육체도 진우를 따라 했다. 거울을 보는 것처럼 똑같았다.

한 치의 오차도 없었다.

'싸움이 길어질 것 같은데…….'

진우와 마신의 육체가 계속해서 격돌했다. 좀처럼 승부가 나지 않았다. 계속해서 평행선을 달리고 있었다.

그러나 마신의 육체에게는 진우가 지니지 못한 것들이 있었다. 주변에 있는 검은 괴물들이었다. 검은 괴물들은 진우에 비하면 굉장히 미약했지만, 팽팽했던 대결을 기울일 정도는 되었다. 그만큼 숫자가 많았다.

마신의 육체가 승기를 잡아가자 진우의 몸이 점차 뒤로 밀려났다.

"치사하군."

마신의 육체는 꽤나 치사하게 나왔다. 검은 괴물들을 이용하기 시작하니, 진우가 밀릴 수밖에 없었다.

진우는 피식 웃었다. 저쪽이 먼저 치사하게 나왔다. 그러니 굳이 정면승부를 고집할 필요는 없었다. 마지막만큼은 폼나게 없애고 싶었지만 역시 뜻대로 되지 않았다.

"치사한 건 내 전문인데 말이야."

진우는 정면승부보다는 이런저런 치사한 계획으로 승리했던 적이 많았다. 그게 진우의 취향이었고, 가장 악신다운 일이었다. 물론 지금까지 행운이 크게 작용하기도 했었다. 그 행운은 지금도 그의 주변에 머무르고 있었다.

"너는 기껏해야 그런 괴물들만 가지고 있지만……."

진우는 손을 휘저어 아공간을 펼쳤다.

"나는 가진 게 아주 많아."

마신의 육체가 흠칫했다. 마신의 육체도 진우를 따라 아공간을 펼쳤지만 그 안에는 아무것도 존재하지 않았다. 그게 진우와의 차이점이었다. 기계적으로 진우를 상대하던 마신의 육체가 당황한 것이 보였다. 마신의 육체는 주변에 있는 검은 괴물들을 모조리 불러모았다.

키에에엑!

크엑!

검은 괴물들과 함께 진우에게 달려들었다.

진우의 입가에 미소가 걸렸다.

"돈에 치여본 적 있냐?"

진우가 그렇게 말한 순간 진우의 아공간에서 차원 금화가 쏟아져 내렸다. 어두운 공간이 금빛으로 물들었다. 진우의 아공간이 점점 커지더니 아예 찢어져 버렸다. 아공간마저 막대한 차원 금화가 쏟아져 나오는 것을 감당하지 못했다.

키엑! 크에에엑!

진우에게 달려들던 검은 괴물들이 차원 금화에 휩쓸려 추락했다. 차원 금화는 모든 차원을 관통하는 절대적인 가치였다. 마신의 육체라고 하여도 차원에 속한 존재이니 차원 금화의 힘에서 벗어날 수 없었다.

진우가 차원 금화에 권능을 불어넣자 진우에게 달려들던

마신의 육체도 차원 금화에 휩쓸리며 찢겨나가기 시작했다.

마신의 육체가 빠르게 복구되었지만 쏟아져 내리는 차원 금화의 양이 압도적으로 많았다.

'조금 더 환전해야겠군.'

진우는 통장에 있는 돈을 모조리 차원 금화로 환전했다. 그리고 권능을 담아 마신의 육체를 향해 뿌렸다. 검은 괴물들은 모조리 사라졌고, 차원 금화만 가득했다.

주변에 차원 금화로 이루어진 거대한 산맥이 생겼다. 진우의 부는 무한에 가까워서 차원 금화로 이루어진 행성을 만드는 것도 가능했다.

마신의 육체가 간신히 차원 금화를 뚫고 올라왔다. 머리가 없어 말을 하지 못했지만 굉장히 억울해 보였다.

"마신도 어지간히 거지인 모양이군."

진우는 천천히 손을 들었다. 진우의 손을 따라 차원 금화들이 요동쳤다. 살짝 손을 저은 것만으로도 차원 금화가 거대한 해일을 만들며 주변을 쓸어버렸다.

"그러게, 아르바이트라도 하지 그랬어."

진우는 씨익 웃으며 그렇게 말했다.

마신의 육체가 발악하며 달려들었다. 하지만 이미 진우의 뒤에는 작은 행성 크기만 한 차원 금화 덩어리가 솟아 있었다. 찬란하게 반짝이는 모습은 마치 태양을 보는 것 같았다.

진우는 모든 권능을 담아 마신의 육체에게 주먹을 꽂아 넣었다. 마신의 육체는 진우의 공격을 방어해냈다. 뒤로 밀려나는 데 그쳤다. 하지만 연이어 날아오는 거대한 차원 금화 덩어리를 피할 수는 없었다.

소년 만화에서도 나오지 않는 필살기였다.

콰아아앙!

마신의 육체와 차원 금화 덩어리가 부딪혔다. 두 팔을 벌려 차원 금화 덩어리를 잡았지만 계속해서 아래로 떨어져 내렸다. 차원 금화 덩어리가 마신의 육체를 휩쓸고 동쪽 세계를 반쯤 날려 버렸다. 차원 금화 덩어리가 터져 나가며 사방에서 차원 금화로 이루어진 비가 내렸다.

"이게 돈을 쓰는 맛이지."

간만에 제대로 돈을 썼다! 돈지랄도 이런 돈지랄이 없었다.

진우는 차원 금화 속에 파묻혀 있는 마신의 육체를 향해 다가갔다. 마신의 육체에는 차원 금화가 가득 박혀 있었다.

"용돈이나 해라."

티잉!

진우는 손에 들린 차원 금화 하나를 마신의 육체 위로 던졌다. 차원 금화가 마신의 육체와 닿자, 마신의 육체가 그대로 녹아버리며 주변에 있는 차원 금화에 깃들었다. 마신의 육체답지 않은 최후였다.

진우는 검게 변한 차원 금화를 흡수했다.

[마신의 육체를 손에 넣었습니다! 마신의 모든 힘을 획득하여 차원의 틀을 벗어난 초월적인 존재가 되었습니다.]

[악신의 모든 랭크가 '초월자'로 변경됩니다. 이는 한계가 없는 무한한 힘을 뜻합니다.]

[초월자]악신

진우는 마신의 모든 힘을 손에 넣었다. 권능과 능력에 한계가 없어졌다. 그러나 그런 힘을 얻은 기쁨보다도 후련한 마음이 들었다.

'드디어 끝났군.'

이진우가 되고 나서 늘 12군주와 마신에 대해 신경을 썼다. 최종 보스인 마신이 사라졌으니 더 이상 진우를 괴롭히는 것은 없었다. 드디어 아늑한 백수 생활을 즐길 수 있게 된 것이다.

진우는 주변을 바라보았다. 차원 금화로 이루어진 바다가 보였다. 끝이 보이지 않을 정도로 많았다.

"이참에 차원 금화로 이루어진 행성을 만들어보는 것도 괜찮겠네."

아마 악신을 상징하는 행성이 될 것이다. 그런 생각을 하며 피식 웃을 때였다. 진우의 손에 깃들어 있던 열쇠가 떠올랐다. 신의 무구의 본래 모습인 진리의 열쇠였다.

"음?"

진리의 열쇠를 잡는 순간 정면에 커다란 문이 생겼다. 자물쇠로 잠겨져 있었는데, 진리의 열쇠로 열 수 있을 것 같았다.

[측정불가]진리의 문

???

진우는 고개를 갸웃했다. 마신의 눈으로도 제대로 정보를 볼 수 없었다.

진우는 문 주변을 둘러보다가 문을 들어보았다. 무게가 없는 것처럼 문이 들렸다.

'일단…….'

진우는 아공간에 진리의 문을 넣었다. 지금은 저 너머에 무엇이 있는지 신경 쓰고 싶지 않았다.

"돌아갈까."

진우는 느긋하게 걸으며 미드가르드와 이어진 문으로 걸어갔다. 진우가 문밖으로 나오자 뉴월드 플레이어들이 환호했다.

"이겼다!"

"으아아아!"

"악멘!"

'악신께서 황금의 권능으로 어둠을 물리치시다!'

묵시록의 내용이 바뀌고, 악신 신화에 새로운 내용이 추가되는 순간이었다. 유나를 비롯한 황금의 여성회 회원들, 그리고 진우의 부하들이 활짝 웃으며 진우를 바라보았다.

"오늘부터 일주일간 축제다."

진우는 축제를 선포했다. 뉴월드 플레이어들이 없었다면 지금의 진우도 없었을 것이다. 뉴월드 플레이어들이 끊임없이 부활하며 악신과 함께 싸운 날을 기념하기 위한 축제이었다. 그것이 악신교의 부활절이었다!

뉴월드 : 어둠의 묵시록은 많은 전설을 만들었다.

마신의 육체가 너무 일찍 처리된 감이 있어서, 진우는 조금 더 길게 이벤트를 진행했다. 신화 속 세계를 제대로 느낄 수 있게 해주었는데, 그것만으로도 역대급 이벤트라는 호평을 받았다.

진우는 모든 것을 부하들에게 맡기고 오랜만에 백수 생활을 시작했다.

예전에 그랬던 것처럼 트레이닝복으로 갈아입고 일부러 좁은 방에 들어갔다. 아늑한 백수 생활이 기다리고 있어야 했다. 반드시 그래야만 했다.

"음……."

하지만 역시 그가 기대했던 백수 생활과는 거리가 멀었다. 황금의 여성회 회원들이 모두 몰려왔기 때문이다.

"진우! 이것 보셈! 원코인에 클리어함."

"그래, 대단하네."

미궁이 게임 화면을 보여주며 자랑했다.

"이곳에 가면 잼식 님의 모습을 원래대로 바꿀 수 있을지도 몰라요. 보이드를 통과해야 해서 우리끼리 가기에는 조금……."

"아…… 그, 그렇군요."

루나와 잼식이 반짝이는 눈동자로 진우를 바라보았다. 저들과 같이 갔다가는 한 달은 고생을 할 것이다. 진우는 시선을 피했다.

허영은 진우의 앞에 누워서 만화책을 보고 있었다. 아리나는 굳이 진우의 방에서 노래 연습을 했다.

"저……."

화들짝!

옆에서 들리는 목소리에 진우는 깜짝 놀라 옆을 바라보았다. 최희연이 진우를 바라보고 있었다. 무언가 할 말이 있는 것 같았지만 시끄러운 노랫소리에 묻혀버렸다.

제갈미현은 컴퓨터 앞에 앉아 거친 숨을 내쉬었다. 그녀는 꽤 하드한 야동을 보고 있었다.

아르카나와 페로가 진우 바로 옆에서 차를 마셨다. 둘은 어딜 가든 진우를 따라다녔다. 페로는 아예 장기 휴가까지 내고 왔다.

"흐, 흐흐흐……."

세연은 음침한 웃음을 흘리며 진우를 힐끔힐끔 바라보았다. 진우의 모습을 본뜬 피규어 제작에 몰두하고 있었다.

마침 총지배인과 메이드 군단들도 몰려왔다.

"삼촌!"

"삼촌!"

게다가 엘론과 엘리도 놀러 왔다.

"허엄! 할애비 왔다."

"사위! 잘 지냈는가!"

할아버지와 검선도 왔다. 검선은 이제 대놓고 진우를 사위라 불렀다. 방 안이 미어터질 지경이었다. 너무 시끄러워 귀마개를 하고 싶은 심정이었다. 이건 그가 상상했던 백수 생활이 아니었다!

'아…….'

진우는 깊은 한숨을 내쉬었다. 혼자 있고 싶었다. 아무것도 하지 않으며 가만히 있고 싶었다. 도망친 적도 있었지만, 어떻게 알았는지 귀신같이 몰려왔다. 진우가 한숨을 내쉬자 유나가 미소를 지으며 진우를 바라보았다.

"힘들어 보이시는군요."

"음……."

"하긴, 이런 상태로는 제대로 휴가를 보낼 수 없을 것 같기는 합니다."

유나의 말에 진우는 고개를 끄덕였다.

유나가 진우의 귓가에 입을 가져다 대었다.

"그곳에서 발견한 문으로 가보시는 게 어떻습니까?"

"아! 그게 있었지."

"대신……."

유나는 자신도 데려가 달라는 몸짓을 보냈다. 진우가 조용히 고개를 끄덕이자 유나는 헛기침을 하며 표정 관리를 했다.

“도련님, G&P에서 연락이 왔습니다.”

“아! 맞다. 깜빡했네. 잠깐 다녀와야겠어. 30분이면 될 거야.”

“네, 준비하겠습니다.”

다소 어색한 연기였지만 다행히 통했다. 진우는 빠르게 방에서 빠져나와 유나와 함께 G&P로 향했다. 유나는 은밀한 방으로 진우를 안내했다. 이런 사태를 예견하고 방을 만들어놨다고 한다.

방 안으로 들어가니 정적이 진우를 반겼다. 눈물이 날 지경이었다. 유나는 재빨리 문을 걸어 잠갔다.

“이곳도 곧 들킬 겁니다.”

“빨리 가야겠군. 문 너머가 어딘지는 모르겠지만…… 이곳보다는 괜찮겠지.”

진우는 아공간에서 진리의 문을 꺼냈다.

에필로그

진우는 진리의 문으로 다가갔다.

쿵쿵!

방 밖에서 소란스러운 소리가 들렸다.

발걸음 소리였다.

“이런, 벌써 왔군요.”

“빨리 가야겠군.”

모두 이상함을 눈치채고 몰려왔다. 진우는 마신의 육체를 상대했을 때보다 더 긴장했다. 식은땀마저 흐를 지경이었다.

진리의 문은 쇠사슬과 자물쇠로 잠겨져 있었다. 진우가 진리의 열쇠를 꺼내 자물쇠를 열자, 자물쇠와 쇠사슬이 가루가 되어 사라졌다.

끼익!

진우는 망설이지 않고 문을 열었다.

문 안에는 하얀빛만이 나오고 있을 뿐이었다. 밖에서는 안에 무엇이 있는지 알 수 없었다. 마신의 눈으로 바라보았지만 알아낼 수 있는 정보는 여전히 없었다.

덜컥덜컥!

문고리가 크게 흔들렸다. 이미 방 밖에는 많은 인원이 몰려와 있었다. 황금의 여성회 회원들뿐만 아니라 김대진 박사와 연구진들도 있었다.

"들어가자."

"네."

진우는 유나와 함께 진리의 문 안으로 들어갔다. 진우와 유나가 들어가자 진리의 문이 닫히며 사라졌다.

벌컥!

잠금장치가 부서지며 방문이 열렸다. 간발의 차이였다.

"어?"

세연은 손에 안테나가 달린 기계장치를 들고 있었다. 진우의 위치를 추적하는 장치였다. 방 안에 아무도 없자 그녀는 크게 당황했다. 모두가 세연을 바라보았다. 세연은 기계장치에 달린 안테나를 조작했다. 모든 차원을 감지할 수 있는 기계였는데, 무언가 벽에 막힌 것처럼 감지가 되지 않았다.

"차원의 개념을 초월한 곳으로 가신 것 같아요. 연구를 해봐야겠네요."

세연이 연구를 하기 시작했다! 황금의 여성회 회원들뿐만 아니라 김대진 박사와 연구팀도 세연을 돕기 시작했다.

진리의 문 안에는 긴 복도가 놓여 있었다. 복도의 벽은 하얀 페인트로 칠해져 있었는데, 바닥은 깔끔한 대리석 바닥이었다.

진우는 유나와 함께 복도를 걸었다. 그렇게 조금 걸으니 복도의 끝에 또 다른 문이 보였다.

“문이 보입니다.”

“다른 차원으로 향하는 건 아닌 것 같은데.”

“네, 포탈 같은 느낌은 없었습니다.”

진리의 문에서는 어떤 마력도 느낄 수 없었다. 다른 차원으로 이동하는 것이었다면 조그마한 마력이라도 느껴졌어야 했다. 차원을 넘는 데는 꽤 많은 마력이 소모되기 때문이다.

‘하긴, 랭크도 측정 불가이니…….’

다른 차원으로 이동하는, 그런 평범한 문일 리 없었다. 진우는 저 문 너머에 무엇이 있는지 너무나도 궁금해졌다.

어쩌면 자신과 같은 자들이 넘치는 세계가 아닐까?

진우는 문 앞에 도착해서 문고리를 잡았다. 문은 어디에서나 볼 수 있는 평범한 철문이었다. 문의 재질도 평범했다. 진우는 유나를 바라보았다.

유나가 고개를 끄덕이자 진우는 힘을 주어 문을 열었다.

둘은 활짝 열린 문 안으로 들어갔다.

"음?"

"이곳은……."

평범한 거리였다. 너무나 평범해 위화감이 들 정도였다. 많은 사람들이 지나다녔고, 가게들도 늘어서 있었다.

도로에는 자동차들이 가득했다. 휘발유나 디젤 같은 연료로 움직이는 구식 자동차였다. 저런 자동차는 G&P 배터리 기술이 보급되어 이제는 찾아볼 수 없었다.

또 다른 지구가 아닐까?

마신의 눈으로 살펴보니 그건 아닌 것 같았다. 정보가 정확히 보이지 않았기 때문이다.

[상위 차원에 진입하였습니다! 마신의 눈이 정보를 받아들이기 시작합니다! 상위 차원에 완벽하게 적응하였습니다!]

눈을 몇 번 깜빡이자 정보가 보이기 시작했다.

"상위 차원?"

무슨 말인지 이해가 되지는 않았다. 진우는 몸 상태와 아공간을 점검했다. 손가락을 튕기니 주변에 번개가 내리쳤다. 권능은 정상이었고 아공간도 멀쩡했다. 유나도 마찬가지였다.

"일단 주변을 둘러보도록 하죠."

유나의 말에 진우는 고개를 끄덕였다. 진우는 유나와 함께 거리를 둘러보았다.

이곳은 한국이었다. 지폐도 지구와 똑같은 지폐를 썼다. 다만, 또 다른 지구처럼 능력자가 존재하지 않았다.

미국 대통령도 리처드가 아니라 도널드 트럼프였다. 게다가 악신교도 존재하지 않았다. 예전의 지구처럼 평범한 기독교가 있을 뿐이었다.

'상위 차원에 있는 지구인가? 어떤 개념인지 이해하기 어렵군.'

복잡한 생각만 들 뿐이었다. 어쨌든, 크게 걱정할 필요는 없는 것 같았다.

진우를 위협할 수 있는 존재는 없었다. 그냥 이곳에서 느긋하게 휴가를 즐기는 것도 나쁘지 않을 것 같았다.

"일단 머물 곳부터 구해야겠네."

"이곳에 오래 머무실 생각이십니까?"

"느긋하게 지내보자고."

유나는 고개를 끄덕이며 웃었다. 신분 문제는 권능을 사용하면 되니 크게 불편하지 않았다. 아주 간단한 일이었다.

진우는 일단 주변에 있는 모텔에 들어갔다. 돈은 문제가 되지 않았다. 차원 금화 환전 시스템도 제대로 작동하고 있었다.

"꽤 좋은 러브호텔이군요."

유나가 방 안을 바라보며 말했다. 유나와 진우는 이런 곳에 어색해할 만큼 사이가 멀지 않았다. 유나는 핸드폰을 꺼내 와이파이를 잡았다. 별 무리 없이 인터넷에 접속할 수 있었다.

"난 일단 쉴게. 좀 지쳤어."

"네, 쉬십시오. 제가 조사하고 있겠습니다."

"음, 부탁할게."

진우는 침대에 털썩하고 누웠다.

오랜만에 찾아온 고요함에 절로 눈이 감겼다.

너무나 편안했다. 그렇게 반나절이 지나자 진우는 잠에서 깨어났다. 머릿속이 상쾌해 기분이 좋아졌다.

유나가 심각한 표정으로 침대에 앉아 있었다.

그런 유나의 표정을 보는 건 상당히 오랜만이었다.

"무슨 일 있어?"

"네, 꽤 심각한 문제입니다."

"그래?"

진우는 몸을 일으키며 유나 옆에 앉았다. 심각한 문제가 있다고는 했지만, 진우는 별로 대수롭지 않게 생각하고 있었다. 직접 보기 전까지는 말이다.

"이것 좀 보십시오."

"뭔데?"

"소설 연재 사이트입니다. 우연히 발견했습니다. 뭔가 이상하게도 끌리는 게 있어서 보게 되었는데……."

"막장 악역이 되다? 제목이 참 유치한데?"

유나가 보여준 소설의 제목이었다. 작가의 닉네임은 크레도였다. 진우는 고개를 설레 저으며 프롤로그를 읽어보았다.

"음?"

그의 눈이 점점 커졌다.

'막장 악역이 되다.' 속 주인공은 자신이었다. 자신이 겪은 일이 그 안에 적혀 있었다. 진우는 그제야 유나가 왜 그렇게 심각했는지 이해가 되었다.

'나는 소설 속의 소설에 들어간 건가?'

진우는 그렇게 생각하며 무료 부분까지 모두 읽어보았다. 소설은 아직 완결이 되지 않은 상태였다.

진우는 고개를 끄덕였다.

"크레도 작가라 했나? 찾아가 봐야겠군."

"일단 출판사 쪽으로 가서 정보를 얻는 게 좋을 것 같습니다."

"그래."

출판사의 위치는 인터넷에 자세히 나와 있었다. 진우는 유나와 함께 출판사로 찾아갔다. 출판사 입구로 가자 지친 기색이 가득한 남자가 서 있었다.

진우는 그를 마신의 눈으로 바라보았다.

[-]담당자 S

크레도 작가의 담당자. 술이 약하다.

운이 좋았다. 바로 담당자를 찾을 수 있었다. 진우가 다가가자 담당자 S가 눈을 깜빡이며 진우를 바라보았다.

"잠시 이야기 좀 나눌 수 있을까요?

"네? 어떻게 오셨습니까?"

진우는 담당자 S의 어깨를 잡았다.

그러자 담당자 S의 눈이 풀렸다.

"크레도 작가의 정보를 알고 싶은데……."

담당자 S가 고개를 끄덕이며 작가의 주소를 적어주었다. 진우는 아공간에서 포션을 꺼내 담당자 S의 손에 쥐여주었다. 도움을 받으면 대가를 주는 게 진우의 방식이었다.

진우와 유나가 사라지자 담당자 S의 흐렸던 눈빛이 정상이 되었다.

"응? 뭐지?"

담당자 S는 손에 들린 포션을 보고는 고개를 갸웃했다.

향긋한 향에 이끌러 한모금 먹게 되었다.

"어? 어어어!?"

힘이 솟아났다!

크레도 작가는 절망 상태였다. 4시까지 원고를 작성해야 했는데, 갑자기 컴퓨터가 다운되더니 먹통이 되어버렸기 때문이다. 이제 막 이진우가 마신과의 싸움을 앞두고 있는 상황이었다. 거의 다 썼는데 컴퓨터가 켜지지 않았다.

"아, 제발……."

제발 원고만 무사하기를 기도했다. 기도를 하며 전원 버튼을 눌러보았다. 부팅이 되는가 싶더니.

푸시시식!

본체에서 연기가 뿜어져 나왔다. 작가는 다급히 코드를 뽑았다.

"도대체 갑자기 왜……."

그는 긴 한숨을 내쉬었다. 컴퓨터의 상태를 보니 아무래도 원고를 살리기는 힘들 것 같았다.

핸드폰을 들고 담당자에게 톡을 보냈다.

크레도: 컴퓨터가 터졌어요! 오늘 원고는 힘들 것 같아요.

담당자 S: 아니, 작가님. 그러면 PC방이라도 가셔야죠.

크레도: 음…….

담당자 S: 원고 기다리고 있겠습니다.

맞는 말이었다. 조금 늦더라도 연재는 해야 했다! 그가 PC방에 가기 위해 준비를 할 때였다.

띵동!

벨이 울렸다.

'택배인가?'

인터폰 화면을 바라보니 남자와 여자가 서 있었다. 선남선녀가 따로 없었다. 지나치게 잘생기고 아름다워 엄청 수상해 보였다.

요즘 도를 믿으라고 말하는 사람들이 자주 찾아왔다.

작가는 그냥 가만히 있었다.

띵동! 띵동! 띵동!

계속해서 벨을 눌렀다.

'무섭게 왜 저러지?'

작가는 현관문에 조심스럽게 귀를 가져다 대었다.

저들이 무슨 이야기를 하는지 듣기 위해서였다.

"안에 있는 것 같습니다."

"음, 부수고 들어갈까?"

"네, 제가 자르겠습니다."

푸슉!

문고리 옆으로 푸른빛이 뿜어져 나오더니 잠금장치가 잘려 나갔다.

"허억!"

작가는 뒤로 넘어졌다. 말도 안 되는 광경이었다.

남자와 여자가 문을 열며 안으로 들어왔다.

남자는 작가를 바라보고는 미소 지었다.

"크레도 작가님?"

"그, 그, 그렇습니다만…… 어, 어떻게?"

"우리 이야기 좀 하죠."

작가는 남자의 미소를 보자 소름이 끼쳤다. 시원한 미소였는데, 압박감이 대단했다. 고개를 끄덕일 수밖에 없었다.

작가는 남자와 이야기를 했다.

믿을 수 없는 이야기였다. 진우와 유나가 현실에 나타난 것이다!

진우가 마법을 보여주니 믿을 수밖에 없었다. 그는 무려 마신을 돈으로 때려잡고 마신의 힘을 모두 얻었다고 한다. 작가가 생각했던 박진감 넘치는 전투씬과는 많은 차이가 있었다.

"원고를 보고 싶습니다."

"네? 아, 알겠습니다."

진우의 말에 작가는 그에게 원고를 보여주었다.

"음, 작가님 혹시 달……."

"다, 달기지에는 가기 싫습니다!"

작가가 그렇게 외치자 진우가 고개를 끄덕였다. 조금 아쉬워하는 눈치였다.

진우는 작가의 집을 살펴보았다.

"집이 깨끗하네요."

"어, 얼마 전에 이사를 해서……."

"전세?"

"아, 아뇨. 월세입니다."

진우는 고개를 끄덕이며 작가를 바라보았다.

"당분간 이곳에 머물 수 있을까요?"

"네? 호, 호텔에 가시는 게 좋지 않을까요?"

"작가님과 이야기를 좀 하고 싶어서요. 아주 깊은 이야기를요."

작가는 거절하기 위해 고개를 저으려 했다. 그때 진우가 아공간에서 차원 금화를 꺼낸 다음 환전을 했다. 엄청난 액수에 작가의 눈빛이 흔들렸다.

"네! 마음껏 머무세요. 하, 하하!"

작가가 그렇게 말하자, 진우는 바로 아공간에서 이것저것 꺼냈다. 작가는 눈치를 살피며 그런 진우를 바라볼 뿐이었다.

'그, 그래도 나쁜 놈은 아니니…….'

비위만 잘 맞춰주면 해를 끼치지는 않을 것이다.

오히려 큰 도움이 될지도 몰랐다.

'아니, 저놈이 진짜 이진우라면…….'

진우는 사건을 몰고 다녔다. 그가 의도하지 않아도 늘 심각한 사건이 따라다녔다. 이곳에서 그런 일들이 발생한다면…….

'지구가 위험해!'

어떻게든 본래 세계로 돌려보내야 했다!

"좋군. 역시 이런 좁은 곳이 좋아."

"네, 꽤 아늑하군요."

진우와 유나는 벌써부터 자기 집처럼 지내고 있었다. 돈까지 받아버렸으니 차마 돌아가 달라고 말을 할 수 없었다.

정말 현실일까? 꿈을 꾸고 있는 건 아닐까?

차라리 이곳이 소설 속의 세계라면 마음이 편했을 것이다.

작가는 한숨을 내쉬며 창밖을 바라보았다.

"응?"

하늘에서 무언가 번쩍하더니 거대한 함선이 모습을 드러냈다. 함선의 옆에는 거대한 드래곤이 있었다. 작가는 저 드래곤의 정체를 알아차렸다. 그가 상상했던 아르카나의 모습과 똑같았다.

작가의 입이 벌어졌다.

"미친……."

이진우는 지구에 막장을 몰고 오고 말았다.

그는 정말 악신이었다.

The End